LA CULOTTE DE FEUILLES

Du même auteur
CHEZ POCKET

CRUELLE ZÉLANDE

JACQUES SERGUINE

LA CULOTTE DE FEUILLES

JEAN-CLAUDE LATTÈS

ISBN 2-266-06089-9

I

A bord, ils disaient tous que j'étais une cochonne. Mais je ne me gênais pas, de mon côté, pour estimer qu'eux étaient des fils de chienne. S'il suffit d'avoir eu pitié de celui-ci ou de celui-là, ou accepté de visiter la cabine d'un maître d'équipage, pour perdre sa réputation, alors c'est la généralité absolue des femmes qui constitue un univers de cochonnes.

Le capitaine en second lui-même osa me soutenir, un soir où j'étais invitée à la table des officiers, que je perturbais l'atmosphère de la croisière. Atmosphère! Le commandant le fit taire tout de suite. Pourtant je me rendis compte que tous ceux qui avaient entendu, aux tables proches, approuvaient tels des sournois. Surtout les femmes, comme de juste. Mais aussi bien lcs quatre ou cinq salopards, ou disons les cinq ou six, par qui je m'étais laissée... euh... persuader. Merde alors! Et pourquoi je m'y serais inscrite, à leur sacrée croisière, si ce n'était pas pour m'éclater tant soit peu?

Ils m'ont bel et bien débarquée, les chiens! Vous voudriez savoir comment ça se passe? Une nuit, tard, très tard, je suis dans ma cabine et je dors, tout habillée parce que j'ai pinté comme une coch... enfin, parce que j'ai trop bu au dîner. Puis on me pousse, on me secoue, on me réveille.

– Hein?

– Une petite virée, fillette?

– Hein?

C'est ce capitaine en second justement, plus un matelot. Ils me tirent de la couchette, me mettent debout toute titubante, m'entraînent. Je ne comprends rien à rien et en outre j'ai envie de vomir. On va vers le pont inférieur, les bossoirs, le popeye affale une barque, s'y laisse glisser en souplesse, le gradé me bourre les côtes :

– T'es capable de sauter seule, fillette?

– Hein?

Il me jette sur son épaule comme un paquet de linge sale – ce qui est injuste, mon linge est propre même quand je suis ivre – saute avec moi. Tout cela sans bruit.

– Souque, matelot.

Popeye rame et rame. Je dors encore à moitié, il fait une chaleur moite, sauf un petit froid au ras de l'eau et je me sens de plus en plus malade. La lune accroche des reflets épais, sourds, à la crête des vagues. Ma langue aussi est épaisse et comme assourdie. Je marmonne :

– Où est-ce qu'on est?

– En mer, fillette.

– Hein?

Quel débile. En mer! Au cas où je me croirais sur la Tour Eiffel et chercherais l'ascenseur... Il me semble distinguer une ligne sombre, puis des palmiers. Des palmiers! Pourquoi pas des dromadaires? Vraiment c'est très dangereux de boire. Les vagues molles se gonflent un peu, se recourbent, s'écrasent, s'étalent. L'embarcation est propulsée sur le sable comme dans du beurre.

Il règne un noir d'encre claire. Je vois réellement des putains de palmiers. Le temps de gagner le sable sec, que je reconnais du pied parce que j'ai perdu mes croquenots de Cendrillon entre cabine et chaloupe, et le gradé me pousse plus fort. Je trébuche, tombe tout à plat sur le sable. Vous imaginez que l'autre m'aiderait à me relever? Il demande à son sous-ordre :

– T'as amarré?

– Amarré, capitaine.

Tout en se souciant de ses amarres, le galonné m'épluche de ma robe à la façon d'une banane, fait sauter mon mordicus et me descend le subito jusqu'aux doigts de pied. J'appelle mon sous-tif comme ça parce qu'on dit toujours : il a soutenu mordicus. Quant au subito, ça se comprend. Bon, je me retourne sur le dos pour voir ce qu'on me veut, et l'homme à la casquette est déjà en train de s'affairer quelque part vers le haut de mes cuisses. Considérant ce que j'ai bu et mangé au dîner, il pourrait me chatouiller avec une plume d'ange. Quel sot! Il râle. Son machin m'éternue dans la fourrure. C'est si tarte les mecs, à tout prendre, que mon estomac se retourne. Yes, it definitely was a little orgasm! Puis je me rendors à moitié. Je vois bouger confusément les ombres. Après j'entends, déjà éloignées, les deux voix. Le matelot sans doute :

– On pourrait au moins lui laisser une aiguille et du fil?

– Pourquoi faire, pour se coudre la moule?

– Je sais pas, capitaine, c'est l'usage.

– Ah, ça va.

Plouf! Ils doivent remettre la coque de noix à l'eau, y remonter, déborder. Popeye souque et l'autre reboutonne son pantalon. Je suis sonnée. Avant d'avoir eu le loisir de prendre peur je me rendors tout à fait, je coule.

C'est donc ainsi que l'an de grâce 198..., je me suis retrouvée seule sur cette putain d'île. Presque immédiatement j'ai su que c'en était une. La courbure des plages, l'amplitude de la mer, et ce grand silence d'hommes tout autour montraient assez qu'il ne s'agissait pas là d'un continent, voire d'une vraie terre ferme. Rien qu'une île, assez étroite pour m'enfermer, assez étendue pour parvenir vite à me donner de l'effroi.

Quoi encore? Du sable blanc, éclatant sous le soleil contre la mer bleue et verte. Des palmiers ou des cocotiers, hauts et tout lisses, bien séparés comme dans les images. Derrière, partout, ce désordre, cette géante entropie qui font penser aux Sauvages. Des quantités et des quantités de feuilles et d'on ne sait quelles espèces de plantes en plus des arbres, puis des ravinements, des espèces de montagnes, pas tellement dures quand on dispose d'une carriole, mais abruptes et épouvantables quand on n'en a pas. Et jusque sur ces montagnes et dans les vallonnements et les cols entre elles, des millions de putains de feuillages et de salades hypertrophiées.

Est-ce qu'il y a au sens propre des Sauvages sous les feuilles?

Brrr! Je suais en raison du soleil violent et livide et pourtant un rasoir de glace m'a coupé le dos. Sans attendre je me suis détournée vers la mer. Le miroitement était aveuglant. Mais cela ne pouvait me cacher que nul bateau de croisière ne stationnait à proximité, ni ne tirait de bords à plus ou moins longue distance. Rien, rien, pas une voile, pas une barque, pas une pirogue. J'étais seule. On m'avait jetée comme une gourme, on s'était débarrassé de moi. Et tout ça, je le répète, pour quelques... dissipations. Vous trouvez cela honnête, ou même humain si on va par là? Bref, ce n'était pas gentil.

(Mais je vais raconter tout de suite quelque chose. Dans la réalité, le fait se place après.

C'est que Dieu, constatant comme j'étais inhumainement traitée, ne tarda pas à appesantir Sa Verge! Trois jours, pas un de plus, à la suite de mon abandon sur l'île, il s'émut une furieuse tempête. Un de ces cyclones subits et dévastateurs comme il en peut exploser là-bas, par ces mers de tropiques et de cannibales. Très certainement le bateau de mes bourreaux fut un des premiers frappés. Car « la Vengeance m'appartient », dit le Seigneur. Pour être exacte, je ne vis pas de cadavres, ou pas de cadavres de gens de ma race en tout cas. Mais pendant bien du temps, matin après matin, le flux persista à drosser jusqu'au rivage des épaves diverses, un piano qui jouait faux, des saucisses à cocktail, un cuisinier chinois et crevé. Tous ces apports hasardeux m'aidèrent en partie à monter mon ménage. Mais surtout, ce qui est manifesté ainsi, c'est que les Méchants furent punis! « La Vengeance... » Bon, j'ai déjà cité cette phrase-là. En tout cas encore, tout ça, et cette tempête, montrent bien qu'il est parfois risqué d'offenser lâchement une femme. Ils me traitaient de cochonne, ces sagouins. Peut-être, avaient-ils voulu plaisanter, m'effrayer? On la crache à l'aise sur le sable, on la laisse mariner deux ou trois jours dans son jus de cochonne et on vient la reprendre. On se débrouillera avec elle et avec la Compagnie en marmonnant à propos d'une avarie, d'un ordre mal interprété, de n'importe quoi. Les autres passagers nous soutiendront, tout le monde en a par-dessus la tête de cette petite...

Oui, oui, mes bons frères, espèces de dégueulasses. Et tout d'un coup, sans le moindre avertissement, crac, la Verge!)

Là-bas, sur l'île, quand je me suis rendu compte que décidément j'étais seule, avec dans mon dos on eût dit toute la nuit de la Barbarie qui m'acculait sur cette lisière de sable surchauffé, au bord de l'Océan vide, la trouille m'a saisie. Je me suis mise à glapir :

– Au secours!

Mais quel secours, et de qui, merde alors! Si vous criez dans une maison, même spacieuse, ça donne un vacarme insensé, ça rebondit, ça meuble. Sur le rivage d'une île déserte, autant vagirait un chaton malade. La plainte misérable se disperse et se dissout aussitôt dans l'universalité de la lumière.

– Au secours! Au secours! Au secours! hurlai-je quand même, au sein d'une frénésie hystérique, me retenant à peine de me rouler sur le sable en m'arrachant les cheveux et me déchirant le visage des ongles, au risque de casser ces derniers.

– Kroak!

Ah, misère. L'Innocence abandonnée et flétrie sur ces terres inhospitalières avait en premier lieu comme subjugué la Sauvagerie de l'île. Comme muselé et tenu en laisse. Et maintenant, en appelant au secours, j'avais dévoilé à la fois ma condition d'être humain, et ma faiblesse de femme. Alors, tout d'un coup et tous ensemble, tous les démons de cette Sauvagerie levaient à leur tour le masque, se démuselaient, se déchaînaient. D'abord un perroquet isolé, unique, tel le chef d'orchestre de l'absurde :

– Kroak !

Puis, tout de suite, un milliard de tapages et de cris sans nom, ou en tout cas sans raison. Oiseaux, faux chiens, insectes, singes, serpents volants ou hyènes siffleuses. Par-dessus ou par-dessous tout, peut-être, Cannibales, Monstres, s'amusant par raffinement à imiter les précédents pour faire croire. Brrr !

J'eusse voulu me mettre à courir, de toutes mes forces. Mais vers où ? Vers quoi ? Devant moi, l'eau, l'eau partout, la stérile et ingrate immensité de la mer. Derrière, justement ce pandémonium, l'éblouissante nuit aveugle de l'incréé ou du trop créé, toute la conspiration maudite, maléfique, vile, des énergies de l'Instinct et du Mal. Du fond de mon désespoir, je me résolus à crier une ultime fois :

– Assez ! rugis-je.

Et non moins soudainement, d'un seul coup, tout se tut. Un faible « kroak... ! » retardataire s'engoua et périt, comme renfoncé sans rémission dans le kiki du putain d'oiseau. Tel est, malgré tout, le prestige de la voix humaine. Ou, peut-être, celui de l'Innocence.

Je me sentis mieux. Les pires Sauvages eux-mêmes, après tout, se trouvent susceptibles d'être désarmés par la fragilité d'une femme. On voit cela dans les livres, de même que le fil et les aiguilles du mataf. Un peu rassérénée, je revins à des sentiments décents. Ah, il suffirait de dire humains – ou normaux si l'on veut.

– Quelle heure peut-il être? me demandai-je, sans crier cette fois, ni même parler à proprement parler.

Une voix considérable dans le ciel, et je reconnus Celle de la Verge, proféra en réponse :

– L'Heure de te Repentir!

Par bonheur je compris à l'instant que c'était là un tour de mon imagination. Ou bien la Voix ne s'adressait pas à moi.

– Ne perdons pas le Nord, me dis-je.

Mais quel Nord, encore? Pourquoi pas ne perdons pas le Sud? Je m'aperçus que si je ne me reprenais pas en main, j'allais devenir folle. Le meilleur remède, dans ces états, est de s'attacher le plus méticuleusement possible aux détails de l'expérience et de la vie quotidiennes. Que fait-on d'autre chaque matin en se réveillant, après la liberté des rêves, sinon recomposer, brin par brin, un monde utilisable, dont les matériaux essentiels sont la confiance et la mémoire – l'habitude en un mot?

Bref, aucune raison de s'affoler. Il doit suffire, de ne pas penser trop loin. Trop clairement? De prendre les choses une par une. Par exemple, comment est-ce que je vais manger, m'habiller, me maquiller, plaire, trouver un appartement... Non, non, pas ça, pas comme ça! Si je débute de cette façon, je vais me remettre à hurler et à avoir peur. Bon. Alors, par exemple, les Sauvages... Non, non! Pas ça non plus! Surtout pas ça! Tu es vraiment idiote ou quoi? Quels Sauvages? Puisque je te dis qu'il n'y a pas plus de Sauvages sur cette conne d'île que sur... Brrr!

Ça va, ça va, reprenons. Le Nord et le Sud, disons. Facile. Le soleil se lève... il se lève... à l'Est? Oui, à l'Est, et se couche à l'Ouest. Donc le Nord... se trouve devant moi? Oui, puisque l'Ouest c'est ma main gauche, et l'Est par conséquent, ma main droite. Bon, mais si je me retourne? Alors l'Est c'est ma main gauche, et l'Ouest, ma main... droite? Merde alors, ça n'a aucun sens! Mais pourquoi est-ce que je me retourne? Et encore pourquoi ne pas me retourner, aussi bien? En principe, tout ça ne change pas de place. Il y a un Nord et un Sud et ainsi de suite. La preuve... eh bien, la preuve... la boussole! Bon. Sauf que je n'en ai pas justement, et en plus, je n'ai jamais su m'en servir! Ah, au diable. Ce que me dit mon intuition, c'est que quand je regarde vers la mer, comme maintenant, je regarde au Sud. Donc le Nord est bel et bien derrière moi, vers la profondeur de l'île. Et donc j'avais toute raison de dire que le soleil se lève à gauche, je veux dire à l'Est, et se couche à l'Ouest, du côté de ma main droite. Et si je me retourne, c'est le contraire. Ouais...

Bon, l'heure. Facile. Non, pas facile. Bien entendu ma montre est cassée. Ou elle a pris l'eau. Si elle ne marche plus, autant la jeter. Mais non! Imagine que tu rencontres un de ces S... Non! Non! Ne recommence pas, pense à autre chose! S'il n'y a personne, comme c'est logique sur une île déserte, tu ne rencontres personne et c'est tout. Ce que je voulais dire, c'est seulement... Bref, en cas on ne peut plus improbable de rencontre, même une montre cassée, une jolie montre de dame, peut toujours servir à... va savoir, un machin, un troc, un échange – un petit cadeau, quoi. Même un S..., non, ce que je veux dire, c'est que Tout le Monde aime regarder une jolie montre de chez Cartier. Bref, ça peut servir. Et d'ailleurs même pour moi c'est une compagnie. Je l'ai toujours eue cette montre, depuis l'année dernière.

Bon, donc il doit être à peu près neuf heures. Enfin, d'après le soleil il serait plutôt... L'ennui, c'est que je ne le vois pas le soleil, moi, à Paris. Je branche la radio, ou je consulte ma montre, ma jolie montre de chez... Assez, te dis-je, on ne va pas se remettre à pleurnicher! Donc c'est le matin et voilà. Neuf heures, pas une minute de plus. Pour me le rappeler, c'est-à-dire pour le savoir les autres jours, j'observe bien où s'arrête, à l'instant précis, l'ombre de ce cocotier, par exemple. Et juste à la limite je plante dans le sable... quoi? Un bâton? Pas de bâton. Il n'y a décidément rien sur cette conne d'île! Bon, bon, ne recommence pas. Alors ce coquillage. Bref. Quand l'ombre de ce grand plumeau touche le coquillage, il est neuf heures. Neuf heures du matin. Super! Et maintenant? Maintenant je mets de l'eau à chauffer pour le thé tout en glissant les tartines dans le grille-pain tandis que je... Non! Ah, et puis tu sais que tu m'énerves à la fin, qu'est-ce que tu as à larmoyer sans arrêt comme une connasse? Une par une, les choses, tu es bouchée ou quoi! Bon, alors le matin tu fais quoi, à part le bon thé bien chaud et les bonnes... Suffit!

– Je dois avant tout prendre une douche, dis-je à haute voix.

– Et changer de subito, intervient ma conscience.

– Tu pourrais commencer par me rendre le sale, rétorqué-je à mon tour.

A supposer qu'il le soit. Merde alors! Ma conscience ne m'inquiétait pas, elle aussi je l'avais identifiée tout de suite, je savais bien que ce n'était qu'une autre façon de me parler à moi-même. Pour ne pas me sentir trop seule, quoi. Mais en lui répondant, je veux dire en me parlant, je venais de faire une découverte : je n'étais pas nue! J'avais réellement ma robe. En même temps, la réverbération chaude du sable, mélangée à un friselis de vent venu de la mer, m'indiquait sans équivoque que mon cul était nu. Enfin mon cul, disons mon intimité, pas la peine d'être grossière comme ces fils de putes.

Quelle histoire! Alors, après m'avoir bien baisée, je veux dire molestée, oui c'est très chouette ça, molestée, ces deux sagouins s'étaient divertis à me refoutre ma robe. Ah, je suis sûre que c'était le popeye. Pour cacher non pas ma propre honte, merde alors, mais la leur. Celle de l'officemar. Et moi, je n'avais rien senti... je veux dire, ni d'un côté, ni de l'autre. Non, non, je m'explique encore mal. Je veux dire ni quand on me b..., me molestait, ni quand on me rhabillait. Merde alors, même si je me répète. Quant à mon subito et au mordicus, balpeau. Ces dégueulasses montaient une collection ou quoi? A chaque croisière on sélectionne une minette, on la traite de vilains noms, on la débarque sur une île déserte, et après l'avoir bien b..., enfin molestée, on lui choure sa culotte et son soutien de famille, son monte-charge, sa cage à nibards, quoi, pour pouvoir les faire encadrer? « Vous voyez ces deux-là? 198..., dans le Pacifique. Blonde, gironde, vingt-deux ou vingt-trois ans. Une b..., une molestée de première! »

J'ai commencé à courir au hasard. Il me semblait que toute l'île se couchait sur le dos pour m'inventorier la fente. Par surcroît, je mourais d'envie de faire pipi – et même autre chose, pour tout dire. Au demeurant qu'est-ce qu'il reste à dissimuler, quand on a le croupion et la boîte à ouvrage à l'air? Mais précisément ce qui me rendait dingue, c'est que je n'arrivais pas à comprendre comment on peut faire pipi et tout ça, quand on n'a pas de culotte à baisser. Vous vous mettez à poil, vous, avant de purger les ballasts?

Bref, le soleil tapait et je crevais, je suais. J'ai pensé tout en courant que j'allais salir ma robe comme le reste. S'il y a une chose que je ne peux pas supporter de moi, c'est puer. Je me suis arrêtée et remise à chialer.

– Pleure, pleure, tu pisseras moins, essayais-je cependant de me dire, à l'instar d'une vieille bonne quand j'étais enfant.

De sorte que la Verge, je veux dire le Ciel, m'a récompensée. J'ai retrouvé ma culotte. Elle était sale, ou je me l'imaginais du moins. Elle gisait dans une flaque d'ombre au pied des palmiers. Ça ne ressemblait à rien d'enfiler la chose pour la rabaisser aussitôt. Je l'ai accrochée à l'une des espèces d'écailles du tronc ou peut-être du stipe le plus proche. Si un navire passait au large et en travers, il pourrait la voir, et comprendrait sans problème que c'était un signal de détresse. Ouais...

Bref. Depuis l'enfance en question, j'entretenais le fantasme de faire pipi tout debout, comme un garçon. Donc c'était le moment ou jamais. Et pourtant, au début ça m'a coincée, surtout parce que je me demandais de quel côté me tourner. Je ne voulais ni que le Nord voie ma foufoune et le Sud mon derrière, ni le contraire.

Pour finir, je me suis cachée comme j'ai pu dans le peu d'ombre au pied d'un de ces palmiers-cocotiers, face à la mer. Selon moi, mon plus petit trou est ce que j'ai de plus précieux, parce que les mecs ne s'y intéressent pas vraiment. Déjà l'autre, à part bourrer et braire et de temps en temps bavocher un peu c'est une sorte de miracle. Et à ce moment-là, en plus, j'étais persuadée que si des quidams devaient faire irruption, ils viendraient de la mer. Pour me sauver, comme de juste. Ceux qui seraient venus de l'intérieur de l'île m'auraient escagassée tout de suite et alors adieu les trous, l'un aussi bien que l'autre. Bref, en tout cas c'était adorable de remonter la robe jusque sous mes aisselles et de faire pipi comme ça, les jambes écartées. Un jet splendide. Pourtant j'ai dû m'accroupir parce que le... enfin la nature me pressait. Bref ça venait. J'ai produit un bruit certain et je tournais la tête de tous les côtés, craignant qu'on m'entendît. Alors :

– Kroak...

– Toi, si je parviens à t'attraper, je te vole dans les plumes! ai-je dit, furieuse.

Mais j'étais à l'aise maintenant, les boyaux libres. Sans prétendre être incorrecte, une fille qui vient de crotter amplement est comme neuve. Toute cette belle place bien dégagée pour des petites pines vagabondes ou même des grosses! Bref, bref. J'ai hésité à me torcher à l'aide de feuilles ainsi que je suppose qu'il convient. Mais les maladies. Je redoute, je l'avoue, les allergies et les insectes. Surtout dans le trou. L'un aussi bien que l'autre.

– A-t-on le droit d'être sale sur une putain d'île déserte? me suis-je demandé.

Oui, certes – mais pas moi puisque je ne veux pas sentir mauvais. Et j'avais une faim à hurler. Mais non, voyons, une chose après l'autre. Ça m'avait bien réussi jusque-là. Donc, pas question de s'exciter. De penser à du miel, de la... Suffit, suffit. A la douche, cochonne! Sans parler d'un petit savonnage.

J'ai gardé ma robe pour laver le subito, agenouillée dans les petites vagues. Puis, comme je ne voyais toujours personne, j'ai passé la robe par-dessus ma tête et l'ai lavée aussi. Les deux chiffons disposés bien à plat sur le sable, ç'a été mon tour. Je me suis frottée avec énergie ici et là, m'attardant un peu ici parce que c'est chaud, et là parce que ça chatouille. J'ai nagé, poussé des cris pour rire, mais pas trop fort à tout hasard. Bien sûr j'aurais préféré de l'eau douce, surtout pour me laver et pour les vêtements. Tant pis. Le bain m'empêchait d'avoir soif. D'ailleurs je croyais vraiment, maintenant, que les connards du bateau allaient mettre fin à leur plaisanterie et revenir me chercher. Ils seraient bien attrapés de voir comme j'étais propre et Rexona, après la moitié d'une nuit et toute une matinée en plein soleil, sans salle de bains ni trousse de toilette.

Alors je me suis remise à pleurer. Pas très longtemps. A cause... à cause de tout!

Il n'y a pas la moindre boutique sur les îles désertes. En revanche, le linge sèche très vite. Donc j'ai sauté dans le subito, et lui et moi dans la robe. Je me suis peignée comme j'ai pu, utilisant mes doigts pour démêler et la paume pour aplatir. Le sel me cuisait insidieusement. Puis j'ai songé que ce devait ou que ça allait être un coup de soleil – redouté de moi presque autant que dégager une mauvaise odeur. De sorte que je suis retournée jusqu'aux arbres, moitié au galop pour ne pas m'embraser comme un lampion, sans compter que le sable me rôtissait les semelles, moitié en me traînant, afin de ne pas me remettre à suer et à cocotter sous les cocotiers.

J'imagine bien qu'on va me prendre pour une flotteuse de châsses et une pisseuse de quinquets. Toujours est-il qu'une fois à l'ombre, j'ai encore pleuré. De grosses larmes comme les bébés, et une toux de sanglots. Parce que je ne savais vraiment plus que faire, maintenant.

II

Manger! Manger! Manger! En vérité c'est incroyable comme la Nature vous presse. Pour tout. Pour vieillir. Pour rajeunir. Bouffer quand on a le ventre creux. Remplir un pot de chambre quand on vide un verre d'eau. Se faire sauter quand on est vierge et tenter de redevenir vierge quand nul ne veut plus vous sauter.

Mais alors j'avais faim surtout, faim! La faim fait sortir le loup du bois et y pousse les jeunes filles. J'avais l'impression d'être plus courageuse depuis que je portais une culotte – et toute propre. Quant au mordicus, j'espérais que l'officemar le portait à ma place et qu'il lui allait. « Une gorge qu'on soutient est une gorgc qui tombe », disait un de mes cons d'amants.

J'ai cherché une route ou même un sentier. Comme il se doit, ni l'un ni l'autre. Peut-être le paradis perdu n'est-il pas celui qu'on quitte, mais celui dont on ne trouve pas l'entrée. Devant moi, au-delà des cocotiers, parmi l'ombre barbare, existait sans doute tout ce dont j'étais en quête. La nourriture, un abri, l'eau douce et vive. Mais y étaient peut-être aussi les Ennemis. Le fameux Serpent.

J'écoutais, de toute mon attention. Il me semblait que des êtres humains ne peuvent jamais se cacher tout à fait à un autre être humain. Forcément au bout d'un temps plus ou moins long on les perçoit. On les sent. On les flaire, dirais-je, quoique ce mot évoque l'animalité. Mais non, j'étais bien seule. Rien. Personne.

– Kroak...!

Même ce perroquet stupide arrivait à me rassurer. Il serait le premier, pensais-je, à dénoncer la présence ou l'approche de n'importe quel intrus. Un piaf qui braille, ou qui chante si on veut, des heures durant à la même place montre assez que personne ne le menace. Et pour les putains d'autres bruits, criaillements, piaillements, jappements, glapissements, sifflements, aboiements et autres ricanements, ce sont les habituelles rumeurs de jungle. Les livres en parlent.

Parlent-ils d'animaux dangereux... c'est-à-dire, en dehors des Cannibales?... Brrr!... Mais non, mais non, ne recommence pas. Ça se saurait. Je verrais des os... Brrr!... Oui, alors ce que j'étais en train de dire c'est, de toute évidence, pas de lions, pas de perce-oreilles, pas de buffles furieux ni d'éléphants en rut. Tout ça c'est en Asie, ou en Afrique... Et où est-ce qu'on est ici, au fait? Avec ces sacrées croisières. Le bateau avance, on se fait molester et on ne voit rien. Quelque part entre Tahiti et... Cuba?

Bon, bref, pas de fauves, ou alors de très petits, qu'on écarte à l'aide d'une badine. Mais des serpents? Des vrais, pas du tout mythologiques ou symboliques? Brrr...! Bon, taillons-nous une authentique badine, et le premier serpent qui se mêle de venir siffler sur nos têtes, crac! la Verge! Ou plutôt pas de majuscule ici non plus. La verge!... Qu'est-ce que mes foutus genoux ont à s'entrechoquer comme ça?

J'ai bien dû mettre vingt minutes à couper ou plus exactement tordre et arracher la maudite badine. Je ne sais pas pourquoi toutes les... choses, les géraniums ou autres résistent aussi stupidement. Pour m'entraîner – m'entraîner à vaincre – j'ai décapité deux ou trois de ces... plantes. Bien entendu je suais. Je serais volontiers repartie me laver, mais, si j'ose le répéter, j'avais faim. Faim! Soif aussi, maintenant. Alors j'ai avalé un grand bol d'air comme avant de plonger, retenu ma respiration et, d'un seul coup, franchi la limite des arbres.

Or, voici ce qui était étrange : au-delà, il n'y avait rien. Rien qui soit à faire peur, je veux dire. D'abord encore des arbres, plutôt moins élancés, moins hauts, mélangés à d'autres très petits, avec encore beaucoup de sable à leur pied. Puis une espèce de brousse frénétique, de plus en plus épaisse et enchevêtrée, mais pas épouvantante, entre les arbres, eux-mêmes de plus en plus serrés. Des lianes, des mousses, des fleurs bizarres, énormes parfois. Et toute cette écologie, très luisante, très dense, d'un vert si intense qu'il fait paraître gris celui des forêts de France.

Pas de piafs là-dedans, semblait-il. Juste le perroquet par intervalles. « Krrroak...! » Et moi, comme quand j'avais enjoint à l'entropie de se taire, soudain je me suis dit que j'étais en vérité l'Animal-Roi, l'Être Humain. Car chaque fois que j'avançais d'une vingtaine de mètres, très prudemment au début, tout le grondement et le murmure et le milliard de rumeurs et de petits cris de la forêt vierge s'éteignaient. Se reportaient plus loin. Reprenaient là, puis se reportaient à nouveau, si à nouveau j'avançais. Le perroquet lui-même, avec son « kroak » de crétin, rebondissait devant moi, toujours invisible, au fur et à mesure.

On me fuyait! Pourquoi avoir peur, alors, si la peur, c'était moi qui l'inspirais? Jusqu'aux insectes, dont le zonzonnement m'avait assaillie et presque abrutie, lors de mon réveil sur la plage, et qui ici, à de très rares exceptions, paraissaient avoir disparu, engloutis le diable sait où. Je fouettai l'air énergiquement de ma badine, à plusieurs reprises.

– Je vais vous montrer, moi! dis-je bien haut, à tout et à tous.

Ce qui me chagrinait, c'étaient mes pieds. Comment marcher, dans toute une brousse à ne pas distinguer un Papou d'une framboise, les pieds nus?

Je me suis résolue à cueillir des feuilles géantes, plus larges que des assiettes et gonflées comme du caoutchouc, et à les entortiller autour de mes trottinets, les serrant à la cheville au moyen de très petites lianes. C'était si laid que j'ai bien failli les ôter aussitôt, le vert jurait avec le bleu de ma robe. Mais, comme on dit, pied affamé n'a pas d'oreille sensible aux couleurs.

Le sol avait l'air de monter tout de suite, une pente abrupte, et derechef j'ai cherché un chemin, l'ombre d'une piste. Je comprenais bien qu'un vrai chemin eût manifesté une présence, un usage humains. Mais merde alors! il fallait pourtant que je continue. L'heure non seulement du petit déjeuner, mais du déjeuner allait être passée maintenant. J'étais une béance, un gouffre sur le point de devenir enragé. Le perroquet, ou peut-être son frère, kroaka une fois de plus, pas très loin sur la pente, et je lui criai :

– Guide-moi donc, jean-foutre, si tu as tellement envie de causer!

Comme sans doute tous les animaux quand on leur parle gentiment, il comprit. Ou il obéit du moins.

Il poussa son cri d'ahuri un peu vers la droite, donc au... Nord-Est, oui c'est ça, et j'allai par là. Puis plus haut, droit au Nord, et je montai aussi tout droit. Ça semble curieux, mais chaque fois que je le suivais, aussitôt je trouvais une trouée, une passée. Comme une trace très fine laissée par des bêtes. Inoffensives...? Mais oui, mais oui, on ne peut plus inoffensives puisque c'est moi qui leur file la chiasse. Et donc j'avançais sans trop de peine à travers ce magma de grandes salades et de géraniums.

Le perroquet invisible a kroaké une fois encore du côté de l'Est, plus loin devant. J'ai suivi comme une bonne fille, et qu'est-ce que j'ai trouvé?

Des bananes! Mais des authentiques je veux dire, pas attachées à quelqu'un. Les fruits, quoi, avec de vrais bananiers prolongeant les vraies bananes. D'abord, le terrain devient comme tout d'un coup plus plat et plus clair, grisâtre, une sorte de clairière, avec soudain aussi le ciel au-dessus, parce qu'on ne voit pas du tout le ciel dans la forêt. Et à travers le dégagement, peut-être une douzaine de ces arbres, bien éparpillés, plus ou moins comme des artichauts monstres dont le bout des feuilles retombe.

J'en ai tant mangé, pour tout avouer, à ce déjeuner-là, des sacrées bananes, que je sentais mon ventre s'arrondir à la lisière de la culotte. Et en plus, il y avait de l'eau, au creux ou plutôt au centre de la verdure d'un autre géranium, qui a l'air d'un porte-parapluie d'où jailliraient des éventails. Sûrement, dans mon idée, cet arbre-des-voyageurs dont parlaient mes livres quand j'étais minote.

– Kroak...!

– C'est ça, kroak toi-même, lui dis-je, m'efforçant de m'empêcher de roter.

J'avais bien eu l'intention, une fois repue, de me remettre en quête. Un gîte, une caverne, n'importe quel endroit où m'abriter pour la nuit, si ces dégueulasses de la croisière faisaient durer la plaisanterie jusqu'au lendemain. Aussi, explorer un peu l'île. M'assurer que j'y étais bien seule. Aviser à d'autres provisions, toujours pour le cas où je serais coincée la nuit entière et peut-être une partie de la matinée.

Oui, vraiment, j'avais une quantité de choses à faire. Et sans attendre. Tout de suite. On raconte que l'obscurité vient tôt et tout d'un coup du côté des Tropiques et tous ces coins-là.

Mais le soleil et les bananes m'avaient tuée. Au lieu de repartir, je me suis laissée tomber au pied d'un des arbres. La tête et le torse dans son ombre, les jambes au soleil. Tant pis. J'étais trop fatiguée pour les ramener. D'ailleurs la chaleur me paraissait moins forte.

– Kroak...

Moins forts aussi, les appels ridicules de ce volatile, et les rumeurs de la jungle. Je somnolais ou rêvais, ou encore avais de la fièvre. A un moment, je croyais voir précisément ce con de perroquet, accroché telle une pendeloque au mur vert de la forêt qui enveloppait la clairière. Son plumage affectait des couleurs virulentes, très contrastées, comme celui d'un toucan aperçu chez un oiseleur, à Paris.

– Kroak...

La chaleur baignait mes jambes, mes cuisses, mon ventre. Sans raison définissable, une pulsation d'abord très faible, désir et plaisir mêlés, a ondulé sous mon subito, partant du creux du sexe et remontant, à l'intérieur de moi, jusque derrière mon nombril. Il me semblait que le perroquet tenait les yeux fixés là et non ailleurs maintenant. C'était agaçant et excitant.

– Tu veux me voir ? Eh bien, regarde, lui ai-je dit, ou ai-je pensé dans mon demi-sommeil.

Je me suis allongée tout à fait, mise à plat ventre. Je dois être folle. Paresseusement, d'une main, j'ai retroussé ma robe, puis baissé ma petite culotte. Le soleil m'a brûlé soudain les fesses. C'était délicieux. J'imaginais en rêvant le regard de l'oiseau, de sorte que la pulsation est revenue, plus insistante, plus rayonnante en même temps et j'ai déchargé un peu, gémissant tout bas. « Ah !... Ah !... »

Quel rêve, et comme c'était bon... Après, je me suis souvenue des coups de soleil, j'ai basculé sur le dos, me suis réappuyée au tronc ou à la tige du bananier. Je ne voulais ni rabaisser ma robe, ni remonter ma culotte. Cela me faisait plaisir d'être au grand jour et d'observer moi aussi mon sexe. Tout blanc et d'un rose brun sous la toison dorée, tout tendre et fendu et bombé comme une paire de minuscules joues. Et si... ?

Mais pourquoi pas ? J'ai fait semblant de jouer tout juste à peigner la claire petite étoupe, à bien la séparer, la coucher de chaque côté pour dénuder les lèvres. Juste le temps que la pression s'amasse, monte à nouveau, et le désir. Comme indépendant de ma volonté mon majeur venait, revenait, s'attardait, s'enfonçait dans le sillon étroit, découvrait l'infime capuchon et, blotti en dessous, oui, ici, ici, ici, sensiblement vers la gauche, ce point d'imminence, d'urgence, le plus infime encore sexe du sexe. L'approcher, l'éviter, l'approcher, l'éviter, l'effleurer, l'éviter, partir, revenir, partir, revenir encore, commencer à le presser, partir, l'entourer peu à peu comme un rapace qui tournoie, resserre peu à peu les cercles avant de fondre, inexorablement alors, sur sa proie. Sa proie douce, vulnérable, fragile, mais qui se rebiffe, se dresse. Alors encore, le rythme de l'oppresseur et de la victime une fois trouvé, préciser, précipiter sourdement, sournoisement, furieusement tout à la fin le mouvement, perçant toujours, avec de plus en plus d'acuité, mais comme tout au fond d'un long tunnel, d'un long entonnoir d'hypnose, ce regard fixé là, ici – des yeux sombres, énormes. Alors les vraies pulsations, les ondes, naissent, s'élargissent concentriquement tandis que les cercles de l'investissement referment au contraire leur étreinte. Les ondes, maintenant, vont déborder, je ne les contiens plus, elles vont...

– Ah!... Ah!... Aaaaah!...

Depuis combien de temps n'ai-je pas joui avec cette âpreté, cette plénitude? Ma main demeure posée, recourbée sur le tendre bivalve, le majeur encore rangé en long bien au milieu. Mais il ne peut plus ne serait-ce qu'effleurer la dure petite perle dans la chair éclatée et moite. On a raclé tout mon corps avec le scalpel du plaisir.

Un vent, un souffle plus frais, plus rapide sur mon ventre, comme chargé de la seule mission de me réveiller. J'entends jacasser, glapir, on dirait vraiment aussi comme un aboiement dans les arbres. Des singes? Quelle horreur! Ces vilaines bêtes contemplant une jeune fille qui se masturbe.

– Vous êtes des monstres! me mets-je à hurler, et je brandis le poing au hasard.

Des branches se froissent, certaines craquent, les feuilles bruissent, et tout d'un coup j'ai à nouveau l'impression d'être seule. En vérité je devais être dingue pour me caresser comme ça. J'ai les cuisses et toute la vulve, le trou lui-même si poisseux que cela me répugne de remettre là-dessus ma culotte. Bon. Merde pour les singes et les cacatoès. Gardant d'une main ma robe troussée, je m'accroupis, pisse comme un bébé. Je ne sais pas ce que j'ai à pisser comme ça. Sans doute je ne pleure pas assez! De l'autre main, je me lave tant bien que mal avec l'eau qui stagne au centre de ces bouquets d'éventails en caoutchouc vert.

Le soleil me sèche. Je me rhabille. Je perçois que je sens bon le bébé propre, sauf un peu sous les bras. Je suis plus triste et plus frileuse maintenant, plus lasse, cependant je n'ai pas trop peur. Bien nourrie – à condition cela va de soi d'aimer les connes de bananes –, bien désaltérée, bien lavée, bien branlée, que demander de plus, en quelques heures, à une île déserte?

Ah, mon dieu, un lit, un solide abri bien clos, bien chaud. Bien protégé. Des barrières ou des portes compactes, bien épaisses, munies de serrures et de verrous. Une arme pendant que j'y suis, tout un arsenal, plus... plus dissuasif qu'une misérable badine. Mais où, où, merde alors? Où trouver tout ça sur une putain d'île? Misère! Je peux voir que le soleil baisse d'une façon terrible soudain. Il doit se rapprocher de la mer. Au Sud. Non, à l'Ouest, le soleil se couche à l'Ouest, s'il n'y a que cela de certain!

Alors, je parlais toute seule, piétinant, marchant ici et là sans autre motif que ne pas songer à reprendre peur. En fin de compte il m'est venu une idée. Idiote, c'est sûr, mais tant pis. Qu'est-ce qui n'est pas d'une idiotie débile, quand on est née à Paris, France, et qu'on se récupère jetée en vrac sur une île de dingos?

La chose, le piaf! Ça m'avait réussi une fois. Je l'ai appelé :

– Kroak?

Comme il se doit, peau de balle et nib de pouic. Que fallait-il faire? Lui remontrer ma cramouille, au risque de contracter un rhume? Je me suis acharnée, simplement parce que je n'avais pas d'autre espoir. Qu'est-ce que c'est, sinon, vivre? J'en avais la gorge blette à force de kroaker. Puis, au moment où je n'y tenais plus, le petit enculé a refait surface. Son cri en tout cas :

– Kroak!

– Eh bien, petit enculé? ai-je dit, m'adressant à la paroi de feuillage déchirée par les ombres et les rayons rouges qui se couchaient. Recommence comme tout à l'heure, guide-moi, mène-moi quelque part. On n'est pas là pour rigoler!

Un silence, ou le silence relatif de toutes ces brousses à macaques et à sauvages, puis finalement le cri, plus loin, plus haut :

– Kroaaak!

J'ai donc plongé parmi les cons de géraniums et me suis remise à grimper. Des pentes d'une raideur incroyable, glissantes en plus bien souvent, et il faut se cramponner aux branches, aux lianes, le diable sait à quels troncs minces, gluants eux-mêmes. La fièvre, sans doute, m'avait reprise. Je croyais bel et bien que le perroquet connaissait le chemin. Quel chemin? Peut-être le sacré piaf était apprivoisé, comprenait tout, il m'emmenait sans faiblir vers un bon hôtel, vers des larbins, des hamacs, un chariot à pâtisseries?

Puis, alors qu'on s'était hissé tout en haut du diable sait encore quel morne, quelle falaise, le con de piaf m'oblige à redescendre! Derechef les dérapages et les glissades, les machins visqueux qu'on empoigne au hasard. Simultanément, une espèce de mugissement étouffé, à la fois entêtant et sourd, qui paraît croître.

– Mais où tu vas, petit enculé?

Une ultime dégringolade, en suivant, si j'ose dire, une longue traînée de gadoue, bien luisante, bien noire, et c'est comme un rideau qu'on tire. Les arbres s'écartent, dessinent une trouée effilée, du haut en bas des pentes abruptes. De tout là-haut, jaillissant d'un entassement presque vertical de roches et d'arbres, tombe une cascade. On la voit ou on la devine qui rebondit à plusieurs reprises. Ensuite, elle disparaît, comme engloutie dans un étranglement, et à la fin une nouvelle issue, une fente, percée à même les masses de pierre surmontées d'arbres et de toute une végétation luxuriante, la recrache avec une force dingue et elle choit tout droit de plusieurs dizaines de mètres, fuseau, trait géant d'une blancheur écumeuse et aveuglante. Cette dernière cascade a creusé à son pied, par le simple poids, dans le plateau rocheux, un profond bassin rond, comme une piscine naturelle. Juste au point d'impact, où la force et la pression sont les plus grandes, les eaux tournoient avec une extrême violence, puis se calment progressivement vers la périphérie. Au cours des siècles, elles se sont foré une voie de dégagement, un trop-plein par lequel, au bout d'une série de petits bassins plats, elles reprennent ou poursuivent leur descente, cassées maintenant dans leur impétuosité, et redevenues simple torrent, ou même simple ruisseau de montagne.

A tout autre moment je n'eusse pas résisté. J'aurais arraché mon peu de vêtements et me serais risquée dans ce bassin presque tout blanc lui-même, comme du marbre, enchâssé au milieu du sombre moutonnement des roches. Il faut avoir connu la chaleur, la touffeur molle, exténuante, universelle des Tropiques pour apprécier vraiment ce que c'est que l'eau douce. Des milliers, des milliards de litres d'eau douce, dépensés en toute inutilité et en toute magnificence ainsi.

Mais le temps, la peur surtout me hâtaient. Environnée du fracas des eaux, il va de soi que je perdais la moindre chance d'entendre l'oiseau, cette espèce d'allié inepte, invisible, mais qui, malgré tout, m'avait conduite jusque-là. Au demeurant je songeais d'autant moins à me baigner, pour le présent, que la proximité immédiate des chutes imprégnait tout l'air d'une humidité à la lettre palpable. Une telle saturation, qu'au sein même de la chaleur on frissonnait. J'étais seule, seule. Les larmes me sont venues, et je disais d'une voix tremblante :

– Ah! Petit enculé...

Je me suis retournée vers le bas de ce chaos de montagnes gagné par l'obscurité. La forêt vierge, à l'extrémité inférieure de la trouée ou de la clairière oblongue en haut de laquelle tombait la cascade, se reformait, se refermait massivement tout de suite. Mais juste dans l'axe, persistait la mince faille au fond de laquelle devait couler le ruisseau. Et en suivant du regard cette ligne étroite, sinueuse parfois, entre les formidables contreforts végétaux, on entrevoyait, tout en bas, spectrale à cette heure du soir, la plage d'où j'étais partie.

Voilà que je me mettais à rêver de chaleur et de lumière, comme, depuis que j'avais quitté la plage, j'avais aspiré à de l'ombre, aux eaux douces et à la fraîcheur! L'endroit où je me trouvais constituait, en tout cas, un excellent observatoire. Toutes ces pentes, et les murailles, les pics, les crêtes plus aiguës, plus nues, plus déchiquetées et plus vertigineuses encore que j'avais aperçues derrière la première des chutes, tout là-haut, me persuadaient que nul danger humain ne pouvait me menacer venant de cette direction. Contrairement à ce que j'avais cru tout d'abord, il me semblait évident, maintenant, que si je devais essuyer l'intrusion, l'irruption d'ennemis quelconques, ils arriveraient par la mer. D'où j'étais, je verrais tout. Assez proche, dans cette position surplombante, pour que rien ne m'échappât, car je dominais la moitié de l'horizon, et un large secteur de plage. Assez éloignée de cette dernière, pour avoir le temps de battre en retraite, à travers l'insondable pêle-mêle d'arbres et de roches, de brousse et de jungle. Tout le temps au besoin, d'y préparer des armes, des pièges.

– Mais maintenant, maintenant! me dis-je, le lourd sang de la fièvre et de la frayeur me cognant aux tempes.

Hé oui, je songeais à me cacher, et j'étais si bien cachée déjà, que je me retrouvais mise à part, séparée, du monde entier! Seule, seule, si infiniment exposée et fragile, quasi nue sous ma petite robe, alors que l'écrasante nuit des Tropiques d'un seul coup s'apprêtait à basculer sur moi et sur l'île.

– Une... chose... à... la... fois... bégayai-je, m'efforçant de ne pas perdre tout à fait la tête, de ne pas succomber à la panique.

Bon. Bon. Calme-toi. Raisonne. Vite si possible, et pourtant ne te presse pas. Cherche. Tu es intelligente ou tu le crois. Vas-tu te montrer moins avisée qu'un enculé d'oiseau? Il t'a indiqué de la nourriture, de l'eau, un poste de veille, une piscine, et toi, tu ne trouverais rien?

Les jambes crispées à la fois et tremblantes, je réfléchissais tandis que le ciel, maintenant, noircissait à vue d'œil. Je ne pouvais songer à m'installer là-même, en raison de l'humidité, du froid qui augmentait, et du fracas mugissant des chutes. Remonter alors? Non, il fera encore plus froid. Bon, redescendre, ou dénicher quelque part sur le côté, à flanc, un autre entablement, un autre terre-plein plus ouvert, plus calme aussi.

Mais vite, vite! Et sans te presser comme une conne! Imagine qu'en plus tu te démolisses un bras, une jambe... tu es là immobilisée et des fourmis rouges, ou vertes, surgissent par bandes pour te gruger le derchon. Sur quoi un escadron de nègres qui sont tous des cannibales ou le contraire...

Ah, misère. Je ne me sentais ni le courage, ni la force d'escalader les sentiers, je devrais dire les faufilements glissants par lesquels j'avais déboulé au pied des cascades en suivant l'oiseau. J'ai donc traversé dans sa largeur l'espèce de trouée, franchissant les débordements du bassin en sautant de mon mieux d'une dalle à une autre. Là où reprenait la forêt, j'ai continué à suivre transversalement le flanc des hauteurs. Les ombres s'épaississaient à une vitesse consternante. Et moi, clapotant, pataugeant dans l'humus et les terrains spongieux entre les arbres, me débattant contre les branches et les lianes retombantes, la trouille me gagnait d'autant plus vite que mes caricatures de souliers, ces informes paquets de feuilles, s'en allaient en lambeaux, de sorte que je sombrais plus que jamais dans les fantasmes et les hallucinations hystériques à propos de fourmis, de sangsues, de serpents et le reste. De mygales...! Bon, bon, assez, assez!

En guère de temps, pour finir, quoique cela m'ait semblé un siècle, je suis parvenue à un nouveau ressaut de la pente, plus ou moins plan, et plus ou moins dans le genre de celui où je m'avais goinfré de bananes et... et fait la sieste. Ici, en dépit de l'ombre, le sol me paraissait plus clair, peut-être sableux. Les arbres, sans dessiner une clairière, s'écartaient et se séparaient de façon nette les uns des autres.

Plus en arrière, vers le haut de la pente, mais toujours sur ce nivellement assez spacieux qui la coupait, j'ai cru distinguer un amas de roches lui-même aplati, tabulaire. Je me suis dit que je découvrirais peut-être là un embryon de grotte, de caverne, tapissé de sable bien propre, où dormir. Tenter de dormir en tout cas.

J'ai ébauché un mouvement de ce côté et, soudain, il a fait absolument noir. C'est bel et bien vrai que dans tous ces Tropiques, à ce que j'ai vu, il n'existe pas de crépuscule. Tout au plus comme un avertissement, une menace confuse, pendant peut-être quelques minutes, quelques secondes parfois. Puis, d'un seul coup, le noir réel, dissimulé jusque-là, du ciel, se renverse sur la terre et il fait nuit.

Je me suis figée. Avec mes rêvasseries imbéciles de fourmis et de serpents, sans parler des bouffe-toujours de cannibales, je n'osais même pas m'asseoir. Par bonheur, ici, où je ne percevais plus les chutes que comme le déchirement lointain d'une étoffe géante, le froid était moindre. Il régnait même, si j'oubliais ma peur, une petite tiédeur doucement gélatineuse, pénétrante. A l'instant même, en revanche, où la nuit s'était établie, avait jailli jusqu'au ciel, montant semblait-il de l'île tout entière, un puissant, un invraisemblable concert d'insectes. J'ignore pourquoi je dis insectes. Au bruit, ils pouvaient avoir la taille de moulins à café ou même de moteurs Diesel. Des claquements, des entrechoquements, des trilles, un pot-pourri de lames de métal et de bambou qui vibrent, cassent, coassent, résonnent. Des tintinnabulements, un prout, des bris de verre. Une bille d'acier qui rebondit sur une plaque de tôle, puis fouette une nappe d'eau et s'écrase dans du beurre qui miaule. Des chuchotis, des exclamations, de sots murmures. Et encore, de fulgurants tracés supersoniques. Des ritournelles imbéciles à trois notes, comme un oiseau bas de plafond qui imiterait un harmonica. Bref, des insectes à faire dresser les cheveux d'une statue.

Je ne me sentais plus la reine de tous les animaux. Je me tenais debout, raide, les mains agrippées aux épaules et les cuisses jointes à ne pas y passer un haricot, tâchant de me rentrer le minou sous le sternum. Par instants, un cri véritable perçait la double rumeur des insectes et des chutes. Un singe? Une hyène? Un autre putain d'animal dont je ne connais même pas le nom? Brrr...!

Gardant les coudes pressés de manière convulsive contre les seins, j'ai fini par me boucher les oreilles avec les paumes, fermant en même temps les yeux de toutes mes forces comme les enfants quand, au danger qui plane, à l'ennemi qui approche, ils voudraient faire croire qu'ils dorment. Au fond de cette nuit artificielle, volontaire, qui me donnait l'illusion de me protéger de la vraie nuit, je me disais :

– Ce n'est rien, Sandra, petite Sandra. Ne crains pas, tout va s'arranger. Keep cool. Take it easy. Demain tout ça sera terminé. Tu riras. Même les pourris d'un bateau de croisière comprennent quand il faut s'arrêter. Tu leur cracheras à la gueule, et aussitôt la bonne bouffe et la bonne baise! Demain, Sandra, pauvre petite Sandra. Je te le jure, c'est comme si je voyais déjà la chaloupe pointer son museau sur la plage.

Ouais... Et sur la conne d'île, je suis restée, à en croire les journaux et autres médias, deux ans, cinq mois et dix-huit jours. Je laisse les minutes. A la fin, on aurait dit que j'avais oublié que j'avais envie de partir.

III

L'aube là-bas, c'est comme le crépuscule : nib de pouic ! Tout de suite la pleine lumière, tout de suite l'enragée chaleur. Pendant la nuit, à force de faire sentinelle tout en me bouchant les yeux, le sommeil avait dû me gagner. Peut-être avais-je d'abord glissé de manière insensible sur les genoux, puis sur le flanc. Je me réveillai en chien de fusil, à même la terre sableuse, un peu ankylosée comme quand on a eu froid en dormant.

– La croisière. Les gens. Les matafs, ai-je pensé aussitôt.

Je me suis approchée en hâte, tout au bord de l'espèce de terrassement naturel. J'ai regardé en bas. On découvrait un secteur de plage plus court que du pied des chutes. J'en voyais assez cependant pour être certaine que nulle embarcation n'avait touché là depuis la veille. Mer et sable étaient déserts.

– Bon, plus tard alors. Cet après-midi, me suis-je dit, contenant une extrême envie de pleurer.

– Kroooak... ?

J'en ai fait un bond tellement j'étais loin, toute

tirée vers l'avenir, vers l'espoir. Pourtant ce n'était que le petit voyeur. Bigarré de jaune et de vert, avec ses yeux saillants et fixes de mateur et son énorme bec vernissé, il était posé sur un machin, un buisson, peut-être à deux mètres de moi.

– Te revoilà, petit enculé?

J'ignore pourquoi, ça n'avait pas l'air de lui plaire cette désignation. On aurait bien dit un blâme dans ses yeux stupides :

– Kroak?

Je ne sais pas plus pourquoi, ce blâme prétendu eut le don de me mettre en fureur. Je lui en voulais de tout au piaf. De m'avoir abandonnée quand je cherchais comme une malade où dormir. De m'avoir regardée me branler. Bref, de tout.

– Tu n'es pas un enculé? lui ai-je dit.

– Kroak!

– Merde alors, bel et bien tu en es un!

Sur un buisson, plus proche encore de moi, je cueillis une toute petite branche, l'effeuillai, ne laissant qu'une feuille unique, minuscule au bout de la tige. Puis je m'avançai vers le volatile, qui ne bougeait ni ne bronchait :

– Tu vas me mordre si je te touche? Essaie seulement, et je te rosse à t'en faire perdre le kroak!

Je tendis ma main libre très lentement. Le piaf penchait la tête, mais sans paraître vouloir m'attaquer. Je lui effleurai le sommet du crâne, le cou. Il était chaud. Comme il ne grouillait toujours pas, je lui emprisonnai vivement la nuque si les piafs en ont une, le courbai en le tournant, et penchant ma propre tête, lui soufflai avec énergie sur le croupion pour disperser les plumes. Quand j'eus reconnu ainsi ce qui, selon moi, devait être son trou du cul, j'y introduisis progressivement trois bons centimètres de la petite tige et la laissai là. Le bizarre est que moi, ça me fit presque mouiller cette façon de le baiser. Je me redressai toute contente. Il faut dire qu'il était plutôt charmant avec sa petite branche dans le cul, prolongée de sa petite feuille.

– Tu vois que tu es un enculé, lui dis-je, afin de le narguer.

Cela au moins, je suis sûre qu'il l'a compris. Ses gros yeux noirs s'étaient encore agrandis et il les fixait sur moi, tout honteux, n'osant ni s'envoler, ni même remuer une plume. Moins encore me fatiguer de son stupide cri.

– Et voilà, joyeux kroak à toi aussi! lui dis-je.

Un instant il fit pivoter sa tête, essayant de voir son propre croupion, augmenté du bel appendice, puis y renonça, se contentant de la baisser, l'air accablé.

– Si tu es sage, je te l'enlèverai, lui promis-je. Mais pour le moment tu la gardes, ça t'apprendra.

Il aimait peut-être cela après tout? Peut-être cela le faisait-il jouir? Merde alors, je ne savais même pas si c'était un mâle ou une femelle! J'espérais que lui le savait. Quant à moi, j'ignore ce qu'il m'a pris. Mais à force de considérer ce petit empaffé, tout résigné, tout tranquille, lui et son thermomètre de bois dans le cul, ça m'a fait envie. Ma propre extravagance me mettait le feu aux joues en plus du soleil. Je n'en ai pas moins remonté ma robe, la roulant et l'attachant à l'aide d'une liane juste sous les seins. Après quoi j'ai ôté ma culotte, cueilli une autre petite branche, que j'ai parée comme la première. Le perroquet me regardait à s'en exorbiter. Surmontant mon impulsion je lui ai fait face, afin qu'il ne voie pas tout, je ne voulais quand même pas exagérer. Écartant un peu les pieds, je me suis bien penchée en avant, et enfilé le souple et fin rameau entre les fesses, dans le rectum, laissant, comme pour le piaf, dépasser l'extrémité qui portait une petite feuille. Cela m'a donné une brève et rapide secousse et j'ai vraiment mouillé cette fois, à en avoir les jambes parcourues de frissons. Je devais rougir ou même pâlir à mort, mais je m'en fichais, c'était trop bon. Redressée, j'ai dit au piaf :

– Cela te plaît plus, maintenant qu'on se ressemble ?

Et à la vérité, oui ! J'avais réellement le sentiment qu'il brillait et allait reluire, en m'examinant le trou du cul. Peut-être me prenait-il pour une simple variété de piaf, cet emmanché. D'ailleurs, pourquoi pas si ça l'amusait ? Cela ne le sauvait pas de l'avoir lui-même dans le mimi – sauf que lui, il dépendait de mon bon plaisir.

La soif et la faim revenaient en triomphe. Il me faudrait aussi me laver, et le reste. J'ai esquissé quelques pas de droite et de gauche sur le sol clair et sableux, relativement aplani entre les fourrés, les espèces de buissons et les arbres, pour voir si mon petit rameau me gênait. A l'expérimenter, je l'avais enfoncé un peu trop et, sans me blesser, je le sentais frôler le diable sait quoi vers le col intérieur du rectum si ça existe ou au seuil de l'intestin, lors de certains mouvements – je ne suis pas calée en anatomie. En même temps, comme le con de piaf à ce qu'il semblait, je voulais le garder. Cela me rassurait étrangement de l'avoir là, et aussi c'était une petite jouissance sourde, mais continue. Comme, malgré tout, je ne souhaitais pas arriver à m'irriter ou à m'écorcher, je me suis décidée à le ressortir, mais en le remplaçant tout de suite par une fleur à queue très longue, dénichée parmi toute une broussaille de salades géantes et de lianes. Faufilée entre mes fesses même sur une furieuse longueur, la tige était assez tendre et assez flexible pour se conformer intimement à toutes mes allures, et l'usage montra qu'elle me procurait une jouissance plus vive, et plus pénétrante quoique le mot paraisse drôle ici, que le rameau. Je me rendis compte d'ailleurs que, quel que fût mon désir, il me faudrait la retirer de temps en temps. Sans quoi, tout à fait sensibilisée à cette espèce de toucher interne, je passerais le temps à exsuder du foutre de femme et finirais par marcher sur les genoux ou à quatre pattes, ou même ne saurais plus faire quoi que ce soit d'autre de toutes mes journées que mouiller et jouir.

En attendant c'était délicieux de me promener ainsi, nue jusqu'aux seins, le minou épanoui par le plaisir et la chaleur, et ma jolie fleur dans le derrière. De plus en plus semblable au piaf décidément, je me suis dévissé le cou pour me voir, voir la fleur. Mais je ne parvenais qu'à l'apercevoir, sans saisir au complet l'effet produit.

Bon. D'abord reculer tant bien que mal à l'ombre, avant de me changer en langoustine cuite, ce qui ne manquerait pas de tout gâcher. Ensuite, me confectionner de nouvelles bottines au moyen des foutus géraniums. Celles de la veille, loqueteuses au demeurant, j'avais dû m'en débarrasser tandis que je dormais. Très bien. Ensuite encore, j'ai délivré mon copain emplumé, mon frère de vice sinon de race, de son petit manche. Inutile de lui donner de mauvaises habitudes. Le trou du cul libéré, il a gonflé toutes ses plumes, battu des ailes, kroaké, s'est envolé enfin. Il ne voulait peut-être que fienter – ce qui me rappela mes propres besoins. Je parle de faire pipi, les bananes m'arrondissaient toujours un soupçon de ventre, plutôt adorable selon moi, mais paraissaient bien résolues à me gratifier d'une constipation scélérate. Bref. Je profitai de l'absence du piaf pour m'accroupir et vider ma vessie, sans prendre la peine d'enlever la fleur. Ce qui me rappelle aussi, que je ne compte pas les mecs, dans ma vie, de ceux qui se prétendent cultivés, qui se demandaient si les filles font pipi par l'anus ou par le vagin ! Bref, donc. Le temps de m'essuyer à l'aide d'une feuille, le con de piaf était de retour. Je suppose que tous ceux qu'on encule vous suivent toujours tout le temps ensuite.

– Bon, à la bouffe et au jus, lui dis-je.

– Kroak ?

– C'est ça.

Je me dirigeai vers les chutes. Chemin faisant, ce qui était très facile maintenant, au grand jour, au grand soleil, je pus voir que je ne mourrais pas de faim de toute façon. Non seulement, par endroits, je reconnus des bananiers, mais au milieu des branches de vrais arbres, je distinguai des boules vertes et grenues de la taille à peu près du pamplemousse. Je savais ce que c'était. Comme l'arbre-du-voyageur, qui à la vérité n'est qu'une grosse plante, je l'avais vu dans mes livres d'enfants. Et je crois qu'on en avait parlé sur le bateau. C'était l'arbre-à-pain.

Plus loin, un considérable jacassement et une considérable agitation de singes m'attirèrent, ou nous attirèrent moi et le piaf, vers une autre de ces fausses clairières où montent d'un jet jusqu'au ciel de sublimes arbres. Des cocotiers. Dans mon idée, ils ne poussaient que sur la côte et les rivages, à la limite des plages. Mais à voir la bombance qu'en tiraient les foutus macaques, de toute évidence je me trompais.

Merde alors, comment avoir moi aussi des foutues

noix ? Je ne suis pas une guenon, ou c'est ce que je crois, je ne sais pas grimper aux arbres. Les foutus singes ricanaient, jappaient, gloussaient comme des femmes enceintes qu'on chatouille avec une plume déguisée en forceps, et cela me déplaisait amplement qu'ils voient mon minou et le reste, incluant ma fleur dans le trou de balle ! Mais je n'allais quand même pas me gêner pour eux. Il me revint à l'esprit ce que j'avais fait de façon spontanée la veille, et soudain je hurlai :

– Assez !

Bel et bien comme la veille, tous se turent aussitôt. Derrière, autour, la forêt et la brousse faisaient silence. On n'entendait que le chant, à la fois grondant et flûté, presque cristallin des cascades. Certains des singes s'étaient statufiés dans le cours d'un mouvement, d'une attitude. Les uns une noix à la main. De tout minots, cramponnés à la poitrine de leur mère, enfouissant la face dans son cou, la retournant une seconde, furtivement, pour m'observer, la cachant à nouveau. Je me tournai moi-même vers le piaf :

– Eh bien, fais quelque chose, merde alors ! lui dis-je. C'est ton pays après tout. Parle à ces emmanchés, explique-leur que j'ai faim. Et soif ! Ou bien va tout seul me décrocher une noix si tu en es capable !

– Kroak ?

J'étais sur le point de lui refourrer dans le zob une trique trois fois plus grosse, et voilà que cet autre emmanché avait fourni la bonne réponse ! Au seul son du kroak, les putains de macaques entreprirent de nous bombarder avec les foutues noix. Ils visaient vraiment comme des manches, et n'atteignirent ni moi, ni le piaf, lequel se cracha d'ailleurs sans attendre. A tire-d'aile, comme on dit. Sauf que moi, je disposai d'assez de noix, partout sur le sol, pour me remettre à arrondir ma petite panse. Quelques-unes étaient juste assez fracturées pour que je les ouvre sans mal, d'autres encore assez entières pour que je puisse boire l'espèce de flotte ou de jus laiteux. Quant à la chair, elle est élastique, une sorte de pulpe opalescente, très différente de ce qu'on trouve à Paris à l'intérieur de ces vieux machins velus et bruns qui ont l'air de couilles de mammouth.

Les singes s'étaient remis de leur côté à bâfrer et à faire les zouaves sans plus m'insulter. S'ils imitent l'homme, ça doit bien les prendre d'imiter la femme, de sorte que je me demandais si je les reverrais tous, le lendemain, avec un quart de robe en fibre de coco et une fleur dans le croupion, plus ou moins comme Joséphine Baker.

Au pied de la plus grande chute, ainsi que je l'ai dit, faisant suite au profond bassin de forme à peu près ronde où les eaux tournoient, il y a une série de cuvettes plates. Le courant les traverse avant de se reformer en ruisseau, puis en torrent qui poursuit la dégringolade vers le bas de la montagne et vers la mer. M'approchant d'une de ces cuvettes, assez longue et étendue pour que le mouvement de l'eau n'y soit qu'à peine sensible, je me suis arrêtée un instant sur une plaque de roche bien lisse, bien sèche. J'ai abandonné là mes petites bottes végétales, plutôt ridicules je le reconnais, et aussi ma robe.

Quand j'ai été nue, ne gardant que la fleur d'un blanc crémeux, enfilée par la tige dans mon rectum, et dont les pétales s'épanouissaient à la convexité des fesses, j'ai avancé tout doucement dans la cuvette basse, veillant à ne pas troubler la surface de l'eau. Alors, j'ai pu utiliser celle-ci comme miroir.

Il me semble que j'ai toujours été passablement jolie et intense, en dépit ou à cause de ma petite taille, passablement désirable. Telle que je me découvrais maintenant, dans ma nudité entourée de toute cette île vierge et barbare, j'étais assez gracieuse, assez animale en même temps, pour me troubler moi-même. Quand nous avions quitté l'Europe – si longtemps auparavant –, mes cheveux blonds, aux reflets de cuivre et de miel, étaient coupés courts, formant des boucles serrées. Elles sont naturelles et elles demeuraient, mais la masse des cheveux paraissait déjà un peu longue sur la nuque. Ma peau, protégée en général à bord depuis l'entrée dans les zones subtropicales, commençait ici à se teinter, sertissant tels des bijoux, des gemmes, mes yeux verts. Et je dirai encore, puisque j'en suis à parler de moi, que j'ai toujours eu les seins peu volumineux, mais hauts et denses, et les cuisses, les fesses elles aussi très denses, douées d'un galbe net et pur. Enfin, c'est sous cet aspect que je me vois, soit toute seule avec moi comme ce jour-là, soit dans le regard d'un type, quand c'est lui que j'utilise en guise de miroir.

La fleur faisait vraiment trop joli! Ce qui me déplaisait un peu maintenant, ici, dans cette situation, nue au grand soleil et tout environnée de rochers et d'arbres, c'était ma petite fourrure. Depuis la puberté, mais surtout, pour ne rien cacher, depuis que j'ai pris le pli de me poser des types sur le ventre, je la taille et la raccourcis comme mes cheveux par intervalles. Sauf que sur le bateau, elle avait l'air d'exciter fortissimo les mecs qui me baisaient, les matafs en particulier, et je l'avais laissé aller, de sorte que tout d'un coup je la trouvais trop fournie, trop riche. Pour ici, la note d'animalité était trop forte, me donnait à moi-même l'impression qu'on eût pu m'assimiler d'une façon ou d'une autre aux singes. Je notai dans ma tête de penser à acheter des ciseaux. Ouais... disons trouver ou inventer un machin quelconque qui puisse faire office de ciseaux.

Le perroquet me regardait m'admirer. Peut-être m'admirait-il lui-même.

– Tu viens nager? lui ai-je dit, quand j'ai craint de tomber tout à fait amoureuse de moi.

– Kroak...?

– Bon, bon, d'accord.

J'ai marché ou sauté jusqu'au grand bassin, au pied de la cascade. Le rejaillissement des eaux, à la suite du furieux impact, m'a enveloppée dès le bord d'une brume palpable et d'un milliard de gouttelettes. J'en avais la chair de poule dans la chaleur et c'était délicieux.

Bien sûr il n'y avait ni margelle, ni degré. On peut bien entendu se débrouiller pour plonger. Mais je me souciais surtout de pouvoir remonter. Ce ne serait sûrement pas Petit-Enculé qui m'aiderait cette fois-là. Dans ma tête, j'ai noté également de songer à un autre nom pour le piaf. Petit-Enculé est bien banal, on n'entend et même on ne voit que ça. Ça manque de classe. Quoi alors, Charles? Lucien? N'importe quoi qui ne soit pas Jacko en tout cas.

D'un côté, presque à toucher la haute falaise, un décrochement dans les roches qui ceignaient le bassin formait un accès possible. Le frottement incessant des eaux avait suffisamment usé la pierre pour que les aspérités n'en pussent blesser, et cependant la texture en demeurait assez granuleuse pour que la courte rampe naturelle ne se changeât pas en patinoire.

Je suis entrée par là, multipliant au début les précautions, assurant chacune de mes prises. Puis, à mi-corps, l'eau glacée m'a coupé le souffle. Quelle ivresse! Alors je me suis lancée et mise à nager. Ouch!... Mais quelle joie!

La violence de la cascade alors qu'elle frappe l'eau du bassin détermine un curieux remous, une sorte de piège. Si l'on veut se rapprocher du point d'impact, il faut nager en utilisant toutes ses forces et même au-delà, parce que les ondes du choc vous repoussent. Mais si, à la fin, on y est parvenu, on constate qu'il est impossible de revenir en arrière, du moins selon le même axe. Un courant giratoire d'une puissance irrésistible vous empoigne, vous attire à la fois et vous propulse. En premier lieu droit sous la chute, ce qui ne laisse pas d'être intimidant, sinon effrayant, puis on est déporté, avec la même violence, vers la droite de ce point de rencontre, et enfin le courant vous promène à la périphérie de toute cette partie du bassin, dont on a le plus grand mal à ne pas racler la paroi. Quand le foutu courant perd malgré tout de son énergie, il faut encore déployer soi-même un luxe d'efforts pour regagner la zone plus calme – la petite rampe, tout à fait à gauche quand on regarde la cascade, d'où j'étais partie.

Tout le temps que je nageais en désespérée, buvant et recrachant une notable quantité d'eau, j'avais lutté en même temps contre la panique, le vertige de l'angoisse. Revenue dans la partie plus tranquille, et voyant que je m'en étais tirée saine et sauve, une véritable ivresse me submergea. Je pensai tout de suite à d'autres bains, si pour mon malheur j'étais contrainte à m'attarder dans l'île, où exprès je retournerais me livrer au démentiel tourbillon de la cascade, pour cette seule sensation merveilleuse de parvenir à lui échapper.

Ce jour-là, je nageai vers les roches plus arrondies afin de pouvoir me redresser dans l'eau, à mi-cuisses environ. Ma décoration végétale, et même florale, m'était restée étroitement logée entre les fesses, en dépit de toute ma précipitation et de tous les mouvements. Mais je croyais bien avoir senti, tandis que je me débattais comme une perdue en nageant, qu'elle me chatouillait, pour dire le moins, de façon peu agréable, quelque part aux alentours de l'extrémité interne du rectum. La force de l'eau, par ailleurs, avait mâchuré et flétri les pétales, de sorte que je me résolus à l'extirper, le plus délicatement que je pus, riant aussi de l'extrême contraction de mon petit trou, en raison du vigoureux froid.

L'autre petit enc..., je veux dire Lucien, kroakait à bruit modeste, penchant la tête selon sa coutume en m'inspectant le minou. Je me hissai sur le rebord, sautai sur une des dalles plates et sèches, pris ma robe à la main. Le soleil m'enveloppait, rouvrait mon corps. Mais ce n'était pas le moment de penser à des choses. Je m'aperçus que j'avais abandonné ma petite culotte à l'endroit où j'avais dormi. Je n'avais guère envie, d'autre part, de renfoncer mes jolis pieds minces dans des paquets de feuilles. Cependant l'expérience de la veille démontrait que je ne pouvais errer pieds nus par la conne de brousse. Je me rechaussai donc, si c'est le mot.

– Allons, arrive, dis-je à Lucien. Il faut que je déniche une autre fleur pour m'habiller. S'il se trouve une pâquerette ou un bouton d'or, tu auras le droit d'enjoliver ton propre infime zob.

J'adorais vagabonder nue, flanquée de Lucien qui voletait et se posait ici et là comme si mon sac à main ou une écharpe se fussent promenés tout seuls à mes côtés. La luxuriance formidable de la végétation cachait le soleil, mais l'ombre restait assez lucide, assez tissée de lumière pour tenir à distance la peur. Je pouvais bien voir, tandis que la marche s'allongeait, que je ne rencontrais ni serpents, ni fauves, voire le plus furtif scolopendre ou la plus timide sangsue. Au jour ainsi, je ne croyais même plus du tout à ces putains de cannibales.

Non loin de la bananeraie, je retombai, comme je m'y étais attendue, sur les amas de géraniums, ou de tubéreuses, ou de proustiens catleyas pour ce que j'en sais, si décoratifs, et dont la tige, non velue telle celle de beaucoup de plantes, est souple et tendre. J'en cueillis aussitôt une, et me l'enfilai à travers l'anus. Avec le réchauffement, et aussi la détente de la marche, elle plongea tout au fond de mon petit cul comme un jet de vaseline. De même que la veille, la sensation de ce faufilement, de ce frôlement subreptice et interne me fit mouiller. Cela m'embarrassait un peu – quoique sûrement pas à cause de Lucien, ni de quiconque puisqu'il n'y avait personne. En revanche, ça me donna une idée. Je pris encore note, au passage, d'aller rechercher mon subito. Je n'en avais qu'un, merde alors ! et quand la cavalerie surviendrait, je n'avais pas l'intention de jouer la Princesse des Fleurs. On m'avait bien assez fourgonnée sur le bateau ! Mais en attendant, je furetai et butinai jusqu'à ce que je misse la main sur un des foutus géraniums, apparemment de la même variété, mais à tige courte, et de section triple ou quadruple. Celui-là, je le glissai sans difficulté dans mon mignon garage à bites. Autre sensation. Et quitte à passer derechef pour une folle, je dirai que jamais je n'ai autant regretté qu'on ne puisse pas se... lécher soi-même. Bref, ça m'excitait comme une mouche. Bien entendu je fondais à la lettre, et ça me rendait encore plus ardu de retenir la fleur en bougeant et en marchant. Mais j'aviserais bien à un moyen de cranter la tige, de façon qu'elle reste à poste quoi que je fasse, comme... ces petits machins discrets dont on se sert quelques jours par mois. Passons. Mais ce que je veux dire, c'est que l'effet au-dehors était superbe. Je redevenais même décente. La corolle, les pétales, plus larges et plus évasés, maintenus contre le bas du ventre par le côtoiement des cuisses, me dissimulaient adorablement le minou. Je fus très fort tentée de remonter jusqu'aux cascades pour m'admirer. Mais j'avais à faire.

– Je ne suis pas la plus belle? demandai-je seulement à Lucien.

Il kroaka. Je n'aperçus ni bouton d'or, ni pâquerette, alors je me contentai d'une fleur minuscule du même buisson, écourtai bien la tige et la lui montrai :

– A toi, maintenant.

Le con d'oiseau, juché à ce moment sur une basse branche, sauta en l'air, c'est le cas de le dire, vagissant comme un débile, et dégagea de toute la vitesse de ses ailes, m'arrachant un autre fou rire.

Et moi, j'avais aussi un con d'amant, il y a déjà longtemps, qui adorait me fesser. Mais jamais quand, par exemple, on était nu, sur le point ou plus ou moins en train de faire l'amour, de sorte que cela aurait été un jeu parmi d'autres. Non, trop simple, je suppose. Avec lui, il fallait se trouver déjà devant la porte du palier, on sortait pour aller chez des amis, ou voir un film ou découvrir un nouveau restaurant. Je m'étais faite toute belle, comme une dame qui serait une jeune fille, avec, par exemple encore, mon chemisier en soie sans manches, des dessous de soie, une minijupe en velours, et les craquantes petites bottes en cuir noir qu'on portait à ce moment-là. Et d'un seul coup :

– Attends...

Il m'attrapait par le coude, se laissait choir sur le premier siège venu et me couchait sur ses genoux. Ça me mettait dans une telle fureur, que je hurlais, me tortillais comme une anguille pour arriver à me redresser. J'aurais voulu le tuer, justement parce que j'étais si belle et si... digne. Mais il me maintcnait sans pcinc, par les muscles il était le plus fort, sinon par sa cervelle de crétin. Alors, voici ce que je veux raconter. C'est qu'à la seconde même où il m'avait remonté ma minuscule jupe au-dessus des reins, à l'instant surtout où il m'avait épluchée de ma culotte, qu'il descendait sur les cuisses, je cessais de bouger fût-ce d'un millimètre, ne proférais plus un mot ni un son. Comme si... je n'en avais plus envie. Il me fessait à m'en faire pleurer à chaudes larmes, à me mettre le derrière en éruption, et moi, j'acceptais ça, on aurait dit que je trouvais ça bien. Je ne peux pas l'expliquer vraiment. On aurait dit qu'à partir du moment où, moi qui étais une jeune fille très élégante et très sexy, une dame en un sens, il m'avait déculottée, mis le derrière à l'air comme à un bébé, alors j'étais un bébé. On donne leur fessée aux bébés, et eux la reçoivent et n'ont pas voix au chapitre et c'est tout. Il y a une autre vérité, qui est que pour eux, les bébés, cela semble terriblement protégeant et rassurant d'être fessé. On a toujours mérité une fessée, de façon ou d'autre, et qu'on vous l'administre légitime l'ensemble de l'existence, et confirme dans la plus chaleureuse intimité l'équilibre général du monde.

Moi, je devais avoir le cul à peu près de la couleur des cerises, et, cela va de soi, quoique j'aurais préféré crever que de l'avouer à l'époque, je jutais comme une laide. Alors mon crétin me remontait ma culotte, une admirable, toute propre, que je venais juste de choisir et de passer :

– On y va?

C'était vraiment un con, et même pas très bon baiseur, trop expéditif, trop personnel. Mais pour le reste, pour ça, je lui étais attachée. Au fond, le sentiment d'être un bébé est merveilleux, quand justement on n'en est pas un. On arrivait chez ces amis ou ailleurs, et tout en jouant à la dame, en bavassant de tout et de rien, j'avais cette conscience très secrète et bouleversante d'appartenir à quelqu'un, d'être, par là, quelqu'un moi aussi, contrairement à ce que l'on dit de la dépendance. Le derrière me cuisait encore, ma petite culotte était toute poisseuse et, par moments, de lents spasmes me faisaient onduler la matrice. J'existais, j'étais liée à quelqu'un qui, de façon partielle et partiale, détournée si l'on veut, mais très réelle, me connaissait. Contrairement encore à ce qu'on dit, baiser, par exemple, ne fait pas grand-chose pour la connaissance qu'on peut avoir les uns des autres.

Bref, Lucien me rappelait moi. Si je parvenais à le coincer, et à lui fourrer sa brindille dans le croupion, il serait resté aussi bien trois heures sans s'aviser de bouger, ou s'efforcer de la rejeter. Mais l'apercevait-il, avant que j'aie pu la lui mettre, il faisait un bond et décollait en braillant.

IV

Malgré l'excessive chaleur du milieu du jour – une atmosphère de serre, moite, mucilagineuse eût-on dit – je n'ai pu me tenir de redescendre sur la plage. C'était une course longue et difficultueuse, à partir de la bananeraie. Tout de suite on patauge, on s'englue dans la grasse terre noire de la jungle. Lucien lui-même n'a pas tardé à m'abandonner. Quant aux singes, et à d'autres animaux possibles, il me semblait parfois encore les entendre, les entrevoir. Mais c'était sur les cimes des arbres, là où le feuillage, les lianes, les plantes parasites et toute une végétation aérienne forment un toit à peine lacuneux qui intercepte les rayons. Les singes et les autres n'étaient pas si fous que moi. Pour se promener ils demeuraient là-haut, bien au libre et au large, choisissant à leur gré air, lumière et chaleur.

Le sable doré de la plage était tout blanc sous le soleil de midi, la mer d'un bleu insoutenable, avec la réverbération. Hélas! Comme tout était vide – plage, ciel, mer. Et moi, si petite, si perdue. Les jambes, les cuisses, et jusqu'au torse, maculés de boue, striés d'égratignures, verdis par les pollens et les feuilles.

Mes jolies fleurs retombaient déjà tristement, comme des salades confites, et je les ai ôtées. Toute ma pauvre joie du matin était partie. Reculée un peu sous les hauts cocotiers et les palmiers royaux, malgré moi, encore et encore, je scrutais la mer. Il me semblait qu'à force de la regarder, quelqu'un, quelque chose viendrait. Le bateau, une chaloupe, des hommes, n'importe quel être humain – à l'exception bien entendu des Sauvages!

Rien. Personne. Courant parce que le sable me brûlait, je suis allée nager. Mais ce plaisir-là lui aussi était fini. L'eau me paraissait épaisse et collante, la mer trop vaste. Quand je suis ressortie, tout de suite le mélange de sel, de sueur, de sable m'a obstrué les pores, démangée, irritée.

Que faire, bon Dieu, si les sauveurs tardaient? J'ai songé à fabriquer une manière de signal, peut-être avec des branches, des palmes. Ou encore à tracer mon nom en lettres géantes sur le sable. On pouvait envoyer, ou il pouvait passer un hélico, un avion.

Sauf que cela reposait l'affreux dilemme. Et si c'étaient non des sauveteurs, mais des malfaisants, des ennemis, qui les premiers apercevaient les traces? Brrr...! Donc je devais non afficher, mais dissimuler ma présence. Me contenter de l'observatoire improvisé, là-haut, vers les chutes. Remonter, c'est-à-dire.

Mais j'étais si fatiguée maintenant. Mourant de soif, en dépit du bain ou à cause de lui. Et j'ai dû encore, en proie à ma dernière préoccupation, m'échiner à effacer à l'aide d'un rameau feuillu, cassé par le vent, la trace de mes pas sur la plage. La veille, j'avais déféqué par là, planté aussi un repère, qui devait m'aider à fixer l'heure. Cela ne pouvait-il pas me dénoncer? J'ai donc supprimé l'ébauche de cadran solaire, puis retrouvé à leur tour les passionnants vestiges! Un milliard de mouches et d'autres insectes m'avaient précédée. Ah! Quelle désolation. Je me suis affairée, au bord de la nausée et presque des larmes, à ensevelir ces ultimes traces, sursautant d'horreur quand un des insectes me heurtait.

Après, j'avais le sentiment d'être encore plus vilaine et plus sale. La répugnante corvée me faisait souvenir que j'étais constipée. On s'en moque aussi longtemps qu'on dispose d'une pharmacie au coin de la rue. Le matin, le léger gonflement de mon ventre m'avait paru adorable, il s'accordait à la rondeur lisse des cuisses, au renflement du pubis. Tout d'un coup je me trouvais et me sentais ballonnée, les entrailles parcourues mollement de crampes et de flatulences. Quelle horreur!

– Il me faut manger et boire. Des fruits, des légumes, ai-je pensé.

Déjà je m'accoutumais, je ne songeais plus aux yaourts. Il me semblait normal d'aller nue. J'aurais tout le temps – hélas, peut-être une éternité! – de retourner chercher ma robe et ma culotte. Et de me tricoter des chaussettes en lianes ou de me coudre des tuniques en peau de singe!

La tête renversée, j'ai scruté les noix, tout en haut des cocotiers. Jamais je ne saurais grimper jusque-là, et d'ailleurs, pour tout dire, je ne désirais pas apprendre. Décidément je ne suis pas une guenon, ni une putain de sauvagesse!

– Lucien! ai-je appelé. Kroak? Kroak? Lucien?

Cela a pris assez longtemps, mais il a fini par arriver, s'est posé sur un arbrisseau. Tout vert et mordoré, le gros bec passé au cirage.

– Très bien, petit enc... euh! mon cher Lucien, lui ai-je dit.

Je lui ai montré les noix :

– Apporte ! Apporte !

Semblable aux putains de chiens, ce qu'il regardait n'était jamais ce qu'on lui montrait, mais la main ou le doigt qui montre.

– Appelle les autres, alors, si tu n'es capable de rien. Allez, appelle les singes.

– Kroak ?

– Plus fort, Dugenou !

Tant bien que mal, il comprenait quand même un peu, ce petit con. Il a éructé un de ses plus volumineux rauquements et, cette fois, cela n'a pas tardé. Une bande de macaques a débarqué par les cimes des arbres, clamant, riant, et agitant leurs longs bras comme si c'étaient des ailes. Passés dans les cocotiers, les foutus bestiaux se sont mis à bâfrer tels des chancres, ravis de m'expédier sur le crâne les rognures de coques. Merde alors !

– Crie, Dugenou, fais comme hier, ai-je dit au piaf.

Naturellement, silence et silence. Quel endauffé ! Je me suis carbonisé les trottinets sur le sable pour dénicher un coquillage, puis l'ai lancé de toute ma force en direction des singes. Oui ! Super ! De même que la veille, ils ont bel et bien répondu par une pluie de noix. Je me rappelle avoir possédé un petit jeu électronique comme ça.

J'ai cueilli une immense feuille, m'y suis assise pour n'avoir ni sable, ni fourmis surtout dans le zobie, et me suis mise en mesure de boire le plus de lait possible, avant de commencer à grignoter la chair flexible et pulpeuse, un peu huileuse.

Et si c'étaient non les bananes, mais justement ces sacrées noix qui me constipent à mort ? Je me serais bien accroupie pour m'efforcer derechef de crotter, révérence parler, mais les singes, peu à peu, descendaient. Marmonnant entre eux, épiant de façon furtive moi et Lucien, ils dégringolaient à reculons, parfois même la tête en avant, les longs fûts lisses. Prenaient pied ou patte sur la terre mélangée de sable. Y esquissaient quelques pas ou quelques gambades, puis remontaient à la vitesse d'un dard si je clignais seulement une paupière.

Voyant qu'ils ne m'attaquaient pas, je fis mine de ne pas m'occuper d'eux, et maintenant, toujours de manière insensible, ils se rapprochaient. La rapidité avec laquelle moi-même j'entrouvrais, sifflais et rongeais leurs noix de merde les rendait peut-être jaloux. Tout en me lorgnant, ils s'installaient de plus en plus à l'aise, certains s'asseyaient sur le sable, aspirant le lait et grugeant la pulpe de leur côté. De temps en temps ils voulaient se rapprocher encore, afin de m'examiner, me toucher peut-être. Le plus léger mouvement, comme involontaire, suffisait toujours à les tenir à l'écart.

Ils étaient bien laids. Sauf un, si l'on veut. Jeune, ou c'est ce que je crois en tout cas, et cependant il me rappelait un très vieux professeur de solfège, allemand ou alsacien, que j'avais eu quand j'étais enfant. C'en était attendrissant! Les mêmes favoris, la même boîte crânienne à la fois ovoïde et déprimée, chauve sur le dessus, et, en raison de l'implantation du poil, les mêmes lunettes, eût-on dit.

Mais attendez! Tandis que je le lorgnais moi aussi à la dérobée, qu'est-ce qu'il fait? Il croûte toujours son morceau de noix, tenu dans la patte droite, la main si c'est le mot, et de la gauche, voilà qu'il se met à s'astiquer le bédouin comme un malade. Un gaucher en plus! Merde alors, vous parlez d'un professeur. Ils se plaignent d'être mal payés après ça!

Je ne pouvais me retenir de mater son ridicule manche. Enfin ridicule... toujours si l'on veut, ça dépend de la guenon, je suppose. Pas plus épais qu'un gros crayon, mais d'une longueur ahurissante, y compris un petit gland noueux, l'air sculpté dans du bois rose vif. Merde alors. Bref... enfin...

– Viens un peu me faire voir ça, lui ai-je dit.

Pure curiosité. Cela ne mange pas de pain de regarder. On raconte bien que des savants passent leur vie à tenter des expériences avec les singes. Quelles expériences?

Sauf que j'avais eu tort de parler, ou alors de bouger en même temps. Le con de singe, tout en crachant sa bordée simiesque, et non sans une sacrée force si vous voulez savoir, a sauté en arrière. L'autre jean-foutre, Lucien, est reparti du coup à kroaker, et en trois secondes toute la bande était dans les arbres, bondissant d'un rameau à l'autre en s'exclamant et en chiant.

– Eh, qu'ils crèvent! ai-je pensé.

C'est vrai. A moi-même je pouvais répéter, une fois de plus, qu'on n'était vraiment pas là pour rigoler. Je ne suis pas une savante, je ne prépare pas 653 pages sur la manustupration chez les chimpanzés à poil mou! Si je devais rester ne fût-ce qu'un jour encore – une nuit surtout, bon dieu – sur cette île de merde, autant m'occuper de la maison. La maison... mais oui, pourquoi pas? D'abord, en construire une. N'importe quoi, un abri, une cabane comme quand j'étais petite avec mes cousins. Un endroit où ranger ma robe et mon subito. Et commencer par les laver. Stocker des provisions. Quelles provisions? Ah, la barbe. Des noix, des bananes. De l'eau. D'autres fruits, des légumes.

Quels...? Bref. Puis il doit bien y avoir des poissons dans la foutue mer. Le tout, c'est de les attraper, et ensuite... bon sang, depuis combien de temps n'ai-je pas bu ou mangé chaud? Où trouve-t-on ça encore, du feu, quand il n'y a pas de boutiques, qu'on ne peut rien acheter...?

Bon, bon, tu ne vas pas recommencer à pleurer comme une grosse vache! Remontons, même si tu en as ta claque à vomir de ces montées et descentes. La prochaine fois, tu choisiras une île plate! Donc, bref. Les choses une par une, de façon que chacune te cache celle qui arrive par-derrière, et, à elles toutes, ce qu'il y a tout au bout, la grande nuit.

Je suis donc repartie à l'assaut de la forêt vierge et des hauteurs. Aux premiers buissons chargés de ces fleurs crémeuses, géraniums ou hibiscus ou autre chose, je me suis arrêtée le temps d'en cueillir deux. Je les ai mises. La tige la plus courte et la plus forte, entre les cuisses, une plus mince et plus longue entre les fesses. C'était moins maintenant, pour me sentir jolie ou vêtue en quelque sorte, que pour cette autre sensation d'être... habitée. J'avais besoin de joies, même de toutes petites, parce que j'étais seule, dans l'appréhension et le chagrin, et réellement il y a quelque chose de troublant, d'assez chaleureux et délicieux, dans le tendre froissement que provoque la présence d'une simple tige de fleur au sein du sexe, et au sein du rectum. D'abord au moment de la pénétration, ce faufilement, cet enfilement riche d'évocation et de souvenir. Ensuite par le contact, les effleurements discrets et insistants à la fois quand on bouge, quand on marche. Une sorte de présence, qui se définirait ainsi : quelque chose d'étranger à moi, mais de logé dans moi maintenant, se soucie en permanence de me faire jouir.

Tout ce jour-là, il me semble, je me suis occupée de moi et de la maison. D'abord j'ai nagé au pied des chutes pour me débarrasser du sel. Après, j'ai lavé mes deux pauvres chiffons. Je n'avais pas de savon, bien entendu, mais je me disais que c'était peut-être aussi bien parce qu'ils dureraient plus longtemps. Je me rappelle que je tenais terriblement à la petite culotte, un slip blanc minuscule. Plus qu'à la robe. Je changeais souvent mes fleurs, mais quelle que fût leur... intimité avec moi, ce n'est pas pareil. Quand on n'a même plus un subito propre à se mettre, on n'est plus rien. Je pensais avec répugnance aux jours où j'aurai mes règles.

Je n'étais plus tentée, si cela avait jamais été le cas, d'explorer l'île, ni même de m'assurer si c'en était bien une. J'avais peur, je crois, de ce que je pourrais découvrir – hommes ou bêtes. Ici, où je me tenais plus ou moins, entre la plage et les cascades, je savais, approximativement aussi mais suffisamment, où j'étais. Rien de ce que j'y avais pu voir ne s'était révélé très dangereux. J'étais un peu chez moi.

Et encore, aller reconnaître le reste de l'île, c'était comme accepter, d'une certaine façon, l'idée que je pouvais être amenée à y demeurer longtemps. Un temps indéfini... Brrr...! Ensuite, il ne fallait pas non plus que je me trouve à perpète, tout à fait invisible et hors de portée, quand les gens du bateau, ces sagouins et ces assassins de jeunes filles, se décideraient à revenir.

A cause de tout ça, donc, sans même parler de la paresse à peu près insurmontable qu'engendre le mol étouffement des Tropiques, j'ai résolu de construire la maison, le refuge plutôt, juste là où j'avais dormi. A plusieurs reprises, depuis le matin, tout d'un coup le ciel s'était couvert, et il était tombé une petite pluie fine. Dans le temps de la chaleur, c'était bien moins un désagrément, qu'un bienfait et un plaisir, de même que l'embrun persistant des cascades. Mais je frissonnais malgré moi, en songeant qu'elle pourrait survenir de nuit, alors que je dormais nue ou presque, et que précisément la température serait plus basse.

Pour mon malheur ils étaient loin, les jours où mes cousins et moi jouions à dresser des cabanes. Sans doute, ce devait être surtout notre imagination qui leur donnait leur solidité, leur étanchéité, et cette tiédeur merveilleuse.

Je me suis rendu compte que j'avais oublié. Par exemple il faut des espèces de perches, des bâtons. Mais où, comment s'en procurer? Il faut des... des fourches, aux extrémités, aux angles, pour poser les bâtons – mais quels foutus arbres, ou arbrisseaux, poussent avec de foutues fourches?

J'avais oublié tout ça, si je l'avais jamais su. En fait, ce devaient être mes gentils cousins qui savaient. Eux construisaient bel et bien les cabanes, et moi, je rêvais au moment où on serait dedans, disant que c'était la nuit, et où je les amènerais à me proposer de jouer au docteur.

C'est drôle les enfants – j'entends, drôle comme ils ressemblent aux gens. Ressuscitant nos jeux dc minots, je me suis souvenue qu'un de nos préférés, le traitement le plus souhaitable prescrit par le docteur, consistait à s'introduire entre les fesses, à travers l'anus, une très petite tige de bois, toute ronde, que je revois comme si c'était hier, et à la garder le plus longtemps possible. Nous nous y étions si bien habitués, qu'après l'avoir placée de façon qu'il n'en dépasse qu'une moitié ou un quart de centimètre, nous la conservions des heures, parfois des journées entières. Cela procurait un plaisir et une excitation violents, inépuisables, ayant bien entendu remis par-dessus sous-vêtements et vêtements, de passer et repasser devant les adultes, parents et autres, en sentant la grotesque tringle vous titiller le rectum. J'en arrachais en cachette, je me le rappelle, à une sorte de store, ou de treillis, qui masquait les fenêtres ouvertes de ma chambre. Dans nos fameuses cabanes, les cousins se mettaient eux-mêmes leur concentré de suppositoire, ou de thermomètre plutôt. Je n'avais même pas envie de regarder, je ne sais plus pourquoi. Leur sexe m'attirait, me tentait, pouvait alerter ma curiosité et un appétit pas vraiment précis, mais leurs fesses me déplaisaient, étaient plus ou moins ridicules. Eux en revanche, lorsque c'était leur tour d'exercer la médecine, avaient le droit, et se faisaient un devoir impérieux, dirais-je, de me coucher à plat ventre, de me baisser ma petite culotte et de me le mettre. Misère! J'adorais ça. Je sens encore le frissonnement électrique, qui va comme en s'écarquillant, dans ma fente de bébé. Pourtant j'éprouvais une humiliation et même une haine sans nom, quand ma mère m'installait de force dans la même position, pour me favoriser le derrière d'un lavement ou d'un authentique thermomètre. Quelle angoisse! J'aurais voulu la tuer. C'est bizarre, il n'y a pas de doute, les mômes.

Ouais... Et maintenant, je me retrouvais sur cette conne d'île. Je suis allée voir s'il s'agissait vraiment de grottes, au creux de la barre de rochers, tout au fond de l'espèce de spacieux terre-plein formé par la montagne. Comme cela aurait pu m'être utile, bien entendu pas plus de grottes que de beurre en branche. Tout juste un renfoncement d'un demi-mètre de haut, du double en profondeur comme en largeur. Et alors quoi ? Je me creuse un terrier et prétends que je suis une lapine ?

– Je pourrai en faire une resserre à provisions, pensai-je pour me consoler.

En effet, au bout d'assez de voyages pour casser les cuisses d'un haltérophile, je traînai là les foutues noix, quelques régimes de bananes, veillant à ce que certaines soient vertes, pour mûrir peu à peu. Lucien glandait aux alentours, mais je ne lui adressais plus la parole. La barbe avec les perroquets. On dirait bien que j'ai toujours été plus aimée, que je n'ai aimé moi-même.

En guise de cabane, faute de mieux j'ai fini par poser de grosses branches informes, sans doute brisées elles aussi par les tempêtes, entre une avancée des rochers, et une basse branche, très forte, de l'arbre le plus proche. La paroi rocheuse servait de fond. Sur les branches, une épaisseur de rameaux. Ce semblant de toit ayant l'air raisonnablement solide, je l'ai encore assuré contre le vent, et peut-être la pluie, en plaçant par-dessus de grands éclats d'une pierre plate et mince, analogues à des feuilles de schiste. Puis j'ai mis debout d'autres rameaux bien touffus sur les côtés, appuyés aux bords du toit. Une extrémité fichée dans la terre, l'autre nouée, avec des lianes, aux branches de la couverture. Le devant, qui était donc tourné vers la plongée de la pente et vers la plage, demeurait ouvert.

– Je verrai demain... au cas où je serais encore là... si je peux améliorer, tresser un rideau par exemple. Même si ce n'est que pour une journée ou deux, je pourrais aussi entreprendre un jardin... un potager...

J'ai apporté encore dans la prétendue cabane des

masses de fougères, les unes vertes, d'autres sèches. Pour feutrer le sol et l'assainir, et peut-être fabriquer une variante de couchette – peut-être même y avoir chaud. Ne pas y crever tout à fait de froid en tout cas. Dans l'épaisseur de feuillages d'une des parois, j'ai enfoncé deux chevilles, et y ai pendu ma petite robe et mon subito. Si quelqu'un... ouais... venait, ou que je pèle à en avoir les fesses qui font bravo, j'enfilerais au moins la culotte.

Tout le confort, donc. On pouvait dire que ça ressemblait à une cabane. Les larmes m'en sont venues – parce qu'on pouvait dire aussi que ça ne ressemblait à rien du tout.

Le soir de ce jour-là, je ne risque pas de l'oublier. L'obscurité arrivée tout d'un coup, elle et son milliard d'étoiles reflétées dans la mer, et en même temps le concert infernal d'insectes et de bruits de jungle, je m'étais réfugiée sous l'appentis de branchages.

Par habitude, j'avais imprimé un dessin, une forme rectangulaire à la profusion de fougères rassemblées dans un coin, et m'étais assise là, interposant d'autres de ces espèces de palmes entre mon dos et la paroi rocheuse, en guise d'oreiller. La lune montait comme un lampion, elle était pleine et éclairait toute l'île, à la manière, en vérité, plutôt d'un projecteur de théâtre. J'avais passé ma robe, surtout par peur de la nuit, mais il faisait très chaud. Un voile de fièvre, ou encore le brouillard d'humidité dû à la proximité des chutes, et condensé peu à peu par les variations de la température, altérait doucement et pailletait pour moi les images. Je confondais tristesse et fatigue. Mon ventre gonflé m'appesantissait, tandis que ma tête était légère. On aurait dit qu'il estompait mon attention et m'ensommeillait, au point que je rêvais ou délirais à demi, et que l'âcreté du désespoir, je la ressentais plus comme le souvenir vague d'un état, que comme cet état et ce sentiment mêmes.

Lucien, juché sur un rameau qui dépassait de la paroi, me dévisageait stupidement, ses gros yeux noirs saillant et luisant dans la clarté vaporeuse.

– Viens, lui ai-je dit, par désœuvrement.

Je lui montrais une pierre énorme, mais à consistance alvéolaire, caverneuse, un peu comme la pierre ponce, que j'avais posée au chevet de la couchette, telle une table de nuit. Le con de piaf ne comprenait pas. Alors j'ai placé sur la pierre un débris de noix et il a voleté jusque-là, entrepris de grignoter, kroakant sur le mode mineur du fond de la gorge. J'en ai profité pour le saisir par le cou, la nuque, sans violence, comme si je le caressais, et lui ai remis dans le zobie une brindille de fougère. De même que la veille, il s'est à l'instant tenu coi, la tête basse, l'air à la fois stupéfié, très honteux, et peut-être aussi charmé.

Tout cela ne m'amusait guère. Toujours assise, j'ai remonté la robe jusqu'à mon nombril pour me regarder le ventre. Ma constipation me préoccupait. Cependant mon petit ventre, plus rond que la veille, était redevenu très joli, bien lisse et tendre, avec un éclat laiteux, satiné, et l'étrange minou cachant mal les lèvres closes, les offrant plutôt. La présence du piaf, agrémenté de sa tige dans le cul, ne m'excitait plus le moins du monde. Pour être confusément troublée, il me fallait imaginer qu'il m'épiait, matait. Que quelqu'un, n'importe qui, me voyait ainsi, troussée comme Lulu-la-Vilaine et les genoux remontés, cuisses entrouvertes.

– Je ne suis pas bandante? ai-je dit au piaf. Dis-moi que je le suis!

De la main droite, je me suis mise à agacer plutôt distraitement mon sexe, laissant le doigt dans la rainure sans déloger le minuscule bouton de son capuchon, ni descendre jusqu'à l'engloutissement.

– Parle! ai-je dit à Lucien. Les foutus perroquets savent ou peuvent parler. C'est de la mauvaise volonté. Allons, dis : Sandra bande et fait bander... Non, dis : Sandra va se ravager la cramouille.

Il m'irritait à se taire. Me penchant sur le côté, j'ai approché de lui mon visage. Ses yeux étaient comme de petits soleils d'anthracite. Je me frottais en y mettant plus de conviction. De la main gauche, j'ai enfoncé d'un millimètre le brin de fougère dans le croupion de l'oiseau.

– Dis : Bourre, salope! Non, dis : Mouille! Tu entends, petit endauffé? Mouille! Mouille, mouille, mouille, mouille!

Ça arrivait à me chauffer maintenant – disons à me tiédir. Je me branlais très délicatement. De l'autre main j'ai encore enfoncé la brindille. Du coup, avoir le zob si bien bouché lui a libéré la gorge. Il a sursauté :

– Kroak?

– Non, pas kroak, petit endauffé : mouille!

– Kroooak...?

La perle-surprise commençait à reluire, à irradier, faiblement encore. Derechef j'ai enfoncé la petite tige, et derechef Lucien a sursauté. J'élevai la voix :

– Mouille! Tu as compris ou quoi? Dis : mouille!

– Krrroouille?

– Non, pas kroouille. Je t'avertis, je vais t'empaler à te faire sortir le manche par le bec. Mouille!

– Krrrooouille?

– Mouille!

Je me masturbais de plus en plus vite et serré,

tournant de plus en plus vite, du bout du doigt, autour de la perle étoilée, appuyant un peu vers la gauche parce que c'est là qu'elle se tient, et avec juste une rapide incursion, parfois, de haut en bas, de bas en haut. Je respirais plus fort. Parfois aussi, j'effleurais la perle à me faire mal et devais serrer les dents avant de crier :

– Mouille!

Je me demande bien comment le putain de piaf n'avait pas son manche miniature dans l'estomac. D'un geste preste je le lui ai renfoncé d'un bon centimètre, en m'acharnant à hurler mon ordre. Le piaf a foutrement compris cette fois. Zobifié jusqu'à l'os, il a en même temps soulevé les ailes, ouvert grand son four, et jeté comme un râle furieux :

– Mouille!

Moi aussi j'ai râlé, merde alors. Entendre Lucien me dire de mouiller m'a fendu le ventre, un ébranlement assourdi et profond, puis une série de spasmes m'ont presque soulevée et j'ai tiré à la lettre une giclée de foutre sur mes cuisses et sur les fougères. Tandis que je gémissais, renversée sur la couchette, je l'ai senti gagner, empoisser chaudement mon trou du cul. Ah! le putain de perroquet...

Quand j'ai repris une sorte de conscience, toute baignée encore de fièvre et de plaisir, Lucien attendait toujours sur sa pierre. Par instants il hérissait les plumes, autour du cou surtout, sans plus. Il me regardait. J'aimais bien percevoir ou imaginer son regard sur mon sexe nu et béant.

– Bon, et toi, pendant que je mouille, qu'est-ce qui te convient? Je te désencule, ou tu préfères garder ton petit habitant?

Il battit une ou deux fois des ailes, mais pas du tout

pour s'envoler. C'était bel et bien un pervers. Il adorait être emmanché de force et rester comme ça. Malgré tout je me suis repenchée pour le soulager en le désembrochant, lui ressortir son godemichet de quelques millimètres. Mais voici ! Alors que j'étais penchée, soudain j'ai eu le sentiment que... quelqu'un, non plus pour rigoler mais réellement, m'observait, examinait, scrutait moi et Lucien, ma petite moule toute baveuse exhibée par la position et mon propre trou du cul. La Verge? Merde alors! D'un coup de reins je me suis remise à plat dos, serrant les genoux, les cuisses, et, dans l'encadrement de ce qui aurait dû être une porte, noirs contre la lumière lunaire, on ne sait pourquoi inquiétants, menaçants... les Singes!

V

Mais je me rends compte, aujourd'hui, que je fais des salades, des mélanges avec ces premières nuits. Celle des Singes, ça devait être plutôt le lendemain, voire le surlendemain. Parce que je ne passais quand même pas toutes mes soirées à me branler. Et je me rappelle maintenant, que la nuit dont je voulais parler, à cet instant glaçant, foudroyant aussi, où j'ai eu la conscience irrécusable d'être observée, je n'avais pas encore joui. J'oublie si ce soir-là, j'enculais en même temps Lucien de ma main libre, le pénétrant de plus en plus avant par saccades. Mais je sais que j'avais les yeux fermés, pressentant seulement venir, comme l'injonction d'un délicieux raz de marée, la première vague écrasée et lointaine de l'orgasme, qui elle-même n'en est encore qu'à se préparer à gonfler, puis à recourber sa crête et à choir. C'est alors, prévenue mystérieusement mais sans équivoque, que j'ai rouvert les yeux, et dans le même moment vu les singes, explosé et déchargé. Je sais que ce qui a précipité cette explosion, est justement le sentiment immédiat, bouleversant, que les petits monstres me lorgnaient ainsi, depuis l'autre instant même où, du doigt, j'avais disjoint les lèvres, et ébauché la première exploration du tendre et étroit sillon.

Oui, le surlendemain. J'avais eu le temps de voir que les nuits elles-mêmes restaient douces, et j'étais bien assise, comme je l'ai dit, à demi allongée, sur la couchette, mais toute nue. Et aussi, maintenant, j'éclairais tant bien que mal l'espèce de cabane au moyen de lucioles. Je les piégeais, dans les buissons au milieu desquels elles tracent leurs incertains zigzags, avec de la résine, les rassemblant ensuite par paquets dans de minuscules cages ou paniers cubiques, tressés grossièrement de brindilles et d'herbes.

Oui. Et les singes, ce fameux soir, pressés dans l'ouverture de la cabane, examinaient avec une fixité, une intensité déconcertantes ma nudité, mon sexe qui achevait à peine de pleurer son plaisir. Ils grimaçaient, bougeaient, se poussaient même entre eux en gesticulant, certains s'épouillaient ou s'épuçaient. Mais ils ne jacassaient plus à grand bruit, grommelaient tout au plus, marmonnaient entre les dents. J'ai reconnu mon professeur de solfège. Depuis la première entrevue, j'avais eu le temps aussi de m'assurer que lui et ses camarades, ou peut-être ses collègues, étaient à la vérité très turbulents et très mobiles, hystériques en un sens, mais dépourvus d'agressivité.

Je les voyais, comme toujours tout à ces heures-là, dans une sorte de brume confusément irisée, iridescente. Comme un cauchemar devenu amusant et distrayant.

– Entre, si tu veux, ai-je dit au professeur. Vous aussi, mais pas à vingt ou trente, vous voyez ce qu'il y a comme place. Et ne vous mettez pas à sauter dans tous les sens, on n'est pas au cirque.

Le professeur, les genoux cassés, a fait quelques pas en chaloupant, ce qui a incité Lucien à déloger, d'un trait, de la prétendue table de nuit, et à aller se percher le plus près possible du toit. Le professeur, sans faiblir, s'est assis ou plutôt accroché d'une fesse à l'endroit où avait été l'oiseau. Ses yeux enfoncés brillaient comme des chandelles sombres et sa fourrure donnait une impression de douceur.

Misère! Il bandait à faire peur! Je ne pouvais même pas croire que c'était moi qui l'excitais, je l'avais toujours vu comme ça! Merde alors, comment ne pas rêver? J'avoue que j'étais fascinée. Cette vertigineuse petite tringle, pas plus large en vérité qu'un gros crayon, mais une bonne demi-fois plus longue, et bien rose, épouvantablement rose, sommée de son gland noueux, dessiné et ciselé avec délicatesse. Je percevais la sueur sur ma lèvre supérieure, puis sur le front, entre les seins, dans le creux du nombril et la saignée des cuisses, où froidissait en même temps le sperme de ma dernière secousse. Entre les fesses.

– Fais voir un peu ça, ai-je dit comme malgré moi.

J'ai tendu la main, précautionneusement. Pourtant le professeur a pris l'alarme, s'est reculé en agitant bras et jambes. Les autres grognaient tout bas et marmonnaient aux abords de l'absence de porte. Le frénétique crayon rose vif me narguait. Un professeur, cela doit pouvoir se raisonner, me suis-je dit. Et à haute voix :

– Qu'est-ce qui t'inquiète, Dugenou? Tu ne comprends pas qu'on est toujours mieux branlé par autrui? C'est moins bien fait, mais ça fait plus de bien.

A nouveau j'ai tendu la main, et à nouveau il s'est

retiré, s'exclamant et gesticulant. Merde alors! J'ai attrapé une des noix et en ai appliqué un coup sévère sur son propre coco, le laissant pantois et atteint de strabisme, affalé sur le cube de pierre, mais bandant de plus belle. Quel professeur! J'en ai profité pour le masturber avec une énergie d'enfer. Passablement dégoûtée au premier abord. Cependant sa verge était presque brûlante, et d'une nervosité, d'une tension réellement à faire rêver. En quelques secondes à peine j'ai réduit le monstre à merci. Du fond de son coma il a émis un vagissement, ses reins se sont tordus comme sous l'aiguillon électrique et sa giclée a fendu l'air.

Moi maintenant, je suais et suais. J'éprouvais une manière de honte, sauf, comme toujours, que la honte achevait de m'exciter en me troublant. Lucien demeurait réfugié dans un angle du foutu toit, sa brindille dans le cul. Je regarde mon singe, que je supposais abîmé au moins pour quelque temps – et merde alors, son engin pointe avec deux fois plus de frénésie! ¡Que hombre, o que mono, mas caballeroso! Ses yeux fu. gurent presque tendrement et il retrousse une babine sur les crocs comme pour me défier. Je suis une cochonne, d'accord, mais je n'y tenais plus.

– Ça te tente? lui ai-je dit. Tu veux me le mettre?

Le putain de singe hoche dans un accès d'hystérie le bassin d'avant en arrière et d'arrière en avant comme s'il y était. Bon, je n'y tenais plus.

– Viens, mets-le-moi, ai-je enjoint entre mes propres dents.

Nom de macaque! Je m'oriente vers lui, glisse sur le dos et replie les genoux sur la poitrine, présentant mes petites fesses tout ouvertes. Je m'avise quand même d'empoigner la noix de coco, pour le cas où le professeur perdrait les pédales, et de l'autre main je me bouche le craque. Je serais incapable de dire pourquoi, mais l'idée qu'il aille fouiller là me révulse.

Et le foutu singe? Nul besoin de lui tracer un dessin cette fois. Il ne fait qu'un bond de la pierre sur mon ventre, s'accroupit, s'assied, et en s'asseyant me le met droit entre les fesses. Un des avantages, par rapport à un type, c'est qu'il ne se croit pas obligé de me malaxer sans génie les seins auparavant. Une chose à la fois, on ne peut mieux, professeur!

A la vérité, quand le menu gland comme sculpté dans du bois m'a pénétrée, la chair, peut-être les muqueuses se trouvant distendues par la position, cela m'a fait très mal, il m'a semblé qu'il me déchirait et les larmes m'ont jailli aux paupières. Mais tout de suite après, il m'enfilait. J'étais un fourreau hyper-sensible, très tendre, serré et comme conscient, et il l'enfilait pendant des kilomètres, jusqu'au tréfonds, jusqu'au bout. Ah, misère. Il m'ouvrait entre les fesses un sillon de feu et de lumière, me bourrait de cette lumière et de ce feu le rectum jusqu'aux entrailles. Tout mon ventre, mes lombes ont répondu sans prendre la peine de m'attendre, je me rendais vaguement compte que je geignais déjà, j'étais coupée dans ma longueur en deux et les parties retombaient pantelantes. Les reins du sacré macaque se sont mis à imprimer des saccades dingues, incroyablement rapides, meulant mon pauvre trou du cul, alésant l'étui rectal, comme une machine en folie. Je pleurais et geignais, ivre de joie, entrevoyant au milieu du délire la lèvre retroussée du professeur, ses dents qui grinçaient tandis que les petits camarades, très agités à leur tour, se rapprochaient, nous entouraient. Un geyser prêt à déflagrer s'amasse en moi, mon pauvre trou est lui-même sur le point d'éclater comme un pétard, alors à ce moment et non à un autre le putain de perroquet s'écrie :

– Mouille!

Pour mouiller, tu peux me faire confiance, merde alors! Toute jeune fille que je suis, j'ai lâché une telle décharge que le putain de singe, me tirant au même instant son propre sperme dans les tripes, en a été presque à la lettre renversé sur le cul. Lui et moi, éblouis!

La suite immédiate, pour tout dire, a manqué de dignité. Quelle angoisse! La constipation vaincue par la sodomie! Soit l'incoercible ébranlement du spasme, soit la brusquerie, et la violente sensation d'aspiration quand le singe, tout en éjaculant, me retirait son crayon sans fin du tréfonds du derrière, je me suis aperçue que la masse de mes entrailles se mettait en rumeur. Je ne songeais, moi, qu'à m'endormir de joie, dans la pluie d'artifices lentement retombante, et il m'a fallu galoper comme une malade hors de la cabane, à travers une insurrection de singes, n'ayant que le temps de gagner un coin d'ombre juste assez éloigné au vent, pour me reconnaître le droit de baisser le cul et de chier telle une monstresse. Ah, la débâcle! Trois jours ou plus de débarquement sauvage, de bananes et de noix de coco, sans parler du foutre de singe!

Bref, bref. Je me suis torchée avec des feuilles, me promettant d'aller de ce pas me laver du côté des chutes. Mais non, trop loin, trop fatigant. Un de mes récipients d'eau douce, dans la cabane, ferait l'affaire. Me rappelant la pudique propreté des chats, j'ai bien recouvert mes petites horreurs, mes grosses si l'on veut.

Ouais, bref. Le misérable auvent, flanqué de parois de feuillages, que j'appelais ma cabane, luisait sourdement dans la nuit, éclairé de l'intérieur par mes veilleuses de lucioles. Les singes s'en étaient allés, la représentation finie. L'anus me cuisait. Bien entendu je n'avais pu raconter au professeur, que de ce bord-là en tout cas, j'étais vierge, et qu'il m'avait mise en perce – une expression de circonstance! J'y avais rêvé de temps en temps. Pourquoi pas? Et il s'était trouvé qu'aucun de mes sots amants n'avait eu la tentation, ou la simple curiosité, à moins que ce ne fût la force, d'y aller voir. Je suppose que cela fait toujours plus ou moins mal quelque part, de réaliser un rêve. En ce qui me concerne, j'aime pourtant toujours mieux essayer, que de le rentrer dans ma culotte, comme on dit – si bien aussi!

Je conservais de l'eau dans des pierres creuses et des sortes de demi-calebasses. Je me suis rincée encore et encore. Par sympathie maintenant, j'ai délivré l'infime trou de balle du malheureux Lucien. Puis je me suis penchée sur la couchette pour aérer le matelas de feuilles, jeter celles qui pouvaient se trouver souillées.

Alors, juste comme j'étais courbée, deux très petites mains d'une vigueur étonnante m'ont empoigné la taille, un rèche coussin de fourrure s'est pressé contre mes reins, mes fesses, et la longue baguette brûlante m'a de nouveau ouvert en force l'anus, pénétré le rectum, atteint semblait-il les entrailles. Il visait bien, le salopard! Sous l'effet de la surprise et de la douleur, toutes les muqueuses doublement enflammées par la défécation, sous l'effet de la colère aussi, j'ai voulu me redresser, extirper de moi cet enragé. Mais déjà mes cuisses, mes jambes tremblaient, de sorte que non seulement j'ai dû me soumettre, mais contre ma volonté même je creusais les reins, béais comme pour faciliter le passage, et la verge grotesque, démesurée, m'a enfilée dans toute sa longueur, me clouant, m'empalant, semblant me traverser les boyaux à la manière d'une lance. C'était abject et déstabilisant, illuminant à en hurler, et à la vérité je geignais et pleurais à chaudes larmes, dans le même moment que j'accompagnais de vives secousses, les brutales poussées imprimées par le singe. Misère! Le trouble, le délire m'envahissaient, me convulsant la matrice une première fois, ce qui me fit pleurer encore plus fort, puis une série de fois. L'infernale tringle allait et venait entre mes fesses, entre mes reins, me coupant, m'incendiant. Quand le singe a prolongé, on eût dit au-delà du possible, sa hideuse avancée en moi, expulsant d'un seul coup son paquet de sperme, plus brûlant, plus corrosif que la verge elle-même, j'ai laissé échapper un cri lamentable, tandis que je jutais de mon côté comme si je perdais mon sang, mon sens, ma raison. Il me tuait.

Le cri dut le mettre en fuite. Ce débile de Lucien braillait tel un possédé : « Mouille! Mouille! Mouille! » Merde alors, j'étais inondée. Comble de honte, les assauts répétés du singe dans mon fondement, et au sein de mes entrailles, avaient si bien mis celles-ci en révolution, relâché aussi le sphincter, comme toujours quand on vient de jouir, que derechef il m'a fallu sortir en courant de la cabane, m'efforçant de me contracter tout en courant, puis m'accroupir à la va-vite, chier de la noix de coco et du singe. J'étais incapable de me retenir, ce qui me fit pleurer de plus belle, tant pour l'infamie de l'acte, que parce que j'avais, maintenant, tout l'anus et comme un tunnel creusé dans mon ventre, en combustion. Est-ce qu'on a l'idée, aussi, d'aller dresser je ne sais quel babouin ou macaque à vous enculer! A chaque fois, malgré moi, que se représentait dans mon esprit l'incroyable longueur de son membre, que je ressentais sa température de fer chaud, je frémissais intérieurement et étais prête à défaillir, comme si un vol de papillons de nuit s'ébrouait avec une insidieuse pesanteur parmi mes tripes.

Et, comme je l'ai dit, lors de cette même nuit Dieu appesantit sa propre Verge. J'imagine qu'Il peut la dresser plus souvent encore qu'un singe. La manœuvrer avec plus de Force. A Sa guise. Un typhon souffla, ragea, soulevant la mer par-dessus les plages, fracassant et entremêlant les couches atmosphériques, hersant l'île. Mon humble hutte, pour sa petitesse même, fut préservée. Mais, sans doute, est-ce justement dans le cours de ces terribles heures que le bateau, où j'avais vécu dans l'inconscience mes jours d'innocente pute, fut tué au large.

Comme la tempête s'était levée, elle tomba. Un silence chaud qui avait goût de phosphore et d'ozone enveloppa l'île à la manière d'un burnous. Et moi, persistant, tout au fond, à me considérer bel et bien comme innocente, je me rendormis.

Le matin, des rameaux et des palmes jonchaient le sol tel un jardin de feuillages. Un soleil clair versait le miel de sa tiédeur par tout le ciel bleu et pur.

Je sortis faire pipi, revins me passer en hâte de l'eau sur la vulve et entre les fesses – là où je me ressentais encore, si je puis dire, de n'être plus vierge! – puis, sans raison, sinon me trouver féminine et jolie, ce qui est une très bonne raison après tout, enfilai ma petite culotte pour aller nager dans la cuvette, au pied des cascades.

Les traces de sentiers, que mes passages commençaient à inscrire, disparaissaient maintenant sous les branches et les ramures fracassées, par endroits sous des éboulements de pierraille et de terre. Mais, bon gré mal gré, c'était mon île. Dans tout ce coin du moins, je ne pouvais me perdre, je me permettais même de marcher pieds nus. Gardant ma culotte sur moi, ce qui par simple impression de changement, de variété, était aussi un plaisir, j'ai nagé, soutenant avec une sorte d'ivresse la lutte contre les courants alternés et contrariés.

Comme je nageais et luttais ainsi, j'ai aperçu parmi les cimes des arbres demeurés debout, entre les déchiquetures des falaises quasi verticales qui dominent la grande chute, la bande des singes. Cela m'a fait une peur horrible, et mon anus, déjà resserré par le froid âpre de l'eau, s'est contracté à en devenir douloureux. De là-haut, le professeur me montrait, tendait dans ma direction sa petite flèche d'un rose flamboyant. Brrr...! Nageant toujours, j'ai affecté de projeter de l'eau vers lui et ses putains de camarades, multipliant en même temps des grimaces que je souhaitais traumatisantes. Lucien, juché sur une des margelles naturelles, a kroaké avec beaucoup d'opportunité et toute la bande a disparu dans le vert. Qu'on supporte que je le répète : Brrr...! J'avais encore le rectum et à mon avis une partie du côlon comme fluorescents.

Bon. De façon peut-être saugrenue si l'on songe aux habitudes des baigneurs, j'ai ôté le subito au sortir de l'eau. Dès que j'ai été bien sèche, à force de cavalcader sur les pierres plates qui bordent la cuvette et le ruisseau, je me suis écartée le temps de cueillir deux fleurs, et m'en suis glissé une dans le sexe et l'autre, en allant très doucement, dans le derrière. Malgré mes précautions, en sentant celle-ci s'introduire et s'enfoncer en moi, j'ai bien failli me remettre à pleurer. Pourtant je persistais à croire que sa tendresse, sa tendreté végétale apaiserait l'irritation consécutive aux assauts du professeur. Et en effet, le souvenir plutôt que la souffrance elle-même un peu passé, c'était agréable, c'était même délicieux de retrouver, dans mon moi intime, ma moiteur, le jeu léger de la fraîche et souple tige. La présence de la plus grosse elle aussi était à la fois émouvante et rassurante au creux de ma vulve. Alors, après un dernier vagabondage pour bien les loger, les installer dans mon ventre, je me suis occupée d'envelopper mes pieds de feuilles, et j'ai entrepris la descente vers la plage.

Là en bas, l'odeur entremêlait le poisson arraché par la violence à ses logis liquides, et le hachement du bois et de toutes les ramures. Tant le vent avait été impétueux, et profonds le soulèvement, la ruée de l'eau, à peine le sable blanc, parsemé de feuillages, était tiède sous mes pieds à nouveau nus.

Au loin, des épaves accidentaient le bleu soutenu et tranquille de la mer. Je crus bien reconnaître un de ces cuisiniers chinois. Mais à la manière dont il flottait, ventre en l'air, je compris qu'il était aussi défunt que peut l'être un cuisinier de n'importe quelle nation, et que crawler jusqu'à lui serait vain. Cependant mon cœur tressaillit parce qu'il s'agissait d'un homme. Je n'en voyais plus la queue d'un, seulement des oiseaux et des singes. A titre exceptionnel, une seconde, la veille, quelque chose de furtif et de véloce qui était peut-être une mangouste. Bref, que celui-là fût mort, semblait rompre le dernier maillon qui pouvait encore me rattacher à la race humaine. Brrr...!

– Allons, un petit cadeau, une petite compensation, pensai-je.

Maintenant, une de ces épaves inidentifiables s'acheminait approximativement vers le point de la plage où je me trouvais, bercée par le hoquet mou des vagues. Mais il s'agissait de quoi? Mon cœur battait avec plus d'allégresse, cachant le désespoir absolu tapi en dessous alors que je devinais, sans pouvoir ni vouloir l'admettre, que c'était bien le bateau de la croisière, et donc mon ultime et unique espérance, dont les débris éparpillés salissaient la mer. Cependant le machin, la chose approchait, repartait ou s'écartait un peu, revenait, à la fin de plus en plus près. Une surprise, une surprise! Un faible courant oblique l'a déportée, juste au moment de la jeter sur le sable. Enfin elle s'est immobilisée après quelques sursauts, dus au flux et au reflux. J'ai couru, le cœur dans la gorge, et meurtrissant les pauvres fleurs entre mes cuisses et entre les fesses. Voilà, je la tenais, je l'avais, elle se trouvait juste devant moi, presque à portée de main – et c'était quoi?

Une bouée, merde alors! L'immensité de la mer, sans parler de celle de l'ignominie humaine, me crache sur une putain d'île déserte, j'y enrage et y crève de soif et de chagrin, je me nourris souffreteusement de noix de coco et de pines de singe, je donnerais ma propre pine si j'en avais une pour une chaloupe, une pirogue, un youyou, un pédalo, il se passe avec fracas des tempêtes et des naufrages, on me viole le cul à outrance, et cette même merde de mer m'apporte quoi? Une bouée! Pour que je puisse me la mettre, sans doute, autour des reins en guise de tutu, ou qu'elle soit en mesure de me sauver la vie quand je chie, au cas où je serais emportée par le dévalement de ma propre merde – merde alors!

J'étais si mécontente, que j'en ai dédaigné de pleurer. Je me suis contentée de sacrer et de jurer d'une manière horrible et même blessante pendant dix minutes environ. Ce qui m'a rappelé le con d'éclat de bois ou le con de coquillage disposé comme cadran solaire le premier jour. J'avais pu apprendre depuis, qu'être au courant de l'heure n'est pas une connaissance d'une utilité avérée sur une île déserte.

Cependant encore, le léger flux charriait vers moi d'autres surprises. Par exemple, un piano, que je renvoyai. Ensuite, une coquette boîte en bois blanc rectangulaire, ou parallélépipédique plutôt, que je pris d'abord pour le cercueil d'un très petit Chinois. Mais elle contenait une hache. Si j'eusse été Robinson, ou même sa femme, j'aurais sauté de joie. Comme je m'appelle Sandra, et que je sais à peu près autant me servir d'une hache que d'un gazogène à ébouillanter les porcs, je n'ai pas sauté. L'École de Réclame où j'ai eu mon diplôme ne nous apprenait rien là-dessus. J'ai essayé de la brandir et mes orteils ont esquivé de justesse. De toute évidence, une tribu entière de singes dingues ou de nègres maigres passeraient à l'acte sur mon trou de balle avant que j'aie soulevé le fer homicide à la bonne hauteur.

Bref, la mer continua à me couvrir de dons. Des vêtements, beaucoup de vêtements. Rien que des fringues de matelots et toutes mouillées. Un lot de croquenots. Bref encore, ce qu'il faut ou presque pour appareiller un Esquimau frileux. Ensuite, du lait, des cartons et des cartons de lait dont la fraîcheur, pour d'autres raisons, me parut tout aussi suspecte que celle des fringues. Un réfrigérateur, mais l'octroi n'en équilibrait pas autant qu'on pourrait le croire le précédent apport. Une trousse de couture. Toujours pour Robinson – je ne sais pas plus coudre que jouer de la hache. Et coudre quoi ? Des pièces à mon zob, pour prévenir l'usure ? Au bout d'un court laps de temps, agrémenté des palpitations qu'on devine, une chaise. Puis, tout à la fin, comme dans le seul dessein que je ne doutasse jamais de l'existence de Celui qui fait la loi aux rois et aux habitants des îles désertes, une réserve considérable de ces petits ustensiles très féminins par lesquels je pourrais remplacer une de mes fleurs, disons quatre ou cinq jours par mois, et, dans un autre carton encore, minuscule, une quantité presque aussi considérable de briquets. Je voyais bien que, comme le reste, ils étaient trempés. Mais je voyais en même temps que leur récipient de gaz liquide était plein. Exposés au soleil selon une sage progression, ils fonctionneraient comme des braves. Je me mis à rêver de thé sans thé très chaud, à base de bananes ou de feuilles de géranium. Lucien, demeuré à l'ombre, kroaka entre haut et bas et je lui dis :

– Tu peux t'asseoir sur la chaise, si tu veux.

Comme on le remarquera sans doute, j'étais d'une humeur exécrable. Car certes je peux plaisanter, rire, et pourtant, c'étaient bel et bien les fragments, les vestiges de mon ultime espoir, que poussaient jusqu'à moi les vagues d'huile bleue. Depuis que je me trouvais sur l'île, me nourrissant de bananes et de noix – ces symboles si l'on veut ! – et endormant avec des fleurs mon derrière endolori, je n'avais pas aperçu au large l'ombre d'un navire. Comme si l'île elle-même se fût trouvée hors de toute route fréquentée. Brrr... ! Où étais-je allée tomber ? Au beau milieu du Triangle des Bermudes ? En arriverai-je à équivoquer, moi aussi, sur le Triangle des Barmaids ?

Cela me fit rire moins encore. Je baissai un regard

sans passion sur mon infortunée petite fourrure, que l'eau et le soleil blondissaient à la scandinave bien plutôt qu'à la caraïbe. Je n'avais pas eu le temps, moi qui ne possédais que ça, de la tailler pour la raccourcir. Ah! Mais sans doute il y avait des ciseaux dans l'étui à couture...

Je revins sur mes pas, puis changeai d'avis, repartis vers la lisière de palmiers et de cocotiers. La tempête, comme je l'ai dit, avait jeté bas une multitude de branches, souvent l'équivalent d'arbres entiers. Autant en profiter pour amasser des noix. J'irais ensuite mettre à l'abri les précieux ciseaux, les secourables petits cadeaux hygiéniques et les briquets, plus précieux encore.

Tout en marchant sous le soleil d'un blanc éclatant, je retirai et jetai ma gracieuse parure de fleurs. Chaleur et mouvement l'avaient mâchurée au point que, par-devant, elle ne dissimulait même plus ma toison.

– Ah, mais la cacher à qui, pour qui? me dis-je, de plus en plus amère.

J'avais un peu faim et grand-soif, n'ayant pas voulu nager à cause des diverses irritations et brûlures, que je craignais que le sel exaspérât, et aussi des Chinois crevés. Alors que j'étais à une vingtaine de mètres des arbres, le sable aux insoutenables chatoiements de mica recommençant à cuire sous mes pieds, Lucien émit un très faible kroak, puis s'essora parmi des claquements d'ailes évoquant ceux d'un drapeau. Toujours dans le rechignement et la paresse, je levai les yeux et... le Singe! Cette fois, je l'avoue, m'échappa un véritable cri de terreur. Je tournai les talons et me mis à courir, de toute mes forces, insoucieuse maintenant du sable et du ciel, et haletant, sanglotant tout en courant sous l'effet de la peur et d'une vraie angoisse. Mais comment, je vous en supplie, me dérober à ce monstre! Comment distancer, même sous l'impulsion de la panique, un animal obsédé, un fauve?

Ses espèces d'horribles mains me faisaient penser, tout d'un coup, à des serres. Bon dieu, comme je courais! J'ai toujours été douée, je l'ai raconté en me décrivant, d'un petit derrière rond et très dense, à la fois profondément fendu, et comme fermé par sa douce musculature même. Je tâchai, dans ma course, de le contracter encore, à l'intérieur et de l'intérieur si je puis dire, mon bas-ventre, tout mon ventre paraissant se révulser à la seule idée d'un autre viol. Mais dans le même moment que je me précipitais, que je volais ainsi, à me rompre le cœur, sanglotant, gémissant, suppliant abjectement tout en tâchant d'aller plus vite, je crus percevoir un trépignement feutré sur le sable – ce n'était peut-être que le sang à mes oreilles, à mes tempes –, un souffle pressé, ténu, dérisoire, puis, réellement, trop réellement hélas, des doigts très minces et crochus s'enfoncèrent dans la chair comme fragilisée par le soleil, de mes épaules, un poil bourru râpa mes reins, mes fesses. Le petit monstre était sur moi. Disjoignant aussitôt, en force, justement mes fesses, que je m'exténuais à tenir comme embrassées tout en continuant de courir, l'atroce tringle enflammée revint avec une furieuse violence me percer l'anus, remonta en moi d'un seul jet comme un serpent de feu, me fouillant, me fouaillant les entrailles. Galopant, trébuchant, je portais cette horreur fichée dans moi comme une agonie et comme un supplice. La veille, c'est vrai, alors même qu'il était en train de me violer, et peut-être, en partie, par la conscience de ce viol, le singe avait déterminé, comme arraché un spasme d'une volupté sauvage, incomparable, qui me tordait de façon fabuleuse, par une sorte de contamination en rayons et en halo, la matrice, le ventre, les reins, l'âme. Maintenant, c'était en vérité un fer rouge, enfilé, contre toute ma volonté, tous mes efforts pour me débattre, l'empêcher de s'enfoncer, le rejeter hors de moi, au sein de muqueuses demeurées sourdement pantelantes de la combustion de la nuit.

Je hurlais et hurlais tandis que ce monstre me sondait, me besognait tel un forcené, soudé à moi dans ma course. Encore et encore j'essayais, quoique la douleur de mes tentatives achevât de m'affoler, de le détacher, mais il recélait trop de puissance. Non pas, eût-on dit, le singe lui-même. Uniquement ce dard atroce, implanté au fond de mon derrière, effleurant d'une manière hideuse les tièdes retraites intestinales. M'acharnant à le secouer, le nœud durci produisait l'impression d'en heurter les parois déjà irritées, infiniment fragiles et sensibles, de sorte que l'ardent prurit s'exaspérait et que je hurlais de plus belle. Je suppliais, et le dard me tisonnait. Une ultime fois je trébuchai, et à mon total désespoir tombai à genoux dans le sable, le touchant ensuite des avant-bras, de la tête, des épaules, m'ouvrant ainsi toujours plus au monstre, qui lui aussi de plus belle se démenait à l'intérieur de moi, comme un piston en folie. Au bout du compte tous mes muscles fléchirent et je fus à plat ventre, cuisses écartées. Les va-et-vient fulgurants de la tringle ne firent que se rassembler dans l'excès de leur hâte, gagner hideusement en pénétration, et mon corps se trouvant maintenant tout déployé, tout droit, l'angle d'attaque de cet invraisemblable instrument de torture, contraire je ne sais à quel axe interne, m'infligeait une souffrance mille fois accrue. Je sanglotai tout le temps que le singe me forçait et me déchirait dans cette position, m'enculant à tour de verge comme on dit à tour de bras. Enfin il plongea une dernière fois, d'une poussée plus démentielle que toutes les autres, ce qui me tira un cri d'épouvante et de douleur, et déchargea au loin dans mes boyaux le tison ulcérant de son sperme. Enfin encore, je perçus confusément, mais à en avoir les cheveux et le moindre duvet horripilés, un glissement lent, long de serpent dénoué qui s'extirpait de mon côlon pelvien, de mon rectum, puis, me distendant un instant l'anus, ce qui m'arracha un nouveau cri, d'entre mes fesses.

Me reconnaissant, me sentant vaincue comme jamais je ne l'avais été, et surtout pas de main, si j'ose dire, d'homme, toute la cavité rectale, pré-abdominale devenue, à en croire ce que j'éprouvais, une seule inflammation érubescente, je restai là sur le sable, écartelée, pleurant, le visage tout souillé de ce sable mêlé aux larmes, à la morve et à la bave, et conservant dans mes entrailles l'abominable foutre du singe.

On ne me croira pas. Quelques siècles, quelques instants à peine plus tard – je pleurais encore, tant d'humiliation que de ce cruel lancinement, je demeurais dans la même posture, incapable non seulement de me relever, mais de fermer les jambes –, quelque chose de velu, de pelu me frôla les fesses. Un sursaut quasi épileptique parvint à me rejeter sur le flanc – et le monstre était là, tout prêt, la dague passée du rose soutenu au violacé, mais à nouveau en état, roide, sur le point de me réempaler, de me repercer le derrière. Ah! l'angoisse. Mon hurlement dut traverser la forêt et la brousse. Je serais tout aussi incapable d'expliquer, comment j'eus le réflexe convulsif de ramasser une poignée de sable, de la projeter à la face de mon bourreau.

Il glapit, c'était son tour d'avoir mal et de se plaindre, ses féroces petits poings sautèrent à ses orbites et, telle une embellie au plus encreux d'un cauchemar, il détala à travers la plage de son immonde allure, cassée et véloce, d'araignée humaine.

VI

Je continuai longtemps ce jour-là, à pleurer, littéralement vautrée sur le sable. Comme si j'eusse été vide de tout, à part la souffrance, cet abject sentiment de défaite, et le sperme. Quelle que fût la tenace brûlure, avoir conscience que je gardais ce sperme en moi était peut-être ce qui m'accablait le plus, et me faisait le plus souffrir. Une vermine que j'aurais dû pouvoir écraser sous mon talon, un singe, l'animal repoussant et grotesque par excellence, me contraignait à conserver entre les fesses, au creux de mon ventre même, sa semence.

Pourtant, alors que fatiguée de pleurer, lasse à mourir, je parvins à me remettre debout, je n'osai pas aller me laver dans la mer. Plus que jamais je sentais que toute la partie anale, périnéale aussi du corps, se trouvait à ce point tuméfiée et comme incendiée, que le seul contact de l'eau salée exacerberait la douleur et me rendrait dingue. Je ne saignais pas, mais on eût dit que la chair et les muqueuses étaient à vif.

J'avais mal en essayant de marcher, en me penchant pour ramasser ici et là les quelques objets qu'avant l'agression du singe, j'avais crus susceptibles d'être utiles. Je recommençai à pleurer plusieurs fois. En prenant, par exemple, la paire de ciseaux dans l'élégant étui à couture. Je me rappelais les avoir convoités, pour tailler la petite fourrure de mon sexe. Et qui ici, me regardait, me regarderait jamais, en tant qu'objet plus ou moins féminin de désir? Un monstre, une aberration parodique de la nature, un singe!

Demain, un autre jour, je penserais à le tuer. Comment, je l'ignorais. Un piège, des trappes comme dans les livres. Ou frapper le putain de singe à l'aide d'un semblant d'arme – je l'avais bien fait le premier soir. Mais pour en finir cette fois! Une pierre, ou encore la plus grosse branche que je puisse manier. Les ciseaux, peut-être.

Dans l'immédiat je n'étais capable de rien tenter, pas même de calculer vraiment. Pas même de songer avec un peu d'énergie à ma vengeance. J'étais épuisée, j'avais le bas du ventre et le derrière en feu et je chialais tout le temps.

En me décrivant, j'oublie si j'ai dit que je suis d'une taille très exiguë. Un mètre cinquante-six, pas plus. Dans le monde et la vie normaux, j'avais appris que cette petitesse apparente accuse ce que j'ai de féminin, ce que je peux avoir d'intense. Livrée ici, à la monstruosité, cela ne représentait plus qu'un aveu involontaire, mais criant, manifeste, d'impuissance. Un individu plus grand, pensais-je en pleurant, aurait réduit en bouillie ce misérable singe. Et moi, il me violait comme une enfant, me taraudait l'anus et le rectum. Ah, je désirais de tout mon cœur l'avoir au moins aveuglé en lui lançant du sable. Si je l'eusse, maintenant, tenu à son tour à ma merci, comme cela avait été si aisé le premier soir, alors que dans ma délirante sottise je le provoquais, et me délectais à l'exciter, je lui aurais crevé les yeux, je l'aurais châtré, émasculé!

Rêvant confusément ainsi, tandis que je me traînais à grand-peine vers les arbres, je recucillis une encore des noix tombées. J'avais la nausée, mais la soif me tenaillait, comme si je brûlais aussi dans le haut du corps. Je bus le lait, puis celui d'une nouvelle noix, d'une troisième, parvins à dissuader mon estomac de se retourner.

Mes jambes, tout mon dos étaient comme brisés, frappés avec une masse. Cependant il me fallait remonter, me hisser jusqu'à la cabane, seul lieu où je pusse peut-être aviser à me construire un refuge mieux défendu, un fort. Le sourd incendie de mon ventre était en même temps dans ma tête. Les images, les idées, les sensations se fondaient, s'embrouillaient comme quand on souffre d'une forte fièvre. Les couleurs de la jungle, enveloppées d'une brume irritante pour les yeux comme un acide, étaient simultanément tranchées, crues, violentes, et aussi, à tout instant, paraissaient se télescoper les unes les autres, produisant des éclairs blancs qui me faisaient gémir.

Je n'entendais rien. Ni le perroquet, ce pauvre Lucien, ni... non, rien! L'unique bruissement entêtant du sang et de la fièvre. Je compris, je perçus que l'ombre foncée de la forêt me baignait, me rafraîchissait enfin. Mes pieds étaient demeurés nus, j'étais entièrement nue, et aussi qu'avais-je à craindre maintenant? Tout était arrivé.

L'ombre protectrice, l'ombre au grand cœur se disloqua, s'ajoura. Je ne savais pas comment ni par quels chemins j'étais retombée sur la bananeraie. L'herbe ou ce qui y ressemble là-bas semblait très douce sous mes pieds. J'eus le sentiment de me réveiller. Je retrouvai en même temps la faim. Je savais que je pourrais maintenant manger sans vomir. Je détachai plusieurs bananes, des courtes sur un des arbres, d'une teinte de vieil or rose, et plus loin, de très longues, énormes parfois, dont la couleur, comme celles qu'on voit en France, va du vert au jaune épaissi et mat. Je grignotai d'abord, bouchée par bouchée, puis dévorai. Je distinguais une petite réserve d'eau cristalline, au point de rencontre des tiges de l'arbre-du-voyageur, de sorte que je pourrais me désaltérer, même si je m'empiffrais à en crever. Je souhaitais, à vrai dire, que les foutues bananes me constipent comme jamais encore, pour des jours et des jours. Imaginer le franchissement, fût-ce à reculons, de mes sphincters torturés par une chose, un corps quelque peu consistant, voire le seul effort de contraction péristaltique et de propulsion, suffisait à me faire suer d'angoisse. J'inventerais bien quand il serait temps, un moyen de me soigner, de m'administrer sans assistance une manière de lavement, ou de me procurer une modeste dysenterie. Et...

Et tout à coup, une fois de plus, il était là! Lui, l'exécuteur, mon bourreau, le monstre! Je gobais le lait, la chair élastique d'un dernier fruit, et au milieu du silence des rêves d'angoisse il venait, s'approchait, pénétrait dans l'espèce de clairière, lui et son affreux dandinement, son masque convulsé, ricanant, démoniaque. Le... ah! l'horreur!... son... dressé, turgescent, d'un violet lumineux, agressif.

L'ultime morceau de fruit me glissa des lèvres, tomba. J'étais tellement transie de dégoût et d'effroi qu'il n'eût pu même être question de prendre une décision, d'ébaucher une fuite, un geste. Tout était dissocié en moi, annihilé, cerveau, nerfs, muscles. La seule épouvante. Je n'avais plus de voix pour hurler, appeler. Appeler qui, hélas, quoi?

Tout mon corps se dérobait à moi, faisait défaut. Une sueur glacée m'inonda, mes cuisses et mes jambes se reprirent à trembler, à frémir mortellement plutôt, puis semblèrent se dissoudre et moi aussi je tombai, non, glissai tout à plat sur le sol de la clairière. J'avais la bouche distendue comme pour crier, mais aucun son n'en sortait. Mes membres étaient écartelés et restèrent ainsi. Une parole continue et minuscule en moi implorait, suppliait que le monstre, pour cette unique fois au moins, et quelle que fût mon incoercible répugnance, perçât mon sexe, ma vulve où il se perdrait, et ne pourrait m'infliger une trop grande souffrance. Pour qu'il ne se renfonçât pas là où déjà je n'étais plus qu'une meurtrissure quasi sanguinolente. Cependant je me trouvais si rompue, que ma volonté échoua à commander à l'une de mes mains de me protéger, tandis que l'autre irait jusqu'à entrouvrir aussi large que possible ma fente pour tromper le monstre, le tenter. Au plus profond de mon horreur, je comprenais, et c'était comme un surcroît impossible à cette horreur même, que je me trouvais on ne peut plus incapable de rien essayer, fût-ce pour échapper à la hideuse torture. J'étais abandonnée, livrée.

En dépit de cette inertie cauchemardesque, je laissai échapper un cri strident quand, pour la millième fois semblait-il, le long et roide chibre en incandescence me creva et me traversa l'anus, entre les fesses dénouées, s'enfouit dans mon rectum et dans mes boyaux, brûlure, rongement fulgurant au sein de la brûlure. Comme toutes les autres fois, le singe m'enfilait à une allure et soutenu par une fougue, une énergie frénétiques, ses va-et-vient, dans le centre même de mon derrière et à l'intérieur de mon ventre, parvenant à se fondre en une seule traînée ravageuse, comme une coulée de lave galvanisée, dévastatrice. La position allongée, le corps en extension, exactement ou presque comme lorsque je courais sur la plage, ou ensuite, lorsque à ce moment aussi j'avais fini par me retrouver à plat ventre, busquait la verge du singe dès la racine, la rendant en moi d'une rigidité, comme d'une pointe, plus atroce tandis qu'il allait et venait tel un trait de feu, augmentant, à chaque coup du mince et diabolique boutoir, la souffrance déjà insoutenable. Mais bouger, même à peine, comme l'horrible tringle à répétition me clouait toute vive sur le sol, m'efforcer de ramener les genoux sous moi pour dresser l'arrière-train et soulager l'axe rectal, c'était le rêve d'un autre temps, d'un autre monde. Les extrémités de mon corps, mes membres, ma tête étaient morts, telle une étoile de mer échouée là, avec au milieu d'elle cette percée de flammes. Tout le temps, je hurlai en silence et le singe m'enculait, fichant dans moi encore et encore son dur épieu, attachant comme pour jamais, pour toujours à la clairière une viande elle-même silencieuse et hurlante. Combien de temps, bon dieu? Combien de temps? Le mouvement s'enivra, s'affola tout à fait, la blessure palpita plus cruellement tandis que le singe se cabrait et déchargeait. On soulevait le paquet de viande qui avait été moi au bout d'une fourche. Je hurlai une dernière fois, un cri bref, lamentable quand le gland, tout ramassé dans sa dureté, anguleux, inflexible, força l'infime issue de mon anus pour se retirer. Puis je redevins muette, morte, la bouche toujours béante avec la mâchoire comme tétanisée. Mon corps était une enveloppe endormie, tuée, morte, autour d'une inclusion, d'une perforation ardente.

Sans être le moins du monde à même de réfléchir, je roulai ou glissai peu à peu sur le flanc, sur le dos enfin, mon instinct se rappelant on eût dit en dehors de moi que le singe ne désirait jamais que m'enculer, n'était attiré que par le minuscule trou entre mes fesses et par mon rectum. Peu à peu aussi, toujours de manière insensible, inconsciente, je rapprochai les cuisses, les fermai. Ainsi le singe, quoi qu'il tentât, rencontrerait plus de difficulté. J'ignorais s'il était là, je ne regardais pas. Mes paupières n'étaient pas closes. Tout le temps, mes yeux étaient restés grands ouverts, comme ma bouche, comme mon derrière. Mais je ne voyais rien, sinon maintenant le bleu outré et sadiquement grésillant du ciel.

Je m'endormis peut-être, les yeux béants ou fermés. Quand je repris connaissance, la vipère de la douleur déroulait selon de lents soubresauts ses anneaux, ses ondulations hideuses de mon anus à mon estomac et le ciel était sombre. Je n'aperçus pas l'autre monstre, le vrai, la cause. Quelle importance? Il était mort, comme moi, comme tout. Devenue somnambule, tout en sachant à demi que cela se passait, je me relevai sans peine, repartis sans peine à travers les arbres, gravis les pentes.

A un autre moment, puisqu'on dirait aussi, que le temps persiste à s'écouler quoi qu'il en soit de nous, tel un fleuve descend toujours vers l'aval tandis que nageant à grand effort nous nous évertuons à remonter jusqu'aux sources, je fus dans ma frêle cahute de feuillages. Un rire bel et bien de folle, secoua un instant non ma carcasse charnelle, mais mon âme frileuse, parce que tout juste sous l'auvent, une des mes mains s'ouvrit, et la paire de ciseaux chut en cliquetant sur la pierre. Les briquets, ce qui avait un prix réel pour moi, je les avais oubliés là-bas, quelque part au milieu du sable. Mais je n'avais pas lâché une seconde les cons de ciseaux. Je reconnus Lucien, le perroquet.

– Ah!...

Il me semble que je voulais parler, puis, avant de continuer, je l'oubliai lui aussi. Je crus l'entendre, très confusément, corner ses vésaniques « Mouille! Mouille! Mouille! ». Oui, bien sûr, pourquoi pas? C'était même moi, dans cet autre temps et cet autre monde, qui lui avais appris de telles stupidités.

Mue, en l'absence de toute autre raison, par la même sorte de désœuvrement mortel, je me jetai de l'eau sur le ventre, sur les reins, dans la moite rigole des fesses. J'eus même, au faible éclat phosphorescent des lucioles, la lointaine et distante curiosité de me tenir, à demi accroupie, cuisses écartées, au-dessus de la plus grande jatte. Le temps de voir que non seulement la région anale au sens propre, mais tout l'intérieur des fesses, et jusqu'à la convexité de celles-ci, n'était qu'une contusion géante, une géante tuméfaction écarlate.

Bon, bon. Quelle importance, quand on traîne du feu dans soi? Étrangement, dans le cours même de ce supplice sans fin, des séries de fugitifs orgasmes nerveux, électriques, me secouaient maintenant la matrice. Et tandis que je conservais bien au chaud dans mes boyaux, le sperme de ce pourri de singe, mon propre sperme, lors des secousses, sourdait de moi, venait se glacer au rieur vent du soir sur mes cuisses.

Tout au bas des pentes, par lesquelles moutonnaient ombreusement la forêt et la jungle, je distinguais la mer qui brillait çà et là, en éventails, en chemins accidentés, en flaques sous la lumière lunaire. Mes seins se soulevèrent et mes yeux se remplirent de larmes. A demi inconscientes elles aussi. Un sentiment obscur d'exil, de solitude. De façon machinale, j'agitai les lucioles dans leurs cages miniatures, comme on agite une lampe dont les piles faiblissent, poussé par l'espoir illogique de leur redonner de la force.

Ici, à la vérité, sur l'entablement au flanc de la montagne, la nuit était plutôt claire. N'ayant, en définitive, plus rien à craindre de l'île, je ressortis de l'abri illusoire en quête de ma petite culotte, abandonnée à sécher, si longtemps auparavant, le matin! à proximité des cascades. Ce chiffon et la robe, constituaient le seul témoignage de l'avant en question, quand j'avais une vie, quand j'existais. Si je la laissais sur les rochers, le lendemain matin elle serait à nouveau trempée par les fines averses, et l'abondante rosée nocturne.

Grâce à la blancheur du tissu je la retrouvai sans avoir à errer beaucoup. Depuis mon dernier bain elle était restée toute propre, toute douce. Elle contenait le passé. Je la froissai légèrement à la façon d'un mouchoir et la pressai contre ma joue, ma bouche.

Au creux d'une roche à peine entamée, intermédiaire entre le bassin naturel et la reprise du ruisseau, miroitait une eau transparente, quasi immobile. Si glacée et calme, elle me fit envie. Je m'y assis, d'abord avec un luxe de précautions, retenant mon souffle quand le froid me coupa, puis y demeurai un long moment. Je pensais plus ou moins vaguement qu'elle servirait de cautérisant, d'astringent aux profondes meurtrissures.

Enfin je me remis debout. L'air tiède ici de la nuit me sécha en quelques minutes, et je passai en éprouvant une joie réelle, un soulagement, la petite culotte douce et propre. La manière dont elle épousait un peu lâchement mon sexe et la rondeur des fesses était rassurante, m'apportait aussi une impression, si bien perdue alors, de décence ou de dignité, d'élégance.

Revenant vers la cabane, j'enjambai un de ces dépôts de l'eau du bassin, éclairé de biais, mais avec une certaine vivacité par la lune. Derechef j'eus la curiosité de me remettre toute nue un instant pour regarder les traces, quoique le seul fait d'y songer rendît plus présente, plus obsédante la brûlure. Quand je me fus accroupie au-dessus de la minuscule mare, je vis en effet que l'ecchymose, tout en ayant peut-être réduit en étendue, affectait une couleur d'un pourpre plus cru, plus éclatant. Ah! La monstrueuse bête! Je me recouvris en hâte.

Dans la cabane, ou la hutte plutôt, je rajoutai autant que je pus de rameaux et de fougères fraîches afin d'épaissir la couchette. Je souhaitais avoir une espèce de vrai lit, redevenir un être humain. Alors je disposais comme une tranche de feuillages, tassais, remettais une tranche, tassais. Maintenant cela conservait un dessin et une forme à peu près rectangulaires, et atteignait la hauteur du genou. Je marquai les angles extérieurs au moyen de piquets, confectionnés avec de grosses branches dépouillées tant bien que mal, et sur les deux bords qui ne touchaient pas la paroi, contins ce haut matelas en utilisant des piquets plus minces. Alors je m'étendis, comme on se coucherait pour rêver, à l'intérieur même d'un rêve.

Sans doute tout ce qui tient au désir d'un chacun, à ses fantasmes, est stéréotypé et cyclique. Sans doute tout ce qui tient à ses épouvantes, et à la torture plus généralement, aussi. Plus tard dans la nuit, le singe revint.

– Non! Par pitié, par pitié! pensai-je seulement.

J'entendis. Toute l'affreuse bande arrivait, était là, jappant, jacassant, ricanant. Allongée à plat ventre, presque tout à fait détendue, je ne dormais pas encore mais sommeillais, désirant que la laide souffrance s'endormît avant moi. Puis ils furent là, ils balayaient le futile rideau de feuillage tendu en guise de porte, envahissaient la cahute, pataugeaient dans les jattes et les ébauches d'écuelles, brisaient et grattaient les noix de ma misérable réserve.

Avant même leur entrée proprement dite, tous mes pores se rouvrirent ensemble, sous l'effet d'une contraction immédiate, et mon corps se voila d'une sueur d'agonie. Dans l'incohérence de mes pensées, si c'étaient des pensées, le seul souhait que je pus former, fut que les singes, que le Monstre surtout, ne déchirassent ni ne salissent ma petite culotte si douce, toute blanche et nette. Et lorsque ce vœu démentiel eut traversé le vide de ma tête, j'imaginai aussi que, peut-être, le vêtement à la limite du symbole suffirait à déconcerter mon tourmenteur, le maintiendrait à distance.

Ah!... Au milieu du vacarme je reconnaissais, ou cela encore je me l'imaginais, le hideux tapotement étouffé de ses pas. Il s'approcha, le Monstre se tenait contre le rebord de l'espèce de lit, se redressait. Baignée de cette sueur que le vent paraissait geler sur moi au fur et à mesure, je gardais le visage tourné vers la paroi, mais là-bas, là-haut, je ne sais où, dans ma tête, je le voyais, connaissais chacun de ses mouvements. Lui, le Monstre.

– Non! Non! Non! Non! hurlais-je sans discontinuer en silence.

Je perçus la rudesse et la sourde chaleur irradiante du pelage. Le singe, je ne sais comment, de ses mains, de ses pattes de robot animé étreignit mes cuisses, les enveloppa de ses bras, les tira, parvint à faire glisser au sol, du côté le plus long de la couchette, tout le bas de mon corps, jusqu'à ce que je fusse agenouillée, torse à plat sur le matelas et bassin surélevé. Je suppose aujourd'hui qu'il m'épiait à tout instant depuis le premier soir, apprenant mes coutumes, mes gestes. Tandis que dans ma muette épouvante j'implorais et suppliais, les minces doigts, crochus à force d'impatience, d'une énergie galvanique aussi, sans l'ombre d'un tâtonnement ou d'une hésitation baissèrent ma culotte sur mes cuisses, l'abandonnèrent au creux des genoux. Alors, avec la même inflexibilité cauchemardesque, obsessionnelle, le long dard congestionné et raidi revint, droit entre les fesses tout écartées, me transpercer l'anus, me causant cette fois encore une douleur atroce, pire peut-être parce qu'en dépit de ma propre volonté, dans l'affolement de l'appréhension j'avais resserré au possible les sphincters. L'épouvantable dard plongea comme goulûment au plus profond de ma chair intime, qui semblait se déchirer pour lui livrer passage, au fur et à mesure que j'étais enfilée. Le monstre lui-même était fou, ses va-et-vient touchaient à la frénésie. Sans doute c'était cette couleur écarlate même, l'anus et tout autour, qui démuselait, démesurait et mettait hors de soi son instinct génésique. Encore, encore, encore, encore. Il me rivait de son étroit boutoir maintenant chauffé à blanc, comme roulé dans du papier de verre, et la douleur térébrante explosait, se surpassait à chaque à-coup furibond, chaque poussée, chaque recul, chaque ruée nouvelle, dilatant éruptivement tout ce qu'elle gagnait, orifice anal, rectum, intestin enfin. De même que sur la plage, j'avais commencé à crier dès l'instant où il me l'avait mis, et tout le temps ensuite je pleurai et criai. Ma voix faiblissait, j'étais à peu près aphone, et je hurlais toujours – parce que le monstre m'enculait toujours. Je suppose encore, que même chez ces créatures d'enfer, la capacité de foutre ne se restaure pas incessamment, et de toute évidence, le singe achoppait à éjaculer. Cependant, au lieu de l'affaiblir lui aussi, cette impossibilité paraissait le déchaîner, renforçant à l'intérieur de moi la taille et l'allure, déjà vertigineuse, de la tringle flamboyante. A travers mes cris, et le jabotement indistinct de la bande, j'entendais, je sentais le ventre horripilé et les petites couilles noueuses battre avec un bruit de gifle mouillée mon périnée et mes fesses devenues molles. Malgré l'horrible souffrance, et ce martèlement de feu du fondement aux boyaux, qu'on eût dit qu'il dépliait violemment, me remplissant, ce qui est immonde à raconter comme à souffrir, d'un tumulte de gaz et d'une plus vertigineuse encore sensation de coliques, je percevais encore les grincements, les espèces de rires et les applaudissements des macaques. Quoi de plus comique en effet, un raccourci de jeune fille rose et blonde sodomisée à mort par un putain de singe! Je hurlais, pleurais, la joue couchée au beau milieu de ma bave et de mes larmes sur les feuillages. Alors le monstre, dans son désespoir hystérique, se pencha, s'agrippa, s'appliqua tout entier sur ma croupe et mes reins, poitrine et ventre comme collés à moi, les serres de ses mains, de ses doigts incrustées dans mes flancs. Peut-être est-ce ainsi que ces animaux de merde chevauchent leurs femelles. Selon cette posture, élevant et rabaissant à une vitesse extrême son arrière-train juste au-dessus du mien, il pouvait assener des coups plus furieux que jamais, au plus profond, au plus enfoui de mon derrière. Il grogna, rauqua, s'exclama dans un jappement aigu, je hurlai tandis qu'il me bourrait et m'érodait une ultime fois, puis enfin déchargea son résidu de sperme surchauffé au sein de mon intestin, se cabrant comme un aliéné, et le long dard, le gland barbelé me ressortirent du cul comme s'éjecte le bouchon d'une bouteille de champagne.

Ce n'étaient plus seulement, alors, les défilés, les resserrements entre mes fesses et dans mon ventre que je ressentais comme une tache sanglante, mais moi tout entière. Le monstre, tué de plaisir, dut s'effondrer sur le côté, la bande s'esclaffait, échangeait des bourrades, ou peut-être forniquait elle aussi. Puis ils partirent. Mon dernier cri, d'ailleurs à peu près inaudible en raison de l'enrouement, était mort sur mes lèvres et au fond de ma gorge en même temps que le bref chant de triomphe du singe, quand le gland, au bout de cette agonie, avait sauté baveusement hors de mon anus.

Longtemps encore cette nuit-là, je demeurai prosternée, prostrée dans la même position, lombes ensellés, fesses désunies et béantes, tout habitée de ce rougoiement infernal. Ou plutôt, ainsi que j'ai tenté de le dire, n'étant plus que cette douleur.

La nuit bourdonnait, bruissait. Le perroquet marmonna timidement dans l'angle du toit où il s'était réfugié à son ordinaire. En vérité les habitudes, les préoccupations persistent, ce qui leur permet de devenir des compulsions et des manies. Plus tard, je ne sais quand, lorsque je me suis résolue à bouger, portant au milieu de moi la coulée de lave dévorante, je n'ai songé qu'à ma petite culotte. Dans la même posture, j'ai soulevé, l'un après l'autre, usant de ménagements d'infirme, mes genoux pour achever de l'ôter. Je l'ai approchée de mon visage, l'ai flairée. On fait ça le matin souvent, quand on est pressée, pour décider si on change ou non de lingerie. Comme le singe l'avait descendue au bas de mes cuisses après m'avoir agenouillée, puis courbée sur le lit, ses membres postérieurs, trop courts peut-être, ne l'avaient ni déchirée, ni piétinée. Toute propre, elle ne dégageait même pas ma propre odeur. Je l'ai embrassée. Plus tard encore, j'ai fait une caricature de toilette à l'eau très froide, gémissant à inspirer pitié lors de chaque mouvement. Mes fesses retrouvaient une compacité, une densité, mais mon ventre était tout gonflé. Tant pis. Tant pis. De façon vraiment obsessionnelle, j'ai réenfilé la petite culotte, heureuse de reconnaître l'enveloppement tendre, rassurant, et alors j'ai pu m'endormir.

VII

Sans doute est-il normal, que tout ce qu'il peut se produire de hideux, sur une île déserte, advienne la nuit.

J'étais plus tranquille pourtant, à cette époque. Des jours, des semaines, des mois, en dépit de la menace latente, et par conséquent de la peur. Peut-être la saison où les singes sont en chaleur était-elle passée. J'apercevais encore parfois l'une ou l'autre bande de ces immondes animaux, mais de très loin, et à de longs intervalles. Je me déplaçais toujours avec beaucoup de précautions, lorsque je voulais me rendre sur la plage pour nager en mer, ou pousser une pointe vers de nouveaux quartiers de l'île, reconstituer ma provision de bananes et de noix, de quelques autres fruits et de racines que j'avais découverts. Je ne marchais pas sans tenir à la main soit un gourdin, soit un galet d'un bon poids. Mais je ne revis pas le Monstre, mon tourmenteur.

L'île éclatait de verdure sous le soleil, le sable était d'un blanc si violent qu'il concassait la lumière, et les vagues ondulaient au rythme d'une molle paresse tels du saphir ou de l'aigue-marine fondus. Je courais nue, libre comme un animal dans le château de ma peur, de cette menace imprécise, et, en même temps, j'avais perdu l'habitude de vivre ou, si l'on veut, d'exister. Je n'avais plus de conscience.

Alors le soleil se rassemblait en une grosse orange très sanguine, opalescente, vitreuse, hésitait, un instant à peine, au-dessus de la ligne d'horizon, puis s'engouffrait on ne sait où, on ne sait dans quoi derrière, et la lourde chape de la nuit était tirée sur le ciel.

Et moi, une de ces nuits-là, je dormais, au frêle abri du petit appentis de feuillages. Lors de mon coucher, l'obscurité était très épaisse, la lune ne se trouvant qu'à son premier quartier. Il semblait bien que les singes eussent émigré vers une autre région de l'île, de sorte que depuis longtemps déjà, j'étais allée rechercher la boîte de briquets sur la plage. Je savais donc qu'à tout moment, je pouvais enflammer une torche de résine, et ne gardais plus en permanence qu'une toute petite veilleuse de lucioles à proximité de la couchette.

Je rêvais. Dans le rêve, où peut-être mon âme se souciait et s'efforçait de se réhumaniser, je me trouvais sur la piste de danse d'une discothèque. Je dansais. Une musique syncopée, très rapide au début, puis plus lente, obsédante, envoûtante, dont je percevais surtout les percussions. Je dansais fabuleusement, et les gens sur la piste et même aux tables ou au bar m'admiraient, chuchotaient entre eux que j'étais super et plus que bandante. Puis les caisses, les toms ont pris le dessus, dominé tout à fait, et traversant le rêve un je-ne-sais-quoi, l'instinct, m'a enjoint de comprendre que je ne dormais pas, que j'entendais réellement taper, battre. Glacée aussitôt, je me suis dressée sur les avant-bras :

– Quoi, mon dieu? Les singes?

Mais quels singes, tu deviens débile à la fin! Les singes ne jouent pas du tambour! Quelques secondes encore, je suis restée absolument immobile, à demi redressée, dans l'épouvante de tout parce que je ne parvenais pas à imaginer quelque chose. Puis, ne voyant ni ne sentant rien se préciser, venir, j'ai sauté de la paillasse, enfilé mon subito, entretenu à la sueur de mon front contre le dégât de celle de mon derrière. Ma robe. Je conservais l'habitude mécanique de passer ces pauvres vêtements lorsqu'il s'agissait de me rassurer. Les percussions continuaient, insistaient, envahissantes dans leur éloignement et leur assourdissement mêmes.

– Mais quoi encore, quoi?

Je m'étais fabriqué des chaussures plus solides en tressant de fines lianes et d'épaisses nervures de feuilles. Je les ai mises elles aussi. Le galet habituel dans une main, j'ai entrepris la descente vers la mer. En vérité la nuit était très noire. Comme compensation, je connaissais par cœur, maintenant, tout le coin et tout ce département de l'île.

Un peu plus bas que la bananeraie cependant, les percussions, plus effrayantes à mesure que je me rapprochais, puisque je ne pouvais plus douter qu'elles fussent réelles, m'ont indiqué que la... la quoi? la menace? l'intrusion? ne provenait pas de la plage coutumière, que je croyais tournée vers le Sud, mais d'un autre secteur, d'un autre endroit plus à droite. Vers l'Ouest? Bon, bon, ne recommence pas!

Misère. Je serais bien retournée à la hutte me cacher, me tapir. Sauf qu'il y avait bel et bien... un machin, quelque chose là-bas. Des gens. Pour mon propre salut je devais découvrir quoi, qui. En vérité encore, c'est une terrible aventure de s'avancer, par la grande nuit, à travers des secteurs entiers de la forêt et de la jungle, de toute cette brousse, que l'on n'a jamais explorés, jamais ne fût-ce qu'abordés. Le battement des toms enflait et enflait, et les pulsations de mon cœur accablé d'angoisse se réglaient maintenant sur lui. Tom-tom-tom, Tom et Tom! Tom-tom-tom, Tom et Tom! Ainsi, lancinant, effrayant.

Oui, les Sauvages!... Mais je devais voir, savoir. Coupant en oblique le flanc de la montagne, le sentier ou plutôt la passée de bête que je suivais tant bien que mal, s'est mis à remonter. Puis, me prenant de court en dépit de mon attention aux abois, un changement imperceptible dans le jeu des ombres et de l'infime clarté diffuse, éparse entre les arbres, m'a donné à entendre que j'étais parvenue au bout de cette espèce de piste, qu'elle se terminait là.

J'ai continué à avancer, plus lentement, plus prudemment encore, au milieu de la végétation oppressante. Et à la fin, mêlé aux percussions peu à peu omniprésentes du tam-tam nègre, ou peut-être arawak, caraïbe, canaque, maori, papou, merde alors, j'ai reconnu le chuintement cadencé de la mer.

Un dernier pas... Je me trouvais sur la crête, ou le rebord semi-circulaire d'une petite crique, à quelques mètres au-dessus du sable. La crique elle-même, assez peu large, était profonde, très enfoncée dans les terres. Je discernais la lividité du sable, les gonflements obscurs et paresseux des vagues. Et... oui, à une centaine de mètres de moi, comme à cheval sur l'eau et le sable, deux longues pirogues étaient échouées.

Des Sauvages, des Nègres! Marrons ou peut-être d'un rouge très foncé, plutôt que noirs, tout nus à la réserve d'un court pagne, ils s'affairaient, les uns descendant des embarcations tandis que d'autres y remontaient, transportant à ce que je pouvais voir des... choses, des récipients, des morceaux de bois, des... des outils.

Un petit groupe, sur le sable, se démena un moment, certains des indigènes accroupis ou penchés, et, soudain, une flamme jaillit, qui fit sauter en l'air et se bousculer de tous les côtés des lumières et des ombres. Je voyais aussi maintenant, deux encore de ces Sauvages. Ils étaient assis en tailleur, comme on dit, quoique j'imagine mal des tailleurs chez les Nègres, et battaient les toms. De grosses bûches creuses, fermées d'une peau à l'extrémité supérieure. Et moi, je me blottissais entre les rochers de la crête, toute contractée, et en même temps prête à détaler, à fuir, tout à fait comme un animal.

Regarde! Regarde! Le feu, le foyer rugissait et pétaradait, irradiant par toute la plage de longues langues et de mobiles déchiquetures de lumière jaune qui rebondissaient contre les parois basses de la crique, me contraignant à reculer plus encore, entre les roches de mon observatoire.

De l'une des pirogues, deux grands Sauvages descendirent après tous les autres, chargés lourdement. Quand ils eurent pris pied sur le sable, ils se redressèrent, silhouettant contre le ciel d'un bleu à la fois transparent et noirci que je n'ai vu que dans ces lointaines contrées, leurs carrures athlétiques. Ils se placèrent l'un derrière l'autre, à quelques pas de distance. De l'épaule droite de l'un à l'épaule droite de l'autre, une... une perche, bien forte, un peu flexible. Et suspendue à la perche par ses pieds et ses poings liés, merde alors! la plus monstrueuse négresse que je me rappelle aussi avoir vue. Elle est nue comme un ver, ou plutôt comme un tronc d'ébène, le feu fait danser des reflets gras sur ses flancs et ses fesses d'hippopotame.

Je me demande encore, je l'avoue, comment je n'en mouille pas ma culotte! Quelle foi ajouter, bon dieu, à des cauchemars pareils? Comme réglés, rythmés par la scansion des toms, les porteurs marchaient vers le feu. Je voyais distinctement se tendre leurs muscles, et la perche s'incurver, se balancer avec souplesse sous le poids de l'énorme négresse.

Et... oui! Oui! D'autres Sauvages, maintenant, aplatissent le foyer à l'aide de longs tisonniers, tandis qu'un renfort dresse au-dessus une espèce de machin, un trépied, y attache un chaudron, du cuivre rose tout bosselé, d'une taille phénoménale. Une file, une chaîne de ces... gens, remplit peu à peu le chaudron d'eau de mer qu'ils se passent de main en main dans des calebasses. Je jure, oui, je jure, que je vois l'indigène le plus proche du feu tremper un doigt, puis se le fourrer dans la gargue pour vérifier que l'eau n'est pas trop salée!

Les deux porteurs viennent tout près, encadrent le foyer, la monstresse se trouve placée juste au-dessus du chaudron géant, on tranche à un bout les liens de ses poignets, à l'autre ceux des chevilles, et... chlouff! dans le pot! La flotte rejaillit en puissance, le feu grésille et se rebiffe. Tous les sacrés bouffe-toujours effectuent un bond en arrière, le tam-tam s'affole, s'emmêle, s'asphyxie. Alors... tout d'un coup, de l'intérieur du chaudron explose, amplifié et répercuté comme une épouvantante bulle sonore par les parois, ce qui paraît être le rire d'une créature colossale, préhistorique en quelque sorte – le rire de Dieu!

– Whah – ah – ah! Whah – ah – ah!

Cette fois, c'est à la lettre que toujours ramassée sur moi-même, presque couchée, je baisse en hâte ma culotte, parce qu'à la lettre je fais pipi! Là-bas, sur le sable, les foutus Sauvages ou autres Nègres gesticulent, galopent, entourent le chaudron, se pressent tout contre en se bousculant et déchargent, au moyen de tout ce qui peut leur tomber sous la main, des coups furieux à l'adresse de son contenu. Merde alors! Et chaque fois qu'un coup, à moi en tout cas, paraît porter avec plus de violence, et une rage plus destructrice, répond en écho, sans une seconde d'intervalle, du tac au tac, l'aboiement, le rugissement de colosse :

– Whah – ah – ah! Whah – ah – ah!

Je suppose qu'un des énergumènes en devient complètement barge. Il assure dans sa main droite une pierre considérable, un paveton à vrai dire, calcule son angle d'attaque afin de ne pas se rôtir les pampilles, se penche sur le chaudron et cogne, s'accompagnant d'un râle, d'un ahan que j'entends encore! Sur quoi, durant quelques secondes, silence... Puis :

– Whah – ah – ah!

La manieur de pavés se trouve propulsé par un coup en pleine poire, qui l'envoie rebondir loin en arrière parmi ses congénères. La monstrueuse négresse a jailli comme un diable d'une boîte. Maintenant, elle se met tout debout dans le chaudron, se redresse bien, puis, écartant impavidement ses cuisses d'hippopotame, entreprend d'uriner. Non, elle n'urine pas, elle pisse! Misère. Comparée à elle, je susurre des pipis de chaton, le jet crépite à l'intérieur du chaudron et dans la soupe. Misère de misère! Le court-bouillon, qui devait commencer à mijoter, est foutu.

– Whah – ah – ah!

Un des deux athlètes qui ont apporté la... viande, empoigne la longue perche, et profitant de ce qu'il est pour l'heure de l'autre côté du foyer, dans le dos et hors de la vue de la négresse, fait décrire horizontalement à l'arme improvisée un quart de cercle, et heurte de toute sa force, de tout le poids du bois aussi, la malheureuse à la nuque. Foudroyée, elle s'affaisse, la moitié du corps pendant sur le rebord du récipient. Les putains de Sauvages se jettent dessus, ils n'aiment pas semble-t-il leur viande trop cuite. A douze ou quinze ils extraient la négresse, la halent sur le sable.

Merde alors! Tandis qu'elle gît, écroulée sur le côté, on lui rattache pieds et mains, séparément d'abord, puis les uns aux autres. Des Sauvages plantent de robustes poteaux fourchus de part en part du feu. Oh non...! Si! Ce n'est pas elle, ce sont eux les monstres. Ils ont bel et bien l'intention de la passer à la broche. On va te l'enfiler du trou de balle aux ratiches, on pose le pal sur les fourches et la pauvrette cuit comme une oie. Ou comme deux vaches. Merde alors!

Et alors oui... oui! Quelques-uns des métèques apportent en courant des gaules de tailles différentes, les comparent. Il faut pouvoir embrocher la victime dans sa longueur, mais que la broche, la gaule ne se rompe pas sous la charge. Bon, voilà. Celle-ci. On en épointe grossièrement une extrémité, je ne vois pas avec quoi, un silex peut-être, comme tous les Sauvages. Ou même un Laguiole, après tout, ils ont bien le foutu chaudron. On desserre sans diplomatie les crocs de la pauvrette, on lui fourre le bout pointu du bâton dans la gargue et... et elle dégueule avec une abondance insensée de Niagara sur les mains, les bras, les pieds de ses putains de tourmenteurs. Ensuite explose, éclate :

– Whah – ah – ah! Whah – ah - ah!

Quelle victime! De rage, et sans doute en même temps pour l'attendrir, ils la frappent, la battent, l'accablent, puis la contournent comme une redoute hérissée de mitrailleuses, lui enfoncent maintenant par surprise la gaule dans le zob. Et elle, qu'est-ce qu'elle fait? J'avoue que je commençais à m'y attendre! Elle manifeste son mécontentement en éjectant à tout va une pachydermique cataracte de merde. Et cependant derechef éclate, exulte :

– Whah – ah – ah! Whah – ah – ah! Whah – ah – ah!

Les Sauvages eux-mêmes, je suppose, sont accessibles aux... fragrances! Plus vite que jamais, plus loin aussi, ils bondissent à reculons, les doigts en pince à linge sur leur nez plat. Merde alors, on dirait qu'elle a gagné, la bougresse de négresse! Qui mangerait du rôti maintenant?

Depuis un bon moment déjà les tams-tams se sont tus, les batteurs participant aux divers épisodes et aidant à réaliser le suspense sans se contenter de le souligner. Au milieu d'un concert plutôt moins bruyant d'exclamations et d'interjections, de jurements, de jurons, probablement en langue locale, tous, se bouchant les narines d'une main, se ruent sur la malheureuse, ou peut-être la bienheureuse plutôt. L'assomment de coups de leur main libre. Puis de pierres, de bâtons, la broche, la gaule et le reste. On lui lance du sable, on lui crache à la tronche. A la suite de quoi toute la horde, ramassant en catastrophe toms et chaudron, pique un galop sur le sable, met les pirogues en eau d'une ruade, s'y embarque d'un saut et les pagaies volent. Merde alors! Ils sont partis. Vers le milieu de la plage, non loin d'un feu qui vacille, s'élève et retentit avec une puissante allégresse le chant de triomphe d'un hippopotame, muni encore d'un bout de perche dans le cul :

– Whah – ah – ah! Whah – ah – ah!

Et moi maintenant, que dois-je faire? Jusque-là, je n'avais jamais fréquenté de Sauvages, et pas d'autres Nègres ni Négresses que ceux qui portent des vêtements – et qui ne sont peut-être même plus des Nègres alors. D'un autre côté, comme je l'ai dit, cette... personne était vraiment d'une très forte pointure, majestueuse en d'autres termes, tandis que moi, je l'ai dit aussi, je ne suis pas du tout grande. A voir seulement la facilité, l'aisance avec laquelle, pieds et poings liés, et à demi cuite, elle mettait en déroute une tribu entière de malappris, je pouvais imaginer que d'une petite nature comme moi, elle ne ferait qu'une... bouchée. Brrr...!

Mais d'un autre côté encore, me la rendait proche, malgré tout, une similitude évidente de nos positions dans le monde. Comme moi, on la maltraitait, on attentait à son innocence ou à sa dignité en tout cas. On lui fourrait des machins dans le chose et le contraire. Comme moi surtout, à l'instant même elle venait d'être abandonnée sur une île que ses bourreaux avaient toutes les raisons de croire déserte. On la livrait vivante, quoique cabossée, à la nuit et aux singes, à toutes les bêtes.

Je tendais l'oreille, écarquillais les yeux. Le feu mourait agité de palpitations, de repentirs. En revanche mes pupilles s'accommodaient à l'obscurité, ou peut-être une première avant-aube pointait déjà. La grosse personne noire, sur le sable, là-bas, un peu loin, paraissait se retourner lourdement, fluidement aussi, d'un bord sur l'autre, comme une quille de paquebot qui roule. Elle devait émerger de son knock-down, commencer à rêver de délier ses poignets et ses chevilles.

En silence je me suis mise à descendre parmi les rochers, ai traversé le sable. Je voyais luire d'un éclat à la fois huileux et mat les muscles dorsaux de la négresse, ses mollets, ses fesses énormes, non disgracieuses à vrai dire parce que ces muscles justement, très massifs, les soutenaient en bon équilibre et les bombaient, sans trace de flaccidité ni de mollesse. La... la femme, merde alors, c'était une femme et rien d'autre en dépit de son gigantisme, m'a décelée tout de suite. Avec la même souplesse fluide de chat surdéveloppé elle a basculé vers moi. Tels les cons de bouffe-toujours j'ai sauté en arrière. Le blanc des yeux, un liséré de crocs brillaient comme de la nacre. Cependant je ne distinguais pas le regard. Il me semblait que la femme examinait ma robe. Cela se conçoit, une... une indigène!

Les seins, de même que les fesses ou les inimaginables colonnes des cuisses, étaient monstrueux, mais non pas laids, nullement pendants ou semblables à des pastèques, à des gourdes, à des calebasses. Simplement des seins de géante, d'une rondeur plutôt émouvante, aux pointes courtes.

La femme avait l'air bien calme pour sa situation, exempte de peur ou même d'impatience. Elle ne semblait plus décidée le moins du monde à faire résonner la crique de son rire mugissant et tonnant. Je me suis approchée, un tout petit peu :

– Madame... euh... Mademoiselle, je ne viens pas avec l'idée de vous faire du mal, vous savez... Quant à vous manger... Bref... je serais heureuse de vous aider, c'est tout.

Silence et silence. Le ressassement des vagues. Sassement, ressassement. Un cerne de lune qui s'affadit. Puis ce monstre noir. Alors, j'ai pris un risque, m'avançant encore, jusqu'à me trouver à portée des mains liées – et prête, c'est sûr, à détaler si la femme, détendant le noir ressort de son gros corps, s'efforçait de m'empoigner les chevilles ou n'importe quoi. Mais non, immobilité totale, silence, silence. Ah non, elle respire. La fabuleuse table servie de sa poitrine se soulevait et s'abaissait ainsi que la mer.

– Bon, alors je fais... quelque chose.

Oui, mais quoi? J'ai cherché en vain une pierre assez coupante, un quelconque galet aux bords tranchants, me suis rabattue enfin sur une espèce d'hybride d'escargot et de hérisson. A l'aide des pointes et des piquants et autres dentelures, j'ai scié tant bien que mal les cordes de lianes. Des nuées sombres, fuligineuses, parcouraient maintenant le ciel, ramenant la nuit, puis la pluie. Une petite averse très fine, de peu de durée au demeurant.

Les membres libres, mon mastodonte s'est assis tel un Bouddha noir. A tâté sur sa nuque, son crâne, ici et là sur le corps les contusions les plus marquées ou les plus douloureuses. Sa force herculéenne s'est montrée à la manière dont elle se relevait, hissant à la verticale d'un unique élan, sans à-coups, son formidable quintal de viande.

Moi, tout au fond, pour dire les choses comme elles sont, je crevais de trouille. Vous avez déjà regardé dans les yeux un hippopotame? Puis elle, la négresse, me tourna le dos. Je dois dire, aussi, qu'on ne pouvait envisager ses fesses sans rêver de les claquer avec un battoir à linge. Sur quoi elle partit vers l'eau.

– Merde alors! me dis-je si bas qu'autant dire que je ne le disais pas. Elle rentre chez elle à la nage? Elle a soif?

Chlouff! Chlouff! Rien de tout cela. Elle ne fit même pas mine de tirer une brasse. Comme moi, elle se souciait d'être propre. Aux divers bruits, à des mouvements estompés par la distance et la pénombre, je compris qu'elle rinçait longuement son énorme bouche, son four, à l'eau de mer, se gargarisant et recrachant, puis complétait la toilette moyennant force agenouillements, accroupissements, pataugements, et autres étrillements des paumes à s'arracher le cuir.

Elle sortit de là, pareille de nouveau à un dieu géant, et s'approcha jusqu'à quelques pas de moi, où elle se tint immobile, surplomb d'ébène, auréolé d'un silence énigmatique. Si elle devait jamais avoir faim, et me sélectionner comme beefsteak, c'était maintenant. Elle ne bougea pas. Ou bien encore, ainsi que dans les cons de livres, elle voulait commencer par me remplumer un peu. Brrr...!

– Écoute, lui dis-je à la fin. Si tu es d'accord... je veux bien jouer avec toi à ce que tu sois mon... mon esclave. C'est pour cela que je ne te vouvoie plus. D'ailleurs, ça me barbe. Bon. Je me suis fabriqué une espèce de cabane, et je sais où me procurer de la vraie eau, bien douce, des noix de coco et des bananes. Deux sortes au moins, des roses, et des vertes-jaunes, plus un tas d'autres que je n'ose pas goûter, je crains qu'elles me donnent la chiasse ou le contraire, si tu vois à quoi je pense...?

Immobilité, silence. Un instant les nuages coulissèrent et je vis, regardai de tous mes yeux, tant les femmes elles-mêmes sont curieuses d'une autre femme, sa grosse vulve. Elle était... jolie! Toute gonflée, et en réalité énorme, comme le reste, mais les troncs arrondis et luisants des cuisses, la ronde vastitude du ventre, la faisaient paraître petite. Ce qui rendait ce détail du corps le plus adorable, ou peut-être pas adorable, j'exagère, mais le plus... seyant, c'était l'absence de fourrure. Juste une lisière de duvet très sombre, à la bordure des lèvres. On eût dit de lourdes paupières fermées, de forme allongée, avec des cils très fournis et soyeux. Bref... cela ne la charmait peut-être pas tellement, au fond, que je lui examine la motte? Je me suis encore risquée, le cœur battant en sourdine, à lui tourner à mon tour le dos.

– Suis-moi, ai-je dit d'une minuscule voix, que je m'efforçais d'assurer.

Si je ne connaissais guère mieux qu'elle le chemin, au moins j'avais une idée de la direction. Je pensai un instant à longer les plages. Mais les découpures de la côte auraient beaucoup accru la distance. Par ailleurs, je ne souhaitais pas repasser par celle que j'apercevais de la hutte. Depuis que le singe m'y avait si cruellement enculée, j'évitais l'endroit, de nuit en particulier, quoique le viol eût eu lieu en plein soleil. Me le rappeler, suffisait à me froncer l'anus comme une bouche d'archiprêtre.

Je pris donc par les rochers, puis par la forêt vierge en coupant la pente. C'était, je m'en souviens, très impressionnant et très étrange, sentir ce mastodonte sur mes talons, tout proche, si proche, et si mystérieusement muet, silencieux, en dépit de son énorme poids, de son énorme masse.

Quand la forêt et la brousse sont devenues plus épaisses, tout ce grand entremêlement de végétaux en folie, j'ai accepté un nouveau risque. Je me suis arrêtée, retournée. Dans l'obscurité plus dense amassée par les arbres, la nacre des yeux persistait à retenir de petits reflets d'un blanc phosphorescent. Il me sembla que du corps géant émanait une odeur de santal. Sans oser malgré tout prononcer un mot, le cœur battant plus fort, j'ai avancé doucement la main, pris celle de la négresse. Elle pouvait contenir non seulement une des miennes, mais les deux et mes pieds en plus. Alors, de la façon la moins prévisible, toute la forêt, toute l'île ont été secouées par un éclat de tempête :

– Whah – ah – ah! Whah – ah – ah!

Je me recroquevillais à l'intérieur de moi-même, le cœur, la respiration maintenant suspendus. Mais l'immense main noire s'en tenait à envelopper la mienne, sans l'ombre d'une ébauche ou d'une tentation de violence. Le rire fracassant se tut comme il avait éclaté. Nous repartîmes, l'invraisemblable pachyderme, jouant peut-être à être remorqué par son tout petit cornac.

Je lui montrai la bananeraie. Un blanchoiement plus marqué apparaissait dans le ciel et je voyais mieux mon espèce de compagne. Une chevelure non pas bouclée, mais crépue, un peu longue. Le nez court, épaté. Les lèvres, comme sa vulve, épaisses, mais d'un dessin bien net, et plutôt nobles, nullement disgracieuses. Le plus déconcertant pour moi, était ses yeux. Bien ouverts et bien dessinés eux aussi, un étirement imperceptible dans la forme, comme s'il y eût eu une goutte de sang asiatique, asiate, au sein de cette montagne de noirceur, leur émail, quelle que fût la lumière, demeurait opaque. La pupille, le cristallin, à l'exception de ces reflets occasionnels dont j'ai parlé, absorbaient les rayons sans les réfléchir, ce qui communiquait au visage pesant une expression à la fois de stupeur bestiale, de résignation, ou mieux encore d'indifférence, et de nostalgique sérénité.

Gênée, je détournai mon propre regard, m'efforçai de presser la grande main, désignant les fruits avec insistance :

– Bananes... Manger... Bon, très bon... Tu ne veux pas... toi pas vouloir manger?

Je me trouvais tout à fait stupide. Toi-pas-vouloir-manger, merde alors! Les yeux en boules de loto blanches et noires allaient de moi aux bananes, des bananes à moi. La femme haussa ses lourdes épaules.

– Bon, bon, dis-je, de plus en plus gênée.

J'ignore ce qu'il m'a pris. Non, je ne l'ignore pas – je mourais du besoin de chaleur, humaine s'entend, et de compréhension. De... de sexe aussi, comme on dit. J'ai lâché la main de la négresse, et avant que le jour se déclare tout à fait, ai posé la mienne sur ses fesses d'énorme cheval.

Cela ne ressemblait à rien de ce qu'il avait pu m'advenir de toucher. Une fraîcheur étonnante, tout chaud en-dessous, et particulièrement comme si une peau, une chair de soie, d'une extrême finesse, glissait sur de fabuleux roulements à billes qui étaient ses muscles, sa viande elle-même. C'était bouleversant, et mon cœur effectua quelques bonds, m'encombrant la gorge. De haut en bas, de bas en haut je caressai d'abord avec timidité, ou prudence plutôt, les fesses de monstre, avançai peu à peu la paume, puis les doigts entre elles. Misère, tout était si chaud, là, si intime, si vertigineusement profond et tendre. Mes doigts, leur extrémité, allaient atteindre les brûlants pertuis secrets, le resserrement de la fente. Mais du coup le cœur faillit me sauter de l'intérieur de la poitrine contre les dents et je retirai vite la main, affectant de n'avoir jamais eu ne fût-ce qu'une velléité de m'aventurer jusque-là. J'effleurai juste une ou deux fois encore la croupe massive, pour donner le change. Puis, à regret, éloignai ma main, repris celle de la femme. Elle me considérait de son altitude, à peine intéressée ou surprise, incarnation de la passivité.

Le feu aux joues, ailleurs aussi pour tout dire, honteusement consciente d'une moiteur dans le pli en long de ma petite culotte, je réattaquai le semblant de piste.

En chemin, je montrai encore à la négresse un bouquet de cocotiers, égarés à la pointe d'un éperon rocheux, porteur on ne sait comment et pourquoi d'un peu de terre et de sable, en enfants perdus de ceux de la plage. Elle ne les regarda pas plus.

L'aube véritable survenait en même temps que nous à la cabane. Cette fois la négresse manifesta quelque curiosité, ou de l'intérêt, ou de l'étonnement ou nul ne sait encore quoi. Elle me lâcha, posa les mains sur ses hanches, et examina un bon moment l'installation misérable. On eût pu croire qu'elle allait parler. Elle pencha la tête. Dans le jour venant, son immense personne était en vérité sculpturale, bloc debout d'un noir brun et luisant de minéral rare. Elle se contenta de bouger légèrement ses puissantes épaules.

Elle dut se courber pour entrer. Cependant, le petit toit était en pente, et vers le fond de la cahute la vivante statue se redressa, se déploya, miniaturisant tout ce qui se trouvait à proximité. Je me sentis aussitôt dans la peau d'une naine souris albinos.

– Voilà de l'eau fraîche, dis-je avec courage. Encore des noix, des bananes, et ici, mon lit. Enfin ce que j'appelle comme ça...

Il me sembla bien, aussi, que la monstresse, de son haut, me remerciait à l'aide d'un semblant de sourire. Mais allez savoir!

– Mouille! kroaka soudain Lucien, perché sur l'espèce de patère.

La négresse n'y prêta aucune attention. Elle me jeta un coup d'œil, le regard taciturne, indéchiffrable, puis but à l'une des jattes, goba prestement cinq ou six bananes, brisa, avec une facilité à faire peur, une noix sur son genou, dégageant une violente et sauvage bouffée de santal quand elle le leva à la rencontre du fruit. Elle but encore le lait de ce dernier, dévora la chair.

– Je dis que c'est mon lit, mais tu sais, tu peux y dormir... En se poussant, on devrait tenir à deux.

Je ne savais jamais si elle comprenait. Je touchai brièvement la pesante épaule, montrai à plusieurs reprises la couchette. Tout d'un coup le colosse s'ébranle, fait deux pas, se laisse choir pesamment et fluidement sur le matelas de fougères tel un arbre qui s'abat. D'elle-même, la négresse rapprocha autant qu'il était possible sa carcasse géante de la paroi afin de ménager une place. Son visage était détourné. Les fesses bombaient comme les boules d'une monstrueuse glace au café. La femme était, je m'en rendis compte alors, plus que belle. Elle était apeurante et magique. Elle était les Sauvages. Elle était toute la terre et toute la nuit. J'aurais donné tout ce qu'il pouvait me rester au monde, pour oser enfouir mon propre visage entre ses cuisses et ses fesses et sombrer dans la protection fabuleuse de l'odeur de vulve chaude, de croupe animale et de santal. Mais comment oser? Je décidai, quelle que fût ma hantise de froisser et de fatiguer mes seuls vêtements, de les garder pour dormir.

Précautionneusement, je me couchai à plat ventre, comme elle, à côté de la négresse. Son immense corps exsudait déjà la buée confuse qui trahit le sommeil. Pourtant elle imprima une oscillation à toute la couchette en retournant la tête vers moi. Nos visages étaient tout proches. A cet instant, j'en fus on ne peut plus certaine, les grosses lèvres avaient ébauché une inflexion, un nuancement, qui désirait être un sourire. Nos paupières s'appesantissaient. Je sentis mes yeux se fermer une bonne fois.

– Je t'appellerai Blanche, lui dis-je.

VIII

Ainsi les jours passèrent, et la négresse et moi nous nous entendions bien, même si le mot paraît curieux au sujet de deux personnes qui ne se parlent pas, ou ne se comprennent pas lorsqu'elles parlent.

En vérité, il était facile de vivre avec Blanche – à ses côtés si l'on veut. Rien, ou à peu près rien n'altérait son humeur, parce qu'aussi, il faut bien le dire, à peu près rien ne l'émouvait. Elle vivait, mangeait et buvait plutôt beaucoup, prenait un exercice raisonnable, se baignait dans la piscine naturelle au pied des cascades ou en mer, ne se trouvait jamais constipée, ne paraissait souffrir ni de la chaleur, ni du silence, ni de quelque appréhension ou quelque sentiment de solitude que ce fussent. Il lui arrivait de sourire.

Dès le lendemain de son arrivée sur l'île, elle avait choisi de quitter la cabane. Je l'aperçus toisant des arbustes, des arbres.

– Se demande-t-elle où grimper? pensai-je. Tous ces aborigènes, d'après ce qu'on raconte... Désire-t-elle dormir, se nourrir et vagabonder là-haut, en compagnie des singes?

Brrr....! Je continuais à ne pas aimer me rappeler ces bestioles. Ces monstres! Quand j'en entrevoyais une bande au loin, toujours je changeais de direction, affectais de marcher dans la plus grande désinvolture, sans hâte, mais les fesses contractées à y moudre des graines!

Les premières nuits, en fait, Blanche s'endormit tout simplement sur le sable. Il y en avait un peu, dû à l'effritement ou à l'érosion, sous la volumineuse assise de roches au fond du terre-plein et elle se fourrait là. Pour tout avouer, cela me vexait horriblement, mais qu'y faire? Encore une fois, on hésite à se donner des libertés trop grandes, vis-à-vis d'une esclave qui pèse son quintal ou son quintal et demi.

Puis, un après-midi que nous étions sur la plage, moi nageant, ou épiant par habitude, sans du tout y croire, l'improbable passage d'un bateau, elle s'ébattant tel un souple hippopotame, nous retombâmes sur la boîte bien menuisée qui contenait une hache.

Blanche s'en saisit. C'était un jouet dans sa main. Elle la fit tournoyer une ou deux fois et je reculai. Très spécialement quand je suis toute nue, je me sens mal à l'aise si une immense femme, toute nue elle aussi, et couleur de marron d'Inde très foncé par ailleurs, exécute des tours d'adresse avec une hache dans mes environs. Soit par contentement de sa trouvaille, ou parce qu'elle avait perçu le retrait instinctif, Blanche ébranla un instant les basses couches de l'atmosphère :

– Whah – ah – ah! Whah – ah – ah!

Le perroquet, Lucien, découvrit aussitôt le secret du décollage vertical. Il s'abstint en outre de dire « Mouille! », ce qui valait aussi bien. Blanche, l'outil ou l'arme en main, repartit vers les palmiers et autres cocotiers et vers la montagne. Moi, je suivais. J'étais quand même plus accessible à la peur sans elle qu'avec elle près de moi maintenant. Et j'adorais me tenir derrière elle quand elle marchait, bougeait, grimpait une pente surtout. Entrevoir ainsi, par éclairs, l'intérieur de ses cuisses, de ses fesses, son gentil trou et sa profonde fente très roses, d'un rose d'églantine dans tout ce brun de vernis à piano, me donnait du plaisir et mon cœur accélérait ses battements, sans que je susse bien pourquoi.

M'étant réveillée avant elle, le premier matin, à peine levée et lavée j'avais remis ma robe. Et elle, Blanche, levée à son tour, quand elle se fut bien ébrouée dans l'eau des jattes, eut bien sifflé le lait et ravagé la pulpe d'un nombre consternant de noix, elle était venue me retrouver dehors, où je feignais d'être occupée. Se penchant, elle avait saisi de ses grosses mains, exemptes alors, au demeurant, de toute brutalité, l'ourlet de ma robe, et derechef m'avait mise nue. La robe sur le bras, et semblable par comparaison avec celui-ci à un mouchoir, elle m'avait considérée, montrant l'équivalent d'une grande attention. La fixité, à vrai dire, et la matité bestiales des iris, des pupilles, déjouaient toute tentative d'interprétation. Elle m'examinait, sans plus. Mes cheveux, qui devenaient vraiment trop longs. Mes propres yeux, mes dents – sans aller jusqu'à me retrousser la lèvre comme les marchands de chevaux. Merde alors, c'était elle le cheval! Mes seins, mon nombril, mon minou, sûrement, selon moi, aussi gentil que son trou du cul, mes jambes, mes pieds. Elle avait ébauché un geste, et sans attendre je m'étais mise en mesure de pivoter, pour le côté pile. Imaginer son regard, je m'en souviens, produisait sur toute ma peau une sensation de fourmillement, plus accentuée, plus irritante à la surface du derrière. Après quoi, silence et silence. Le soleil, la chaleur. J'avais refait face à la négresse et elle m'avait tendu le chiffon de robe.

Cela aussi m'avait fortement déprimée. On dit quelque chose au moins, non, même si c'est dans un nébuleux et absurde sabir de nègre?

Bref, là-haut, hache en main, elle a entrepris de s'activer en toute sérénité comme une mouche. Enfin, une mouche... D'une certaine façon, elle s'est donné moins de mal que moi. Deux lianes bien épaisses nouées à une branche d'un côté, de l'autre à deux hauts et solides piquets, une brassée de rameaux bien feuillus en travers, et ce tendelet ou cet auvent était la chambre à coucher. Ce que je n'aurais nullement su inventer, par exemple, fût-ce en cent ans, c'est une admirable chaise longue, très grossière, mais très confortable, et d'une résistance à toute épreuve. Je ne peux pas non plus la décrire. Disons un long cadre de bois suffisamment articulé, permettant de relever plus ou moins le dossier, des lianes en guise de suspentes, et les traverses formées de très petits rondins. Quelques poignées de fougères là encore, afin de ne pas se pincer le cul ou le reste entre les rondins, et même un hippopotame, je veux dire la plus vigoureuse indigène pouvait y vaquer, y croupir, y sommeiller en paix.

Blanche, qui n'aimait guère le plein soleil, traînait en général ce barbare et luxueux lit de repos, sous le même arbre auquel était fixé par un de ses côtés le tendelet, et y stagnait des heures – dans la mesure où nous savions toujours, dans ce temps-là, ce que c'est que des heures – voire des journées entières. Et pourquoi pas? Moi, je m'ennuyais.

Stagner, au reste, est inadéquat. Il sommeillait, de concert avec Blanche, trop de muscles, une énergie latente trop terrifiante, pour qui en avait constaté ne fût-ce qu'une fois et de loin les effets, sous cette viande ronde, pour évoquer la stagnation. La géante négresse régnait, ou même simplement existait, au choix. Un arbre, une colline, le cheval au milieu de son pré ou un cachalot dans la mer ne stagnent pas. Ils s'entretiennent et se continuent et c'est tout.

Je me rappelle aussi, à propos de ces siestes et du soleil, un détail bizarre. Blanche, qui avait l'air de se défier des insolations, n'en voulait pas du tout pour moi. A sa manière pacifique, plutôt lente, elle veillait sans relâche à m'en détourner et à m'en protéger, comme on y serait enclin vis-à-vis d'un enfant, d'un bébé plus encore. J'avais le droit, bien entendu, de me promener, d'errer sur la plage ou n'importe où autant que je le voulais. De nager au soleil, en eau douce comme en mer. Mais aussitôt que je paraissais m'attarder sans motif précis, en y incluant celui de divaguer au hasard, elle venait me prendre par la main et me reconduisait à l'ombre. D'un jour sur l'autre, elle soulevait un de mes bras et scrutait l'aisselle, ou m'entrouvrait le derrière, dans le dessein semblait-il de vérifier à quel degré, selon quelle nuance exacte j'avais naguère été plus claire. Parfois, il me revenait des images de ces pièces de boucherie ou de venaison, qu'on dépose pour un temps dans le garde-manger, et dont on contrôle l'état par intervalles, afin de savoir à quel moment elles seront le mieux comestibles. Brrr...!

Mais je crois surtout, aujourd'hui, que Blanche n'aimait pas que je sois hâlée. Plus je pouvais revenir à ma clarté première, et plus elle le jugerait joli – convenable en tout cas. Et vraiment, pourquoi pas? Je suis sûre que j'aurais détesté que son corps à elle pâlît, devînt je ne sais de quel jaunasse, à plus forte raison rosé, blanc. Quelle horreur! Brouie et brune, elle était splendide. Elle était évidente.

Ah, mais je m'ennuyais! Un de ces après-midi-là encore – sauf que les journées entières étaient comme des après-midi sans fin, gonflés, distendus telles des bulles de lumière brûlante et de néant –, la négresse, à son ordinaire, daigna disposer l'énormité de son corps de reine des baobabs et des pachydermes sur la solide chaise longue.

J'en aurais pleuré, parce que, ainsi que je l'ai dit, je m'ennuyais à vomir, à périr, sauf derechef, que justement on ne périt jamais d'ennui – on en vit, merde alors! Je devais être dans ces deux ou trois jours qui précèdent les règles, et où, sans avoir en effet mal à la tête, ni mal au ventre, ni mal nulle part, on se sent si mal foutu partout qu'on voudrait se rosser soi-même ou mourir. M'efforçant, ce qui était pour moi aussi devenu une habitude, de ne pas rester trop au soleil, je déambulais courtement, louchant plus ou moins, à la dérobée, du côté de Blanche. Elle dormait, cette rascasse! Vous est-il jamais advenu de contempler une fabuleuse statue noire qui dort, douces coques noires de ses paupières bien fermées, grands seins noirs ronds et tranquilles, bouclier noir du ventre soulevé, bombé selon un rythme calme, grosse vulve d'un noir-bleu toute close, fûts merveilleusement polis des cuisses, clos eux aussi, longues et puissantes mains noires, posées en toute majesté sur les cuisses?

Ah! j'en avais le cœur étreint. Comme si, depuis l'instant où la négresse avait rejoint ma solitude, constamment j'eusse eu moins peur, mais constamment à la fois me fusse sentie plus seule.

J'ai rôdé, tourné non sans une sorte d'hypocrisie autour de la statue paisible. Resserrant peu à peu mes cercles, me rapprochant insidieusement. Je me suis arrêtée à ses pieds. Je la regardais. Elle dormait en vérité comme peut dormir Dieu, un arbre, une colline, une vivante sculpture de cheval ou d'hippopotame brun noir.

Et moi, alors, je n'y tenais plus. Me contraignant aux mouvements les plus aisés, les moins anguleux possibles, je suis venue tout près, et enfin me suis couchée de tout mon long sur la négresse.

De tout mon long, cela signifie, ventre contre ventre, que mes orteils atteignaient à peu près ses genoux, et que je pouvais alors me cacher le visage dans son cou, au défaut de l'épaule. Sur toute la longueur, modeste il est vrai, de mon propre corps, et de chaque côté, si le sien eût été une couverture, j'aurais pu m'envelopper, me border. Je me trouvais, presque dans toutes les directions pour ainsi dire, au centre d'elle.

Ah, je me rappelle la chaleur, celle du soleil, celle de Blanche, et je me rappelle l'ombre des feuillages. Tandis que je grimpais sur la négresse, par réflexe sa puissante musculature s'est tendue, toute en alerte sous la peau satinée. Puis, aussitôt, me reconnaissant, elle l'a détendue. Alors j'ai été dans sa chair, moulée, empreinte, fondue en elle, comme recréant avec elle un seul œuf vivant, une seule chaleur. Mes seins libres mêlés à ses grands seins libres, mon petite ventre toujours un peu gonflé en raison de la nourriture, comme absorbé dans la coupe tendre de son nombril, mon sexe paresseusement sensible, percevant la pulpeuse et brûlante nudité du sien, en vérité des muqueuses, en vérité des lèvres.

Jamais je crois, ni avant ni depuis, je n'ai éprouvé ce sentiment paradisiaque de sécurité. J'ai poussé mon nez, ma bouche dans son cou, sous l'oreille. La fragrance forte de santal et de lierre émanant de son aisselle me heurtait par à-coups selon sa respiration.

Je lui avais entouré le cou de mes bras, afin d'être plus comme suspendue à elle, et dépendante d'elle. Pour me sentir mieux protégée encore, plus heureuse aussi, un instant j'ai détaché l'un de mes bras, l'ai allongé derrière moi pour prendre la main de Blanche et la poser sur mes fesses. Sans même rouvrir les yeux, sans cesser de sommeiller elle a incurvé la paume pour emboîter mon petit derrière, qui paraissait pouvoir s'y loger tout entier. D'elle-même, un peu plus tard, tandis que je lui étreignais à nouveau le cou, elle a étendu son autre bras en travers de mes épaules. Le seul poids de l'avant-bras m'accablait presque, mais en même temps je me trouvais tout à fait à l'abri, indemne à jamais de toute crainte et de tout mal.

Mon petit sexe chaud s'était peu à peu enfoui dans l'épais sillon de la grosse vulve chaude. « Mouille, mouille... », ainsi que disait le perroquet – mais maintenant comme s'il l'eût dit tout bas, et tout le temps. Quelle paix, et quel lent bonheur. J'étais un bébé, recueilli dans le sein, dans le giron d'une maternelle et amicale montagne de viande riche et chaude.

Je m'endormais. J'ai resserré de mon mieux les bras autour du cou de Blanche, l'ai baisée très fort juste là, sous l'oreille, et la large paume a de son côté précisé fugitivement sa caresse, non, son enveloppement, autour de mes petites fesses rondes. J'ai souhaité dans l'ombre demeurée fragile de mon cœur, que la négresse pliât un tant soit peu le majeur, le glissât, de tout son long lui aussi, entre les fesses, comme je l'avais esquissé avec elle lorsque nous quittions la crique des Sauvages. Effleurât l'ouverture minuscule, puis l'autre. Songer à cela, faisait pulser en secret mon ventre. Je rêvais que la liqueur de nos sexes sourdait, elle-même en secret, imperceptible, continue, et que nous nous mélangions ainsi.

Ah, songer cela. J'ai entrouvert, sous le voile de la même égoïste hypocrisie de bébé, les jambes, les cuisses. Mais la négresse ne comprenait pas, ou elle avait d'autres rêves que les miens. Sa main demeurait seulement protectrice, maternelle. C'était bon malgré tout. Très bon. En vérité je dormais dans la chair de ma colossale compagne, plutôt que sur elle.

Les rapports entre nous changèrent. J'estimais toujours qu'elle était vis-à-vis de moi une esclave, mais je ne l'appelais plus Blanche. Elle existait bien assez, et par ailleurs m'apportait et me donnait trop, pour avoir besoin d'être baptisée de force, à l'instar d'un perroquet, d'un chien. Ce qui me rappelle que Lucien boudait. Ou encore, à d'autres moments, je ne pouvais faire un pas, un mouvement, sans rencontrer son gros œil chargé de reproche. Le reste du temps, des journées entières, il désertait la cabane, l'aire familière du terre-plein, partait kroaker le diable sait où à travers l'île. Peut-être en était-il arrivé à ce point de perversion, de me reprocher l'appauvrissement inattendu et subit de sa vie sexuelle. Merde alors! J'étais bien prête moi-même, à reprocher au monde entier l'appauvrissement chronique de la mienne, après tout!

Souvent la nuit, lorsque mes règles furent passées,

à nouveau je n'y tenais plus. Je me relevais, et allais retrouver la négresse sous son espèce de carbet. Misère, comme ces sacrées indigènes dorment! N'ont-elles donc jamais de soucis? Ne souffrent-elles que de bâillements, et jamais de béances? Elle dormait. Éprouvant toujours moins de gêne, comme il va de soi, à mesure que le temps s'écoulait, parmi la confuse obscurité des Tropiques, tout irradiée d'étoiles, je me faufilais aux côtés de la vivante gisante, chaude et lourde sur sa couche de feuillages :

– Nounou, je suis toute seule, j'ai peur. J'ai un peu froid aussi. Personne ne m'aime. Dans mon ventre, c'est vide. Laisse-moi dormir près de toi.

Toujours ou presque elle dormait à plat ventre. Je me poussais, me serrais sous son aisselle, jusqu'à ce que le bras énorme écrasât mes épaules. Sans vraiment se réveiller, elle tournait la face de mon côté et, parfois, je baisais ses grosses lèvres qui à leur tour, dans ce demi-sommeil, ébauchaient un baiser contre les miennes.

– Nounou, Nounou!

Non sans bien des efforts, comme si je me battais et me débattais en sourdine contre des traversins et des matelas, je conduisais la main de la négresse, de mon épaule à mon petit derrière frémissant de faim, de désir. De mon bras, de ma main libre, je caressais les fesses opulentes de Blanche. Elles étaient belles comme est belle une perle. Comme un astre sombre. Entre elles, dans le vallon étroit, résistant et moite comme du champignon chaud, je pouvais presque cacher la main. Reconnaître, sonder tout doucement, à l'aveugle, la brûlante petite fleur refermée, mais à peine froncée, entre les fesses, arrachait déjà à mon propre sexe une petite fleur de joie. Ma main, mes doigts, puis mon seul médius avançaient, plus doucement encore, jusqu'à la fente de son sexe à elle. Longtemps, dans le sommeil, elle joignait avec plus d'étroitesse les cuisses, m'interdisant une approche trop indiscrète, trop plongeante et fouilleuse.

Maintenant, elle les écartait un peu. Comment encore, décrire le sexe de Blanche? Cette bouche à la fois toute close, et fondante. Mais non, d'abord elle ne fondait pas. Ce n'était qu'une chair très épaisse et très fine, très nue si je puis dire ainsi, comme embuée et très légèrement empoissée de la moiteur du sommeil. Mes doigts, mon majeur, tel un sésame, devaient y tracer, y frayer leur chemin tendre. Et c'est seulement alors, la trace imprimée, frayée la voie du désir et de la tendresse, que Blanche, demeurée au fond du sommeil ou du demi-sommeil, écartait un peu les cuisses. Les lèvres du sexe se déclosaient, fondaient avec une exquise lenteur. La magique odeur de vulve dilatait le carbet tout en le refermant sur nous comme un capot de rouf. Mon doigt, investi à la fois de toute mon audace, et de toute l'épouvante sacrée qui préside ou devrait toujours présider aux jeux de l'amour, découvrait, forçait, comme par la force de la douceur, le premier petit anneau, qui bientôt cédait devant lui, sous lui, s'épanouissait, livrant accès à la brûlante, bouleversante, poignante et engloutissante amplitude de la chair intime, intérieure, tel un tunnel de tendre feu et de tendre nuit. J'y engloutissais en effet mon doigt, puis tous les autres, puis toute la main jusqu'au poignet. Dans le même temps, le même moment dilaté et refermé sur nous, mon cœur et mon propre sexe battaient, la matrice ondulant ainsi qu'un serpent qui s'éveille avant de se détendre en un claquement feutré comme la soie. Je mouillais, jutais à menu bruit, mais terriblement. Blanche grognait, me tançait ou me grondait en dormant. Dormait-elle? Sa vulve me trempait la main, le poignet. Les lèvres envoûtantes de son sexe me tenaient, me retenaient avec une équivoque force monstrueusement délicate comme on tient à la gorge. Tout abasourdie encore d'étoiles internes, de comètes visqueuses et diaprées, tout haletante, je disais à voix basse :

– Ne sois pas fâchée contre moi, Nounou. C'est tellement bon. Tellement bon, tu sais.

Je pouvais m'endormir maintenant, laissant ma main au chaud et à l'abri au creux du ventre colossal, vivant en lui, avec lui, sa chaude vie. D'autres fois, je la retirais. La tiède petite brise nocturne séchait tout de suite la liqueur de femme, rendait diaphane le puissant parfum. Je me reprenais à caresser les fesses splendides, leur lumineuse noirceur, jouais à faire vaciller ces collines d'ébène. Profitant de l'ouverture des cuisses, je m'agenouillais entre elles, fourrais le visage au milieu des fesses, baisais avec volupté le vigoureux anus bleu, si étrangement innocent. Cela aussi, cette caresse, très longtemps ma compagne, l'esclave, l'avait détestée. Maintenant elle s'abandonnait, ou se prêtait peut-être. Mais si mes lèvres descendaient vers son sexe, non pas même pour le déboutonner tout à fait et y boire, simplement lui donner un baiser, le lécher, aussitôt la redoutable tenaille des cuisses, tels le tronc et l'écorce, ou tels deux arbres plutôt, se refermait. Je rêvais à en devenir barge du goût de ce sexe.

La négresse, qui certainement ne pouvait dormir au sens propre, percevait plus ou moins mon désappointement, mon chagrin. Un tressaillement quasi tellurique annonçait que les collines et toute la montagne allaient se retourner. Elle effectuait ce renversement de façon assez progressive, pleine d'attention, de tendresse après tout, pour que glissant, à contresens, en même temps qu'elle, je me retrouve enfin couchée à plat sur son ventre. A plat, d'ailleurs, ne rend nullement l'imbrication, l'incrustation, cette fusion merveilleuse de tout mon corps dans tout le sien, l'emmêlement indicible, creuset de chaleur et de tendresse, de la chair claire avec la chair sombre. La négresse m'entourait de ses bras, veillant sans doute, dans la nuit et le silence, à ne pas m'étouffer. Me laissait lui baiser la joue, les lèvres, les seins. Les grosses lèvres quand je les baisais répondaient toujours un peu, alors une poigne de velours pressait mon cœur comme un citron et je pensais défaillir. Puis la vraie main de Blanche imitait ma démarche faussement sournoise, reprenant tout à partir de la première fois. Elle allait jusqu'à mes fesses, les enveloppait, les réchauffait un moment. Puis les cuisses s'entrouvraient, nos vulves se touchaient, s'écrasaient avec délice l'une contre l'autre. Ah! la nudité du sexe de Blanche. Maintenant, je parvenais réellement à loger le mien, entre les lèvres de celui de la négresse. Je bandais, si cela peut se dire d'une femme. Mon minuscule bouton secret bourgeonnait comme un mal, puis se déchirait, éclatait. Je fondais et fondais, mouillais à en détremper la couchette sous nous, m'abîmais dans le sexuel lait blanc de l'esclave. Et si je ne me libérais pas assez vite, ainsi, ou pas assez totalement à son idée, toujours d'elle-même elle avait bien voulu apprendre à m'aider. Son doigt allongé et souple, riche de magie et de puissance, devenu semblait-il pur organe de compréhension, coulissait infatigablement entre mes fesses, s'enfonçait dans l'anus, le rectum, m'enculait et me baisait doucement, modulant un adorable va-et-vient, puis ressortait sans hâte, longeait le périnée, affectait d'hésiter, basculait et plongeait enfin dans ma fente, me baisait à nouveau, encore et encore, pénétrait au loin dans la matrice, dessinant les sensibles étranglements, les museaux, les dépressions fuyantes et les replis intérieurs, ressortait une fois de plus, paraissait se prolonger en se recourbant pour sillonner ma vulve, rejoindre la brillante perle de l'huître du sexe, crispée électriquement et comme déjà lumineuse dans son attente. Ah! sans doute il n'y a qu'une femme pour savoir caresser une femme. S'il s'agissait d'intelligence, je veux dire de cette compréhension, on réduirait un homme à sa pine, et seule une femme en caresserait une autre.

Ce qu'il faut ajouter selon moi, est que n'importe quelle femme, pas une tout à fait stupide et balourde s'entend, connaît si bien toutes les autres, être caressée ainsi est si voisin de la perfection, que cela revient presque à se caresser soi-même. A la vérité, c'est précisément la maladresse, au contraire, d'un homme, son défaut d'intuition, ses erreurs bizarres, ses tâtonnements saugrenus, son manque inexplicable il faudrait bien dire de tact! qui troublent, et à la fin arrachent un plaisir plus aigu, plus déferlant, dans la mesure même où la source, l'agent, sont incompréhensifs, et incompréhensibles.

Privée cependant, avant l'irruption de Blanche, de tout ce qui est ne serait-ce qu'un peu humain, je jouissais avec facilité, et même en toute absence de retenue sous ses doigts, dans sa main. Il m'arrivait de mordre en gémissant, en râlant la pointe d'un de ses seins tandis que je jouissais. Et elle, demeurait sommeillante et comme animale, demeurait patiente. Sa grosse vulve enclosait la mienne. Ainsi que je le faisais avec elle, son doigt demeurait sans lassitude enfoui dans mon sexe ou, aussi bien, entre mes fesses, malgré l'effort involontaire, organique des muscles pour le contraindre à rejaillir au-dehors, le repousser, l'éjecter. C'était calmant, doucement comblant. J'étais habitée comme je désirais l'être, lors de mes premiers temps sur l'île, quand je meublais mon petit derrière, ou mon sexe rendu bien malgré soi à une espèce de virginité, à l'aide de tiges végétales.

Je crois que je commençais par rêver, et ensuite seulement, m'endormais.

– Allons, cela suffit, paraissait dire la géante Nounou noire. Voici le temps du sommeil maintenant.

Du lointain de l'autre temps, du monde des êtres et des choses réels, venaient mourir sous l'auvent un frisson d'air marin, des bruits de jungle, un parfum de sexe et de fleurs. La négresse était une montagne, et cette dernière une houle. Elle se pliait et se dépliait, se balançait, me berçait. Je m'endormais, sombrais de plus en plus profond entre les mailles d'un géant hamac d'eau noire. Blanche me portait. Blanche était l'île, moins déserte aujourd'hui, et cependant balayée de ses dangers. Blanche constituait ou reconstituait une sorte d'amour.

IX

Mais cela, c'était la nuit. Le deuil amer, muet parce qu'il était bâillonné, de nos vies de femmes cherchait et trouvait comme il le pouvait des échos, une réparation sous le manteau faussement tendre, comme tant de choses, de l'obscurité.

Dans la journée, j'étais le Bébé. Un bébé que les proportions colossales de la nourrice rendaient réellement très petit. Ainsi que pour tous les rapports un peu profonds entre deux êtres, je ne savais même plus si c'était bien moi qui avais choisi le rôle, ou s'il s'était imposé et défini comme de lui-même – par cette seule raison, ou cette raison surtout, qu'il me convenait, me faisait plutôt heureuse, et plutôt tranquille.

C'est si dur et si ennuyeux au fond, le métier d'adulte, que souvent je me demandais comment et pourquoi j'avais attendu si longtemps, dans ma vie, pour décider de rester ou de redevenir un bébé.

Blanche, qui paraissait bel et bien ignorer l'ennui, comme au demeurant toute émotion et tout sentiment un peu forts, ne s'occupait jamais de moi. Telle une authentique Nounou, en revanche, jamais non plus elle ne me repoussait, et quoi que je voulusse d'elle, à la réserve de quelques détails, ce que l'on appelait jadis ou naguère des privautés, très personnels.

Elle ne voulait toujours pas que je lui lèche la vulve, la fente. Peut-être tous ces... indigènes supposent-ils que nous autres, les mal-noircis, sommes anthropophages? Mais tout le reste m'appartenait.

Végétative, bestiale, elle passait beaucoup de temps à demi assise, à demi allongée sur sa rudimentaire chaise de repos. Et moi, fatiguée, excédée plutôt d'embellir prétendument la cabane, ou de planter un non moins prétendu jardin, de rôder à l'ombre, de nager sous le geyser inversé des cascades ou de m'empiffrer de bananes qui se vengeaient lâchement en me constipant, souvent aussi je revenais vers elle. Je montais et m'asseyais sur ses cuisses, son ventre, posais la joue sur l'oreiller de ses seins.

Sans s'émouvoir, elle me prêtait son assistance pour me coucher bien de côté, le flanc contre elle, installée tout entière sur elle. Une de ses grandes mains repliait mes genoux, contenait mon derrière de bébé, le bras gauche étayait ma tête et entourait mes épaules, me retenant contre elle. Pour un peu j'aurais sucé mon pouce. D'ailleurs, je tétais parfois un des seins de la Nounou. Qu'elle n'eût pas de lait ne me privait pas le moins du monde. C'était la tétine elle-même, où un rose de pétale émergeait, transparaissant comme à travers le nuage sombre de la mélanine, qui me nourrissait. Cette densité succulente. Et si, parce que la tétine, malgré tout, montrait à la fin quelque trouble, en arrivait à se tendre, à bander tant soit peu, je me sentais gagnée moi-même par cette sensualité, cette sexualité diffuse, non nommée, qui emporte aussi par vagues les vrais enfants – de même que pendant la nuit il me suffi-

sait, sans avoir à modif
des doigts de mon escla
peine entre mes fesses,
périnéal. Tout de suite
être haussait-elle, de
épaules de colosse. Mais
potent et doué, obéissan
quand même afin de ne
d'une pénétration infinir
douce, sa présence rassu … sexe ou
de mon derrière. Je rêvais, jouais à baver contre le cou de Blanche, suggérant que chez un bébé, c'est la bouche et non le vagin qui mouille tout, puis m'endormais.

Un de ces jours-là, situé pourtant, j'en suis certaine, hors de la brève période assommante du mois, je me sentais de l'humeur où rien au monde ne vous plaît, où l'on se trouve soi-même déplaisante, où rien ne parvient à vous amuser, à vous distraire. Je me mettais des fleurs, et je les enlevais. Je mangeais, et avais envie de vomir, quoique Blanche, à l'aide de poissons et d'une quantité de racines, eût beaucoup varié les menus. Je me regardais dans la fraîche clarté des bassins et me trouvais laide.

Tout à la fin, quand j'ai été décidément lasse de moi et du reste, je suis retournée selon ma coutume près de la chaise longue. La négresse, à demi étendue, s'est contentée d'entrouvrir ses larges yeux mats, comblés à ras bord d'une paisible indifférence. J'en aurais pleuré. Parfois, je me demandais si elle me voyait vraiment. Si elle n'était pas, de façon imperceptible mais congénitale, aveugle, muette, sourde, plutôt pide. Tout d'un coup, je savais de ement envie, mais j'étais incapable de vérité j'allais pleurer.

ou, ai-je dit pour finir. Je n'ai pas été sage.

ce. Silence. Mon cœur gonflait à me distendre rine. Lucien dormait, la tête sous l'aile, posé sur branche.

– Nounou...

Je me suis approchée encore, puis couchée, non de tout mon long sur elle, mais en travers de ses cuisses, le derrière haut. Elle ne comprenait pas. Elle m'a couverte de la paume, le bout de ses doigts a disjoint mes propres cuisses. Elle imaginait que je désirais être, une fois de plus, baisée ainsi, ou simplement masturbée. Me retenant à la lettre d'éclater en sanglots, je me suis remise debout. J'avais une espèce d'idée. Tandis que Blanche repartait avec flegme pour son demi-sommeil, je suis allée à la cabane, et y ai enfilé mon minuscule subito, toujours plutôt net et joli parce que je le portais très peu, depuis la nuit des Sauvages en particulier. Quand il a eu habillé, tel un léger et souple écrin, mon petit derrière rond, et le plus minuscule encore dôme fendu du sexe, j'ai couru me recoucher exactement dans la même posture, en travers des somptueuses cuisses noires.

Ma Nounou, je ne sais par quel instinct, a compris tout de suite alors. J'en étais à onduler des hanches, afin de bien m'installer, et me suis trouvée déculottée. Ainsi que j'ai dû le dire déjà, il y a toujours une sensation de grande excitation, d'exaltation à être mise nue, à percevoir l'ultime et si fragile vêtement ramené en tampon sous le pli des fesses. Oui! mais ce que moi, je n'ai compris que trop tard, c'est que la garce de Nounou avait allongé le bras, arraché au buisson le plus proche une poignée de petits rameaux ou de brindilles. J'avais une bonne connaissance de ce qu'est une fessée – mes parents, jadis, jusqu'à sept ou huit ans, et par la suite, ce con de type dont j'ai parlé. Jamais en revanche, on ne m'avait donné les verges, ou alors si l'on veut, abstraitement en quelque sorte, par la Main du Seigneur. Mais maintenant, à la première cinglée, je me suis convulsée en jetant un terrible cri. La négresse ne m'en a fessée, fustigée que de plus belle. Sanglotant et hurlant, tandis qu'elle abattait ses putains de verges, j'avais l'impression qu'elle m'écorchait vive, me mettait le cul à feu et à sang.

– Non, Nounou, non! suppliais-je.

Et elle, la rascasse, continuait à y aller de tout son cœur. Bien entendu j'ai essayé de me protéger de mes mains, et il lui a suffi d'avancer le bras gauche sous mes aisselles pour me paralyser – les mains en tout cas. Plus je me débattais, plus je me tordais, et plus elle frappait. A un moment, ma conne de matrice s'est tordue elle aussi, le diable comprenne pourquoi, et a craché bien malgré moi une giclée de sperme. On eût dit un aiguillon éblouissant, délirant, au cœur même de la douleur. Mais si affreusement rapide, si bref dans son acuité, comme tranché, cisaillé d'un coup. Le résultat, bien entendu encore, a été de détendre la chair, la texture même de mon pauvre cul martyrisé, de sorte que la fessée – si c'est ça une fessée, merde alors! – m'atteignait de façon un milliard de fois plus efficace.

Pour être juste, je n'ai jamais estimé, je n'ai jamais vu que Blanche fût brutale, aussi longtemps du moins qu'on ne l'attaquait pas. Ce que je crois, c'est qu'elle était trop bête, trop simple peut-être, pour s'aviser d'arrêter, du moment où elle avait esquissé un geste, ébauché un acte quelconques. Ayant aperçu à la fin que j'avais besoin, tel un bébé qui s'obstine à rechercher jusqu'où il peut aller trop près, d'être corrigée, de recevoir ma fessée, elle me corrigea et me fessa en effet, jusqu'à ce que j'en eus le derrière réduit à l'état de charpie, et la gorge blette à force de crier.

N'importe à quel prix je ne serais parvenue à me soulever de ses genoux. Je pleurais à chaudes larmes, toute silencieuse maintenant, le cœur brisé comme le corps, celui-ci pantelant, et retombant pour ainsi dire de part en part des énormes cuisses noires. Quant à la négresse d'enfer, voyant que je ne bougeais pas, elle ne bougeait pas elle non plus. Peut-être, ayant aussitôt envoyé promener, corvée accomplie, les verges pardessus son épaule, s'était-elle rendormie, la stupide. Merde alors!

Mais voici le plus incroyable. Tandis que je gisais toujours, toute pleurnichante, en travers des cuisses de ma Nounou, attendant que s'apaise tant soit peu l'enragée combustion, soudain, j'entendis les Singes!

Depuis des jours et des jours, ils étaient comme supprimés, épongés par le néant ainsi que par un buvard, et tout d'un coup, à ce moment juste et pas à un autre, je réentendais, je retrouvais là-haut, vers les rochers en falaise qui environnent les chutes, ou peut-être à travers les cimes des arbres, la bacchanale trop connue. Aboiements, jappements, rires hideux, glapissements. Quitte à passer pour une folle, j'ai toujours été et demeure persuadée, que précisément la couleur écarlate, et plus précisément encore entre mes fesses et tout autour du vagin, portait à son comble la frénésie de viol et de violence de ces monstres.

Et maintenant, je le jure, oui, lui, mon bourreau, mon tourmenteur et nul autre, je reconnaissais son pas! Ce tapotement hâtif, sautillant et feutré à la fois, sur la terre mêlée de sable. Je ne le voyais pas – il galopait, bien entendu, le monstre, du côté vers lequel était exposé, béait mon malheureux derrière en éruption. Mais j'imaginais la mince et longue pine, comme barbelée par le gland, par l'érection tétanique, et tétanisée moi-même je me suis arquée, m'efforçant de me remettre sur mes pieds pour fuir, un cri de désespoir s'étranglant dans ma gorge.

La main de Blanche, demeurée, dans sa calme pesanteur, sur mes reins depuis qu'elle m'avait fessée, s'est faite plus lourde, me clouant, m'immobilisant. Sans doute la négresse ne comprenait-elle rien à mon épouvante, n'y décelant nulle raison, et jugeait-elle qu'aussi scrupuleusement corrigée, j'étais tenue à reprendre haleine quelque temps encore, avant d'avoir le droit de bouger.

Mon Dieu! Les pas assourdis, pressés, étaient maintenant tout proches. Ils étaient là! Je hurlai, contractai les fesses et les cuisses, à en rompre les muscles.

Mais voici encore. Le singe, pour une fois, n'avait pas compris lui-même à qui il avait affaire. Je ne le vis toujours pas, mais entrevis l'ombre rapide du bras de la négresse, entendis claquer l'énorme gifle, lancée, comme en toute négligence, à la rencontre de mon agresseur. Je suppose qu'il en roula à plusieurs mètres, presque assommé. Il me semble aussi que je l'entendis lâcher un jappement suraigu de souffrance et de terreur, puis se relever avec peine, détaler en boitillant, tout comme le jour où je l'avais aveuglé en lui jetant du sable. Oubliant du coup, mon derrière incendié, j'effectuai une petite virevolte de poisson pour me retourner, me retrouver assise sur les genoux de la colossale nourrice. Je lui étreignis le cou de mes bras, lui baisai les joues, les lèvres, ses paupières de grosse soie brune, sa tempe, une oreille fugitivement translucide telle une sombre nacre vivante :

– Nounou ! Nounou !

Alors que cela ne lui arrivait plus depuis longtemps, elle éclata, explosa :

– Whah – ah – ah ! Whah – ah – ah ! Whah – ah – ah !

Pressée contre ses seins, le rire se répercutait, dans son torse de géante et dans mon oreille, comme à l'intérieur d'un tonneau de bronze, me secouant toute. Mon derrière fouaillé se rappelait à moi, et j'étais même en état de penser à la sotte figure que je devais faire, incrustée dans le giron d'une grosse dame avec ma culotte descendue maintenant sur les chevilles. Mais ah ! comme je m'en foutais. J'avais eu ma fessée, mais encore, je l'avais voulue après tout, même si, dans le fantasme, elle était beaucoup moins sévère. Et en échange, et surtout, mon admirable, mon adorable Nounou venait, enfin, de régler son compte à ce pourri de singe ! Riant, pleurant sous l'effet de la joie, je ne parvenais pas à me rassasier d'embrasser l'énorme esclave. Et elle éclatait derechef, cette rascasse !

– Whah – ah – ah ! Whah – ah – ah !

Ce qui était si drôle à ses yeux, je l'ignorais, l'ignore encore. Ma trouille d'un misérable singe ? La manière dont lui avait décampé ? Ou peut-être, que j'éprouve tant de reconnaissance pour une pareille raclée ? Comment savoir ?

– Va, je te fesserais bien moi-même, si seulement je pouvais remuer un tel tas de viande ! pensais-je en secret.

Il va de soi que tous les bébés se disent la même chose, alors que le derrière leur cuit. Et, sans doute, c'est justement savoir, au même moment, que la chose est impossible, qui leur fait tant chérir leur Nounou.

Je me rappelle qu'il était passé en axiome dans ma famille, quand j'étais petite, que si un enfant a éprouvé un choc violent, une frousse particulièrement intense, le plus vite possible il faut le faire pisser. C'était censé, je crois, prévenir un empoisonnement du sang. Peu importe. Ce qui me frappa, c'est que la maxime paraissait avoir cours à travers les bourgeoisies tant négroïdes que cannibales. Ma grosse Nounou, fatiguée de tonitruer, se redressa dans la chaise longue sans même me reposer à terre, comme si je n'eusse été qu'un jouet. Elle avait réellement une force d'hippopotame. Me gardant dans ses bras, tout à fait comme un bébé, elle se mit debout avec la même aisance et me porta jusqu'à quelques dizaines de mètres du carbet et de ma propre hutte. Sous l'ombre plus fournie d'un gros arbre, toujours sans prendre la peine de me reposer elle me fit pivoter, dos à sa poitrine, et tenue seulement par ses mains sous mes cuisses, m'écarta bien les genoux, me bascula même un peu en arrière pour hausser et avancer au contraire ma petite fente. La posture était si claire que je n'eus pas à m'en demander le motif. Je pissai droit devant moi, avec une joie de bébé, un sentiment de sécurité et de contentement plus vif, peut-être, qu'à aucun autre moment. J'avais plus de vingt ans, et cependant n'en avais que quatre ou cinq. La dernière fois que j'avais fait pipi ainsi, dans cette position exacte, c'était en revenant de vacances, une quinzaine d'années plus tôt. L'envie m'avait prise en pleine gare – de Normandie? de Bretagne? – et le second mari de ma mère, non sans affecter de jurer et de sacrer, m'avait maintenue tout au bord du quai, au-dessus des rails. Puis il avait répété l'opération au bénéfice de mon ours en peluche. J'aimais cet homme et il m'aimait. Je savais que tenue par lui, je pouvais faire pipi en paix, dussent les gens, les trains, la gare et le monde entier voler en éclats tandis que je soulageais mon ventre miniature.

Par la suite, Blanche me fessait plutôt souvent. Peut-être, dans sa grosse conscience noire, estimait-elle que c'est encore, là, le meilleur remède à la nostalgie. Ou bien elle savait que c'est aussi une sorte de vie sexuelle, après tout. Et pas pour les seuls bébés. En ce qui me concerne, le vrai est que je mouillais et même déchargeais, à la manière des filles s'entend, chaque fois ou presque que la négresse me donnait ma fessée. J'avais malgré tout convaincu mon énorme Nounou, à force de pleurs, et en lui montrant non sans une extrême insistance mon derrière déchiré, tout strié et boursouflé par les putains de verges, que sa main suffisait amplement. Et elle suffisait, merde alors! J'en avais les fesses dénouées comme une écharpe la journée entière, et même la nuit qui suivait.

Mais cela ressortissait, et ressortit bel et bien à une vie de bébé. Les bébés, par le seul fait d'exister, de manger avec gloutonnerie, d'être relâchés ou constipés, de manifester des exigences et des caprices, de rêver de manière insatiable de grosses pines et de grosses voluptés, commettent des milliards de sottises, des quantités d'attentats à toutes les pudeurs – et par simple équivalence il doit donc leur en cuire. Oui, d'accord, cela fait mal. Encore faut-il savoir qu'un mal là – le fameux feu quelque part –, une subite et vive cuisson, vous émeut aussitôt le ventre, et vous fait aussitôt juter. Le scénario vous bouleverse parce que vous l'avez toujours connu. On vous dénude, introduction si j'ose dire, préambule inévitable à toutes les belles aventures. On s'occupe, plus même peut-être que vous ne l'aviez souhaité, et c'est là la surprise, de votre derrière si présent, mais si dénié, en quelque sorte, le reste du temps. Puis, quand vous en arrivez à être par trop étonnée d'être aussi surprise, on vous aime d'autant plus qu'on vous a fessée plus fort. On vous prend dans les bras, on vous porte, on vous replie comme une jolie grenouille, en vous ouvrant bien les genoux, et on vous tient le pubis bien haut et bien en avant, afin que le bébé puisse en toute tranquillité et sérénité pisser son fin jet dru à la face du monde.

Blanche, mon esclave, continuait à préférer, pour me fesser, les jours, les moments où j'étais habillée. Pour elle, semblait-il, il était plus logique, plus convenable dans le sens de ce qui convient, d'avoir d'abord à remonter ma robe, à m'éplucher de mon subito. Assez souvent cependant, il m'arrivait de découvrir que je n'étais pas assez aimée, que j'avais besoin d'une fessée. Alors, toute nue aussi bien, j'accourais, et m'installais à plat ventre en travers de ses cuisses. Parfois, j'ignore si c'était un jeu, un humour... noir, la garce de Nounou se faisait prier, me faisait attendre. Je bourdonnais en silence, on eût dit que c'était le creux de mon sexe qui fourmillait et bourdonnait. Puis la main s'abattait, pesante et sèche alors, à m'aplatir d'un seul coup. Je serrais les dents, m'évertuais à ne pas pleurer, à ne pas crier – désirant, appelant en même temps, affolée d'impatience, et d'une sorte de grignotement fulgurant plus interne que superficiel, l'instant où enfin je me mettrais à pleurer et à hurler, et où, ensemble, à la fois mon corps et ma conscience cesseraient de se débattre contre la honteuse correction, pour l'accepter. L'instant où mon derrière de bébé, et aussi tout mon ventre de fille renverseraient, soudain, et comme d'eux-mêmes, leurs propres barrières. Alors toute la chair devient souple jusqu'à la mollesse, délitée, labile, les fesses s'écartent, la fente bée, et dans un jaillissement d'écluse qu'on entrouvre tout ce qui est sexe se libère et le sperme pulse.

Par bonheur, maintenant, quand elle m'avait bien fessée, puis bien aidée à purger ma petite vessie, la colossale Nounou, au lieu de se rendormir comme si de rien n'était, continuait à surveiller ma vie de bébé.

Aussitôt que j'avais pissé, elle levait un de ses propres genoux, et ne me soutenant plus que de celui-ci et du bras gauche, me torchait vivement la fente à l'aide de la première fleur venue. Puis elle me remontait dans ses bras, face à elle de nouveau. Je sentais mes fesses encore brûlantes, et, comme la première fois, je lui entourais et lui étreignais le cou, le visage niché au pli de son épaule. Sans jamais montrer la moindre trace de fatigue, elle me portait accrochée à elle jusqu'aux cascades. Je rêvais que je voyageais et découvrais le monde – car c'est les yeux fermés que les enfants explorent le monde – balancée dans le cacolet au flanc d'un éléphant. Sauf que je savais bien dans le même temps qu'il ne s'agissait pas en réalité d'un éléphant, mais de Nounou, ma négresse.

Parvenues au cirque rocheux, tout empanaché d'arbres, que fend du côté de la montagne la dernière et la plus grande chute, Blanche m'asseyait en plein dans l'une ou l'autre de ces cuvettes peu profondes, où l'eau redevient glissante et rapide. Elle s'agenouillait, s'asseyait elle-même sur les talons, de sorte que ses lourdes cuisses rondes, son ventre non pas proéminent, mais plein et large, ses grands seins à la tendre et merveilleuse densité, bien suspendus, ne formaient plus qu'une masse, une formidable sculpture de souple basalte. Alors, elle me lavait. Elle laissait là de petites pierres ponces, des mousses, utilisées en guise d'éponge, des racines plus ou moins saponifères.

Parfois, les cheveux d'abord. Ou bien ils se trouvaient assez propres selon elle. Elle s'en tenait à me récurer et me rincer, armée d'une patience, d'un soin à rendre jaloux un maître-baigneur, les aisselles, mes seins à moi, le nombril, la vulve, le long prolongement, fuyant et soyeux, de la fente entre les fesses, l'anus. Puis mes cuisses, les genoux, les pieds, distinguant presque maniaquement chaque orteil.

C'est toujours si bon pour un bébé que, par moments, je n'y résistais plus. Je bougeais, me penchais pour poser des baisers sur ses grosses lèvres, appuyant à la mode des bébés. Elle ne détournait jamais la tête, m'embrassait même en retour de fois à autre, et je croyais défaillir. Mais tout le temps, ses yeux immenses à la sombre matité me considéraient de la même façon, plus indifférente sans doute que stupéfaite. Tout à fait comme je regarderais, il me semble, un hanneton ou une coccinelle, obstinés à revenir se coller sur ma bouche. Je lui disais :

– Tu es belle, Nounou, tu sais?

Elle ne bronchait pas. J'étais maintenant, on ne peut plus savonnée, arrosée et lustrée, jusqu'au tréfonds de mes plus intimes boutonnières. Donc la négresse me recouchait dans ses bras, se relevait en me portant, et de la même allure élastique, puissante, repartait pour le terre-plein où nous attendaient les cabanes. Contre ma joue, le grand sein rond était tiède et profond comme la mer.

Courbant sa haute taille, voûtant les épaules, la négresse pénétrait me portant toujours sous le ridicule toit de mon logis. A la vérité, c'était à peine si j'avais arrangé celui-ci depuis le premier jour. Fondamentalement, je suis très paresseuse. Et aussi, parce que je persistais à croire qu'aménager une habitation, fignoler, embellir et ainsi de suite, revenait à acquiescer à mon sort : l'abandon et l'exil, cette relégation indigne sur une salope d'île déserte. Il est évident, enfin, qu'un bébé n'est supposé ni construire, ni entretenir de maison, ne vaque pas au ménage. S'il garde sa petite personne propre et ses intestins libres c'est très bien.

Or, même cela je n'avais plus à m'en occuper. Blanche, du moment où elle avait en partie accepté, et en partie imposé nos rôles respectifs, se chargeait de cette bonne tenue de ma personne physique, comme elle se chargeait de celle de mon âme en me fessant, ou de remédier à ma petite constipation chronique en diversifiant les menus.

Le bain de siège plus ou moins étendu, dans les cuvettes naturelles à proximité de la grande chute, ne constituait qu'une première toilette. L'autre, dont l'objet était sans doute de contribuer à mon équilibre sexuel, ressortissait peut-être mieux encore à ce que l'on peut attendre d'une authentique Nounou nègre. Elle me léchait. Bien plus que je ne sais quel pachyderme, elle évoquait pour moi alors, un très grand et très gros ours, qui débarbouille, en vertu d'une conscience méticuleuse, compulsive, son ourson ou son oursonne.

Dans la cabane, elle m'étendait de tout mon long sur la couchette, bien rembourrée maintenant de fougèrcs et de feuillages. À plat ventre d'abord. Elle-même s'agenouillait ou s'asseyait sur les talons, soit au sol, soit près de moi ou derrière moi entre mes jambes, et entreprenait de me toiletter avec sa langue. Jamais le crâne ni la chevelure, comme n'y eût pas manqué un chat. Elle commençait de préférence aux premières vertèbres, parfois à la saignée des bras et des épaules, sous les aisselles. Il se trouve que je suis de ces filles que le moindre effleurement dans la région cervicale fait frissonner, et chez qui les aisselles sont une zone intensément érogène. Un mordillement tout autour, sur le bord pour ainsi dire, et entre celui-ci et l'attache du sein, me met en transes et suffit à me faire exploser très vite. J'étais plutôt honteuse d'exploser et de me mouiller à ce moment, sachant que ma Nounou me lécherait avec une égale conscience, tout de suite après, à l'intérieur des cuisses. J'essayais de me contenir. Mais comme toujours, l'effort et la honte mêmes m'agaçaient les nerfs, me sensibilisaient, et à la fin me révulsaient la vulve et la matrice avec une violence d'autant plus irrrépressible, de sorte que je déchargeais comme une laide.

Blanche, impassible – quoique précisément puisque sa langue me débarbouillait ensuite la fente, elle ne pouvait ignorer qu'elle me pressait peu à peu, et me contraignait à me vider de ma liqueur, à la manière d'un tube dentifrice –, me léchait du haut en bas de la colonne vertébrale. Bien souvent, je ne parvenais pas à m'empêcher de trembler, la vraie fièvre du plaisir, comme si l'orgasme dépliait ses ailes et en tentait un premier essai, quand sa langue, ayant bien massé et râpé la rondeur de mes petites fesses, s'insinuait enfin, s'enfonçait droit au milieu d'elles.

Il me semble, peut-être à tort, et peut-être à cause

de leurs lèvres, que tous ces Nègres et autres Sauvages ont la langue plus massive et plus épaisse que la nôtre. Blanche, en outre, était un colosse. Tout se trouvait être de forte taille chez elle, et par conséquent sa langue. Et non seulement de forte taille, mais douée de la même vigueur arrondie, en quelque sorte, et extravagante que ses membres et tout son corps. Au nombre des choses que je me vois impuissante à décrire à l'aide des seuls mots, figure cette sensation affolante de la langue de ma Nounou, à la fois musclée et tendre, élastique, résistante, et comme fusible ou fondante, tel un tournedos de premier choix, me léchant infatigablement les abords de l'anus, l'anus lui-même, puis, toujours avec facilité, quoique je perçusse en même temps la poussée vertigineuse, le descellant, l'élargissant, y plongeant, d'un mouvement lent et continu, jusqu'au rectum. Chaque fois, lorsque la grosse langue me truffait ainsi le derrière, je n'avais que le temps de geindre. Han! Han! Han! La langue était en velours, et c'était aussi tel un velours innervé, irrigué de sang, tout vivant que l'intérieur de mon sexe et en même temps mes boyaux se révulsaient, se déchiraient et que je déchargeais. Han...!

On répète que les hommes les plus virils ne peuvent assurer leur fonction que quelques fois à la suite, et les femmes toute une nuit, ou plus, pourquoi pas? On oublie que l'orgasme fatigue aussi les femmes. Celles qu'on appelle nymphomanes, tout simplement ne jouissent pas, et sont donc à même de reprendre indéfiniment leur petit jeu vide. Mais sinon, femmes ou hommes, toujours il faut le temps à la structure nerveuse, et aux mécanismes d'érotisation, d'élaborer le sperme ou les fantasmes, de se reconstituer. Dès cet instant, moi, quand l'énorme langue, ursine présentement, m'avait comblé le rectum, je me retrouvais plus faible qu'un nourrisson au sens propre.

L'inconsciente ou sadique esclave n'en tenait nul compte. Imperturbable, elle ressortait de mon derrière son électrisant et organique gant de toilette, le promenait, l'appuyait sur mes cuisses, le creux des genoux, les mollets, les chevilles et, à m'en faire hurler de joie, les plantes des pieds et entre les orteils.

Je croyais respirer alors. Mais soudain la couchette pliait, la masse pesante avait modifié son assiette, son assise et voici que mes jambes et mes cuisses étaient écartées par une invincible traction de chaque côté, plus bouleversante d'être exempte de brutalité, et l'épaisse tranche de viande agile et souple s'introduisait d'un seul coup, puissant et lent, entre mes cuisses, au fond de mon sexe mouillé et brûlant.

Que faire, encore, dites-le-moi? Échappant à ma volonté mes hanches se soulevaient, dessinaient une houle vieille comme le monde, mon ventre pulsait, j'émettais un pitoyable gémissement et jutais en flèche, par soubresauts éblouissants et fulgurantes saccades.

J'eusse pu la supplier, cette autre tourmenteuse : tu ne vois pas que tu es en train de me tuer? Et je me sentais si contentée à la fois et si défaite, que je ne possédais même plus assez d'énergie, d'un influx quelconque, pour la remercier.

– Nounou...

De mes doigts privés de force et comme d'autonomie, je tâchais de me cramponner à la couche, pour montrer mon besoin absolu de repos. Parfois, toujours muette, l'esclave acquiesçait. Je pense qu'elle redressait son torse fabuleux, se rasseyait sur les talons, rêvant peut-être en considérant la menue monnaie de soleil à travers les ramures du toit. Puis – une toilette est une toilette, ici non plus on ne se trouve pas pour rigoler! – une paume de la largeur et de l'épaisseur d'un petit coussin se glissait sous une de mes cuisses ou de mes hanches, et hop! le bébé telle une crêpe virevoltait sur lui-même et tout d'un coup était revenu dans la position à plat dos. Misère, c'était moi le bébé! Je voyais ma Nounou maintenant. Elle s'affalait, se laissait tomber tout près de moi, contre la mince paroi de feuillages, un peu comme si on m'eût bombardée avec de lourds ectoplasmes de pachydermes ou de pianos à queue. Je m'efforçais de l'attendrir. Arquais mes pauvres petits reins frappés de débilité, levais la tête, tendais le cou pour baiser ses grosses lèvres, allongeais la main pour lui caresser la joue :

– S'il te plaît, Nounou, je suis très propre, ne me lèche plus. Ne me fais plus jouir.

Par l'expérience, je n'étais pas sans savoir qu'elle attacherait à peu près autant d'importance à mes demandes, qu'au pet d'une mouche, de sorte que l'anticipation me ravageait déjà terriblement, délicieusement les entrailles. Et, en effet, la négresse daignait répondre plus ou moins à mon baiser, pouvait même parfois mimer un preste coup de ses dents de cannibale à ma main posée sur sa joue, puis elle se courbait. J'avoue que je mouillais sans attendre, parce que j'imaginais que je me trouvais, moi, en même temps, derrière elle, voyant ses opulentes fesses ouvertes, le petit anus d'un bleu noir qui débouchait dans le rose le plus ému et le plus vif quand à son tour il s'ouvrait, le périnée bleuâtre et nacré, et l'olive énorme, fendue à fond, du sexe.

Mais la négresse me léchait! Non plus les aisselles, jugées sans doute assez bien nettoyées en procédant par le côté pile. Les seins maintenant. Ah, misère,

Blanche n'était pas une amante, qui use de savantes élusions et de savants délais, de circonvolutions, d'investissements, puis d'approfondissements et de changements de rythme. Non, mais bel et bien une grosse ourse, ou encore, peut-être, une vache, qui épointe et amenuise peu à peu un bloc de sel. De vastes coups de langue de bas en haut, aussi rudes, aussi confondants, et empreints de la même détermination inlassable, un peu effrayante, que lorsqu'elle me fessait. Au début alors, mes seins comme sa langue étaient tendres, mobiles, tièdement caoutchouteux. Mais bon gré mal gré, sous les coups de râpe, insouciants et affectueux à la fois, qui les soulevaient, les enveloppaient tout entiers et en écrasaient la pointe, ils commençaient à se tendre, bandaient, m'infligeaient une douleur exquise. Non pas jusqu'à ce que j'en pleure, mais jusqu'à ce que, bien entendu, je me remette à onduler, et à la fin à expulser, entre mes cuisses, un ultime nuage de sperme.

Ah, quelle angoisse! Quelle folie! Maintenant, mes seins étaient oubliés, comme s'ils n'eussent jamais existé. Le feutre vivant, horripilant, magnétique, asséchait de sa plus imperceptible moiteur mon nombril, balayait, peignait, telle une brosse très douce contre une autre un peu plus dure, mon petit minou. La seule pointe de la langue, si un tournedos a une pointe, descendait, d'abord d'un côté, puis de l'autre, dans le sillon étroit, lui-même si électrisant et si électrique, qui flanque de part en part le pubis et la vulve, en lignes fuyantes, jusqu'au trou du sexe.

– Non, Nounou, non! Je vais hurler! Je te dis que je vais hurler!

Autant jouer de l'ocarina. Autant se taire. Mon esclave, plus pacifique et plus obstinée que jamais, levait une seconde sa tête de marteau-pilon, puis l'abattait. Les grosses lèvres, toute la gourmande bouche pulpeuse gobaient ma vulve à la manière d'un œuf. Et à cet autre instant où mes lombes se voûtaient à se rompre, où une plainte filtrait entre mes dents serrées, dans la bouche même de la négresse ma vulve se trouvait fendue en deux comme une figue ou une grenade trop mûre, et la langue agressive qui la partageait rejetait d'une frénétique secousse le minuscule capuchon interne, délogeait le clitoris, entreprenait de l'aspirer en vérité comme on arrache sa perle aux chairs palpitantes d'une huître, et comme on m'eût arraché l'âme du corps.

L'âme cédait, venait, merde alors! Avec des sursauts, des déchirements et des déchirures, elle saillait peu à peu hors de moi, pointait, se tordait, claquait en vibrant, finissait par jaillir tel un projectile au milieu d'un flot visqueux et écumant dans la gorge de la négresse.

– Je t'avais bien prévenue, tu m'as tuée, bégayait en silence, tout au fond d'un rêve, mon corps content.

Pourquoi, Nounou, t'attarder, t'acharner, t'occuper encore de moi? Pas une nourrice, fût-elle la plus dévouée, la plus patiente, ne saurait être astreinte à une telle abnégation. Pourquoi laver, lécher encore, de ta grosse langue lumineuse, le sperme entre mes cuisses, jusqu'à l'incision du vagin? Pourquoi lécher mes cuisses elles-mêmes, mes genoux, mes tibias, mes pieds encore? Ne vois-tu pas que tu m'as usée, réduite déjà à la trame, comme une impondérable toile d'araignée, toute gauchie par les gouttes de pluie du foutre, et qui tremble à la plus modeste brise? Nounou, Nounou...

Alors mon esclave décide, en sa monolithique sagesse noire, qu'en effet je suis assez propre maintenant. Il lui arrive de condescendre, nul ne sait pourquoi, à me donner un baiser. Simplement, je suppose, comme on flatte un animal domestique. Au hasard. Sur le nombril ou le sexe, sur la bouche. Ou bien, de la même paume en poêle à frire, couleur comprise, sombre d'un côté et claire de l'autre, elle retourne une ultime fois la crêpe Sandra, lui claque les fesses. Parfois, la douce escalope bleue et double des lèvres entrouvre, pour une dernière caresse qui n'est peut-être qu'un signe de ponctuation ou un point d'orgue, ces petites fesses, pressent un baiser sur l'anus. Le sol frémit confusément. Lucien kroake. Le soir est venu. Je me retrouve seule. Je peux dormir, glisser de l'épuisement du plaisir dans le sommeil. Où, quand, me seront revenues les forces pour me lever, aller réclamer à manger? Toujours pas l'ombre, toujours pas les lumières d'un bateau sur l'horizon de mer. Mais le grand chuchotement, les grincements indistincts de la jungle se reprennent à monter vers les étoiles. Dans la nuit patrouillent les pas, aériens et pesants, d'un colossal animal noir protecteur.

X

J'ai dû le dire, et cela se sait bien, les bébés sont tout égoïsme. A coup sûr j'étais plus heureuse, moins malheureuse en tout cas, depuis que j'avais ma négresse. Aujourd'hui encore, ce n'est pas sans nostalgie que j'évoque notre vie. Très vite j'avais appris à Blanche à garder ma main dans la sienne quand nous nous promenions. Dans mon esprit, elle n'était pas le moins du monde une bête de somme, et n'avait donc pas à me porter tout le temps. Mais j'aimais qu'elle me tînt la main, comme lorsque j'étais enfant, et qu'on m'interdisait, par exemple, de traverser une rue seule. Ici, dans l'île, j'adorais me sentir le bébé nu et blond, fidèlement escorté, chéri à la fois et maintenu en lisière, par sa puissante nourrice noire. J'avais même songé, pour renforcer ce sentiment, exagérer ce rapport entre nous, à sacrifier mon unique robe, de façon à en tirer un vêtement pour elle, ma Nounou, Blanche. Mais la disproportion était trop grande. Je serais arrivée à la doter d'un subito ou d'un mouchoir. Donc, autant conserver la robe. Pour habiller malgré tout ma nourrice, j'étais allée jusqu'à me remettre en quête de l'étui à couture, apporté jadis par les vagues, et tout à fait négligé ou même méprisé, les ciseaux exceptés. Alors, utilisant la plus forte aiguille, et des fibres ou des nervures végétales, j'entrepris de fabriquer, moi qui n'ai jamais su ni voulu coudre, des semblants de mini-jupes, des sarongs, des pagnes. Blanche n'avait paru guère plus étonnée, ou plus indifférente que d'habitude quand elle avait compris que ces parures étranges, dont bien entendu la matière première elle aussi était végétale, lui étaient destinées. Tout au contraire, dès qu'elle l'eut compris, elle se mit, avec la non moins habituelle patience, à augmenter sa garde-robe. Si cela me faisait plaisir, semblait-elle penser, de la voir en jupe, ou peut-être en uniforme telle une authentique nurse tandis que je vaguais le derrière au vent, pourquoi pas? De sorte que maintenant, elle possédait un assortiment de ces jupes ou de ces pagnes, les uns en larges feuilles de verts différents, juxtaposés ou entrecroisés, d'autres tressés avec les fines tiges, brun rosé, d'une variété d'osier. Ce qu'il fallait, c'était bien calculer la longueur. Si le vêtement descendait jusqu'aux genoux, ma colossale Nounou, pour moi, était grotesque. Cela raccourcissait et épaississait d'une manière bizarre, insupportable, ses superbes membres, lui donnant un air balourd. Elle suscitait réellement alors l'image de ces ours, dans les cirques, qu'on affuble en toute hideur de je ne sais quels torchons de dentelles avant de les jucher sur un vélo. Pagne ou jupe, en revanche, arrêtés juste en dessous des fesses et du sexe, Blanche apparaissait comme la plus magnifique et la plus bandante Reine sauvage.

Elle n'éclatait plus de son rire de géant, s'en tenait à hausser les épaules quand j'insinuais, dans ma fourbe modestie de bébé, que je préférais qu'elle fût vêtue pour m'emmener en promenade. Souvent, si nous devions marcher au soleil, en échange elle allait cueillir dans la jungle l'espèce de grosse feuille ou de palme creuse d'une plante assez semblable à un chou frappé de troubles thyroïdiens. Elle la trempait dans une de nos jattes, ou une des cuvettes naturelles, et me la retournait sur le crâne en guise de chapeau. Sur le croupion, une bonne tape, afin sans doute que je n'aille pas courir au milieu des autobus. Puis la grande main enveloppait la mienne, et nous partions.

Mais ce que je voulais vraiment dire, c'est que, quel que fût mon égoïsme, je ne laissais pas de rêver, parfois, à la vie personnelle de ma Nounou. Aux yeux d'un bébé, les nourrices n'ont pas d'âge. Quel était cependant, en réalité, celui de Blanche? Vingt-cinq ans? Plus? Moins? Or, qu'il s'agît de moins ou de plus, tout comme moi elle se retrouvait seule, vaine, vide, désertée, sur la salope d'île déserte. Son corps, ainsi que je l'ai montré tant bien que mal à propos de fringues, était sous l'aspect et l'aura de gigantisme, qui d'une certaine façon le dissimulaient au premier abord, une merveille de féminité. De sexualité aussi par conséquent.

A quoi donc rêvait Blanche, à quoi rêvait son corps, tandis que je rêvais d'elle? Moi le bébé, selon le cheminement souterrain de ces petites créatures, je m'étais construit, j'avais élaboré peu à peu une vie des sens, une vie du sexe, plus ou moins satisfaisante. J'avais Blanche. D'un jour, d'une nuit sur l'autre, indécourageable, elle me caressait, me portait, me masturbait, me fessait, me léchait et le reste. Par-dessus tout elle était pour moi, justement, un prétexte à rêves. Elle représentait cet autre, non moins réel qu'imaginé et imaginaire, sans lequel ne sauraient être ni amour, ni pur et simple désir.

Mais elle? Protéger, a-t-on dit, protège, et dans une certaine mesure, je pouvais croire que je lui rendais autant qu'elle-même me donnait, par le seul acte de le prendre. Une jeune femme très jolie, mannequin rencontré à Paris, et en parlant avec qui j'ironisais au sujet de ses consœurs homosexuelles, m'a fourni en réplique un commentaire que je n'ai jamais oublié :

– Si une fille, n'importe laquelle, te soutient que la nudité des autres filles la laisse indifférente, cela ne signifie qu'une chose : ou elle ment, ou elle est frigide.

Quels que fussent, pourtant, mon amour-propre et mon narcissisme, mon contentement de moi, j'échouais à voir pourquoi la manipulation d'un bébé on ne peut plus étranger, non masculin, et albinos de surcroît, aurait dû suffire à combler les faims et les fantasmes, le besoin instinctif d'aimer et d'être aimé, d'un animal humain aussi complet, et aussi splendidement épanoui que Blanche.

Je me rappelle. Cela me frustrait, et même de façon plus pénible, plus amère avec le temps, qu'elle ne me permît pas de lui lécher moi aussi le sexe. Vraiment j'en rêvais. J'en grinçais des dents. Ah, comme je me rappelle! Pendant les siestes, alors que je dormais étendue sur elle, nichée dans ses seins et dans son giron, ou la nuit, couchées face à face, sexe contre sexe, et que dans la prétendue paresse, la prétendue distraction du sommeil j'arrivais, le cœur battant, à me saisir de sa grosse vulve, dont les adorables coussinets, les petites joues prêtes à fondre, me remplissaient toute la main, son odeur montait. Déflagration envoûtante de santal, d'acajou, de lierre salé, de jungle. J'avais une si furieuse envie de goûter, de dévorer cette fragrance, que j'en aurais crié. Mais mon visage, mes lèvres tentaient-ils de se glisser vers le pli affolant, vers ce bivalve d'un brun bleuté, d'un rose si vif à l'intéricur, Blanche, comme s'il ne lui eût pas même été nécessaire de se réveiller, aussitôt joignait plus étroitement les cuisses, ou encore roulait d'une hanche sur l'autre, tournait le dos – ses fesses, sans contraction apparente, closes avec une aussi stricte exactitude que, face à face, les adducteurs puissants. En vérité, je ne puis m'empêcher de me le rappeler et de le redire, j'en aurais pleuré. Je l'aurais battue!

Je savais très bien, en dépit de cela, qu'il arrivait à la géante noire de jouir, même si, différant de moi, sa coquetterie naturelle paraissait être de le cacher, plutôt que de le montrer sans réserve. Il y a, pour parler communément, des indices qui ne trompent pas. Merde alors! Qui ne trompent pas surtout la fille – ou le type, j'imagine – qui a la main engagée jusqu'au poignet ou tout juste, entre les cuisses d'une autre fille, ou même entre ses fesses. Re-merde alors, je le connaissais avec mes doigts, mes yeux, mes narines, le foutre de ma beauté noire! Et presque aussi bien que les miens, mieux dans un sens car on oublie, on perd de vue quelque chose de soi-même dans le plaisir, l'ondulation irrépressible de la taille et du ventre, le spasme étouffé de ses reins, le frémissement et l'agitation, les convulsions sourdes, et d'autant plus révélatrices qu'on veut les taire, de sa matrice. C'est comme prétendre se retenir et se cacher de rougir! Elle déchargeait et râlait, soupirait et jutait, Blanche, comme moi et comme toutes les autres, quand même!

Et ainsi je résolus à la fin, moi le bébé, de veiller plus positivement, de façon plus constructive comme on dit maintenant, à la vie et à la satisfaction sexuelles de ma Nounou.

Un après-midi qu'elle faisait la sieste, en toute absence d'originalité, sur la rudimentaire chaise-longue, je vins la prendre par la main. Je prétextai une de ces pluies serrées, très fines, courantes là-bas, et en général très brèves, mais plus fréquentes à l'époque dont je parle. Blanche se releva sans grogner. Je dus me demander, ainsi que j'y avais songé déjà, si ce n'était pas un mépris total qui, côte à côte avec d'autres motifs, la rendait à ce point obéissante, à ce point passive.

Mais bon. Je l'emmenai sous son propre auvent, où, ayant un peu hésité, parce que j'ignorais ce qui lui donnerait le moins tôt l'alerte, je la fis coucher à plat ventre sur l'amas de feuillages, posés sur le sol et non contenus en épaisseur comme dans la cabane, qui lui servait de sommier et de matelas.

Je m'étendis sur le flanc contre elle, une de mes jambes chevauchant seulement la sienne, et fis semblant de m'endormir. En même temps, et sans que cela parût curieux parce que je le faisais presque toujours dans ces moments, je caressai, évitant toute insistance, ses fesses d'or sombre. Quand je sentis, à l'indicible relâchement de la chair, que Blanche avait rechuté dans sa torpeur, je me remis debout tout doucement, comme pour aller boire ou faire pipi. Mais au lieu de l'un et de l'autre, je retournai prestement jusqu'à la cabane, puisqu'elle tenait lieu aussi de mûrisserie, y prendre un gros rameau chargé de bananes, choisissant celles qui étaient à la fois longues, souvent un peu courbes, et encore vertes, afin qu'elles ne risquassent pas de s'écraser. Je ne courais plus en revenant, tant le sacré régime pesait, mais je parvins à le rapporter sans dommage jusque sous l'auvent.

Je me recouchai à côté de Blanche. C'est amusant comme mon cœur cognait, et comme j'avais une conscience intense d'être un bébé. Le bébé infâme, qui jouit et se réjouit de la transgression pour elle-même! A nouveau je caressai les fesses d'or et d'ambre sombres. Elles dormaient, comme Blanche. Je m'aventurai à les embrasser. Elles dormaient, si détendues qu'elles bâillaient un peu. Je me risquai plus avant, le cœur cognant aussi plus fort, baisai l'adorable anus, brun et bleuté comme la vulve, et si pur que son calice, je ne trouve pas un autre mot, était à peine froncé. Il offrait une saveur de sel et était très chaud, ce qui incendia ma propre vulve. Alors je le léchai, d'abord du bout de la langue, puis essayant, en vain d'ailleurs, d'y faire pénétrer celle-ci. Un soudain et imperceptible raidissement, dénonça que Blanche, si elle avait dormi, était en éveil maintenant. Mon cœur accusa un hoquet, s'arrêta. Mais la contracture se dénoua tout de suite, les opulents hémisphères de vivant caramel se rouvrirent, s'affaissèrent tant soit peu en s'écartant. Misère! J'entrepris de lécher avec furie la minuscule fleur toute serrée, malade, moi, de ne pas posséder assez de force pour la contraindre, fût-ce de la pointe de la langue. Alors je trempai de salive, j'attendris si je puis dire, de mon mieux le creux charmant. Puis, quand je me persuadai qu'il fondait, je détachai une de mes longues bananes, la tiédis entre mes paumes, suçai et léchai bien aussi, en la mouillant de salive, l'extrémité qui n'avait pas tenu au rameau, désirant, cela va de soi, ne pas blesser ma Nounou. J'exposai plus encore l'anus, en étirant d'un côté l'épiderme velouté, satiné de l'intérieur des fesses, et tenant le fruit de ma main droite, l'enfilai au fond du derrière, sodomisai progressivement Blanche.

Le bout, l'extrémité amincis, presque effilés, ce n'était rien. Au tour de la nourrice d'être le bébé – un bébé tout joufflu, énorme. Je l'avais simplement retourné sur le ventre et lui mettais son petit thermomètre dans le rectum. Le corps même de la banane, à y bien regarder, paraissait ridicule, en comparaison avec le développement, la double et fastueuse sphéricité des fesses entrouvertes. Pourtant je perçus la résistance sourde, mais opiniâtre quand je commençai à l'enfoncer. Je voyais la fragile muqueuse pâlir, virer à un bleuâtre clair, et dans le même moment se tendre, jusqu'à être toute fine et comme nacrée tandis que l'anus s'agrandissait. J'hésitai, craignant d'infliger une vraie douleur à ma Nounou. Enfin, comme elle restait, semblait-il, très souple, très silencieuse aussi, d'un unique mouvement lent et continu je lui plongeai la banane jusqu'aux entrailles.

L'effet, plus qu'elle peut-être, me surprit moi. Blanche, sous sa chair ronde, dissimulait des muscles si vigoureux, si toniques, même dans cette zone très réduite du corps, destinée de toute évidence à se prêter et à donner du jeu, que le fruit à peine enfoncé, un resserrement incontrôlable des sphincters le rejetait, le recrachait pour ainsi dire. D'abord par une infime et presque invisible constriction, presque tout interne, puis d'un seul coup et avec violence, comme une sarbacane expulserait son projectile. Changeant de banane par un vieux souci d'hygiène apporté dans mon bagage de notre trouillarde Europe, je refis une ou deux tentatives, pour produire le même résultat. Je voyais bien que si j'enfonçais ne fût-ce qu'un soupçon de plus la satanée banane, le puissant fondement l'aurait gobée aussi sec, sans effort ni souffrance. Mais, cela va encore de soi, je ne désirais pas non plus que ma négresse se promène portant une aune de banane à demeure dans ses boyaux ou son rectum. Cela aurait foutrement été le cas de parler d'un enfant dans le dos! Et ensuite quoi? Mes notions d'anatomie peuvent être considérées comme nulles. Le con de fruit poursuivait-il son cheminement ou son ascension, était-il assimilé, en tout ou en partie, par l'intestin, et ressortait-il pour finir, sous une forme plus coutumière à la digestion? Bon, bon, bref. Ou, si Blanche parvenait à le rejeter assez vite, l'extrémité attachée naturellement à la branche ou au rameau, et qui se trouverait alors la plus proche du col de l'anus, ne la blesserait-elle pas?

Si je prétendais, enfin, laisser le fruit engagé seulement à la moitié, ou même aux deux tiers entre les fesses, à l'instant l'étranglement anal, comme je l'ai expliqué, le pressait tels des doigts athlétiques s'efforceraient de presser une savonnette, et dans cette crispation même le projetait vers l'extérieur à la manière d'une balle. De moi-même, donc, quoique avec un regret certain, je retirai du derrière de Blanche l'ultime banane que j'avais voulu mettre en place.

– Même cela je ne peux pas le faire pour toi, je n'y arrive pas, pensais-je, étreinte par un stupide chagrin.

Puis un souvenir me vint. Dans ma vie d'autrefois, d'avant l'île, ainsi que je l'ai dit, aucun homme n'avait eu l'idée de me gratifier de son petit jouet plus ou moins joli, ailleurs qu'entre les cuisses. Mais un doigt par-ci par-là, enfilé subrepticement dans l'anus, oui. Et je me rappelai tout d'un coup, que le moment où cette petite ouverture est la plus lâche, la plus délicieusement abordable, est celui qui suit sans intervalle un éclatement et un jaillissement de tout le corps – l'orgasme en d'autres termes. Il semble alors, dans sa confusion moite, écho sympathique de celle du sexe, non seulement tolérer, mais susciter, appeler à son tour l'investissement, la pénétration, une forme de comblement et de réplétion.

Je n'osais toujours pas lécher l'étroite et profonde fente rose du vagin, quoique j'en mourusse d'envie. La posture de l'esclave, tout en en tenant les lèvres jointes, le découvrait cependant assez pour que ce rose vif, mouillé, mat, semblable en vérité à celui de boutons et de pétales pétris en une précieuse chair secrète, tranchât avec éclat sur la coloration des muqueuses externes les plus proches, et sur la peau d'un noir bleuté, très légèrement nacré comme le périnée et comme l'anus.

Hésitant donc encore à l'entrouvrir avec ma langue, je le fis, brièvement, avec le dos d'un de mes doigts, puisque cela, Blanche me le permettait. Et, aussitôt que je reconnus que le chaud rayonnement interne au corps s'intensifiait, aussitôt que le dos de mon médius commença pour ainsi dire à s'embuer, puis à s'infléchir et à s'enfoncer, comme de lui-même, au milieu de cette bouleversante fusion de la chair, je sélectionnai un fruit peut-être plus court, mais aussi plus trapu que les autres, et le mis à la négresse.

Ses reins se creusèrent de manière insensible et elle ne dit rien. La banane entrait sans à-coups, ce qui donnait une terrible envie, l'imagination à la limite du supportable, ou d'être un homme, et de jouir à son propre compte de ce sentiment enivrant de pénétrer. Ou femme, fille, d'être soi-même ouverte, pénétrée et presque dans le même instant vaginalement remplie. Je pus remplir ainsi la vulve et l'utérus de Blanche, sans qu'ils fissent mine cette fois de recracher avec force le beau sexe végétal, ni non plus de l'engloutir tout entier. Le petit tronçon de queue noir dépassait, même le fruit poussé à fond. Je le laissai donc à ma Nounou, surveillant, à mi-chemin de la passion qui est jalouse, envieuse, et d'une violente tendresse, son corps d'ivoire noir. Quand ses reins se furent déprimés autant qu'ils le pouvaient, la même houle enfouie, inapaisable commença à soulever la masse des fesses, qui tout d'un coup se fendit, s'écarquilla, béa. La fabuleuse négresse, taille à part, me rappelait des chattes aperçues ici ou là, quand elles sont en chaleur et qu'un mâle ne se présente pas. Comme elles, plus qu'elles, ma Nounou écartelée et silencieuse me serrait le cœur de pitié, et de cette sauvage tendresse. Comme moi elle était une fille. Peu à peu son splendide derrière, ses reins, ses cuisses accusèrent un non moins inapaisable hochement vertical, comme si elle pilait des noix sous elle au moyen du pubis. Alors, pressée sur le flanc tout contre elle, la joue sur les lombes puissants et sur l'attache des fesses comme sur un coussin de soie rembourré de caoutchouc et de velours, je repris entre les doigts de la main gauche l'extrémité de la banane et lui imprimai les premières secousses, les premiers mouvements de va-et-vient. La croupe, à la fois tendue et ouverte, se cabra à rompre les muscles lombaires. J'accélérai peu à peu le rythme, ma respiration de façon étrange se précipitant en même temps, au point que j'entendais le souffle entre mes lèvres. Les saccades de haut en bas et de bas en haut du volumineux et sculptural fondement se pressaient, se précipitaient elles-mêmes, tout en perdant de l'amplitude. Éprouvant tout au fond de moi la venue, les atermoiements, la menace inexorable, adorable aussi, du plaisir de Blanche, par moments je ralentissais, m'interrompais tout à fait, reprenais à toute force et à toute vitesse. Les muqueuses, les pores exacerbés de l'intérieur du sexe devaient exsuder leur liqueur d'irritation à peu près depuis le début, et le fruit oblong et trapu coulissait là comme le piston dans le cylindre. Enfin, toute la géante croupe, retrouvant sa forme pure, s'abaissa, se colla au matelas de feuillages et n'en bougea plus. Seules les colonnes des cuisses s'écartèrent plus, plus, plus encore, tel un fabuleux compas. A cette seconde je multipliai les va-et-vient dans un ultime galop, ressortis presque tout à fait la banane, le pantèlement muet du corps de Blanche touchant à l'immobilité, et paraissant suspendre le cours même du temps et le monotone train du monde, puis la lui renfonçai dans le vagin jusqu'au bout.

J'ai eu ou le spectacle, ou la connaissance, de différents plaisirs. Le mien, celui de beaucoup d'hommes après tout, celui d'une ou deux très jeunes filles. Aucun, jamais, de personne et nulle part ne m'a émue, ne m'a en quelque sorte arraché le cœur et l'âme, comme celui de mon esclave. Il était simultanément si furieux et si sourd, si absolu, qu'on eût dit qu'il se battait contre son propre cœur et sa propre âme, au lieu de les réaliser en les assouvissant. J'avais entrevu ce plaisir quand je masturbais Blanche – senti, pressenti plutôt. Son véritable orgasme, consécutif à la pénétration et à la copulation, fût-ce avec un fruit, était tellurique et sismique, la retournant à l'intérieur d'une manière assez peu visible, mais catastrophique au sens propre, comme les ébranlements, les oscillations et les secousses volcaniques font frissonner le globe. Il arrachait à la gorge, à la poitrine, on eût dit aux entrailles de la négresse un grognement rauque et caverneux qui une fois, deux fois, trois fois, quatre fois même accompagnait les aveuglants coups de poing de la décharge, et les douces pulsations frénétiques du sperme.

Jouissant, petit reflet amoindri et fidèle, du même halètement enfoui que ma bien-aimée Nounou, je gardai la main sur l'extrémité du fruit, laissai le foutre qui sourdait tout autour, maintenant que le vagin était détendu comme un chiffon, tremper mes doigts, ma paume, mon poignet. Je laissai aussi la banane en place quelques instants, me rappelant le regret furtif, la furtive frustation quand le sexe de l'homme se rétracte et sort, repart pour sa propre solitude.

Enfin je retirai le fruit, et alors qu'il était encore tout chaud, tout enrobé de la sirupeuse liqueur de Blanche, le lui introduisis entre les fesses, l'enfouissant sur la même lancée au cœur du rectum. Quoique cette banane-là fût d'une section nettement plus forte, son derrière l'avala en souplesse, tel un vulgaire suppositoire. Un instant je faillis même en rire, en dépit de mon émotion. Je n'eus que le temps de retenir de l'index et du pouce l'embryon de queue.

Nous fûmes toutes tranquilles ainsi, me semble-t-il, un très long moment. Blanche, à l'accoutumée, orientait la chaise longue de façon à demeurer dans l'ombre des branches. Maintenant, comme je l'avais contrainte à s'étendre sous l'espèce d'auvent, le soleil incliné nous frappait en plein. Mais c'était bon. Jouir au soleil est exaltant, même si cela épuise. Je m'étais recouchée moi-même de tout mon long contre ma négresse, la touchant, la sentant de toute ma propre nudité, et heureuse sans raison d'avoir à maintenir la grotesque petite queue du fruit. Heureuse de ce que tout au long aussi, de cette rêverie comme volée à un autre monde qui accompagne et suit l'orgasme, Blanche perçût que j'étais près d'elle, avec elle. Que je ne la quittais pas, ma chaleur aussi étroitement, aussi intimement qu'il est possible, unie à la sienne.

Je me rappelle qu'elle me fessa ce même jour-là, ou peut-être, plutôt, c'était le soir, à m'en faire voir non pas trente-six bananes, mais trente-six chandelles. Je n'eus pas le sentiment, au demeurant, qu'il s'agissait d'une punition. Je l'avais baisée, elle Blanche, de mon mieux, entre les cuisses et entre les fesses. Aussi bien que le peut une fille pour une autre. Et je me sentais très proche d'elle, tout ce temps que nous gisions, nues, sereinement accablées, sous l'auvent en pleine lumière.

Je me rappelle qu'elle a repoussé ma main, s'est extirpé elle-même du rectum le tendre et vivace semblant de sexe. Il me semble qu'elle s'est éloignée pour aller se laver au pied des cascades. A bien des titres elle était plus pudique que moi. Je n'ai aucun souvenir, par exemple, de l'avoir jamais vue se soulager – si ce n'est, bien entendu, son apparition glorieuse la première fois, lors de la nuit des Sauvages, où elle jaillissait de son chaudron tel un énorme diable, et avait compissé avec tant d'alacrité ses oppresseurs.

Elle est revenue vers le carbet, l'eau glacée perlant et roulant encore sur sa peau de miel sombre. A la dérobée je guettais ses yeux, ses paupières, y cherchant les traces du plaisir. Mais il était trop tard. J'eusse dû épier son visage, tâcher de reconnaître l'emportement, ou peut-être une folle distraction, dans le moment même que je la besognais au moyen de la banane.

Je craignais un peu qu'elle manifestât sa désapprobation parce que je m'attardais au soleil. Pour l'obliger à penser à autre chose, je me suis installée tout à fait à plat dos, remontant en même temps les genoux, et me suis frotté le ventre tandis que je la dévisageais, innocemment cette fois. C'était le signe convenu et habituel pour montrer ma faim.

Ma Nounou, Blanche, est repartie aussitôt vers la cabane, puisque cette dernière servait de resserre à provisions. Puis, comme je souriais à part moi, très contente de ma ruse de bébé, la négresse a fait demi-tour. Me prenant par la main, elle m'a remise debout et menée jusqu'à la chaise longue, bien à l'ombre. Je croyais toujours m'en tirer comme ça, et qu'il ne s'agissait que de me protéger de l'insolation en attendant le dîner. Parfois elle abaissait à l'horizontale le dossier de la chaise et me la prêtait, tandis qu'elle était occupée ailleurs, pour sommeiller. Mais ce soir-là, elle s'est assise de côté et avec une seule main m'a tirée et couchée en travers de ses genoux. Je baignais encore dans mes élancements de tendresse, et ai voulu me redresser ou me détourner. Mais comment lutter contre une éléphante? Il lui suffisait, ainsi que je l'ai dit, de remonter le bras gauche sous les miens et je me trouvais désarmée, aussi impuissante qu'un chaton. Elle m'a fessée aussi longtemps que je ne me suis pas mise à pleurer. J'éprouvais une grande pitié de moi maintenant, blond bébé tout aplati et mis en feu par cette géante! Je me suis même offert un caprice, sanglotant avec bruit et me débattant. Je n'y avais ni mérite, ni mal, parce qu'avoir joui pour tenir compagnie à cette sale grosse rascasse avait tari mes fantasmes, dans l'immédiat en tout cas, et je ne restais accessible et sensible qu'à la virulente cuisson de mon derrière, lequel en outre venait juste de retrouver le soleil, et était plus vulnérable. Il va sans dire que comme je gesticulais, la garce de Nounou m'a fessée plus longtemps encore et plus fort, afin d'être certaine, sans doute, que je recevais bien toute la ration. Ensuite je pleurais vraiment, j'étais sur des charbons ou plutôt eux étaient sur moi, sur mes pauvres petites joues du dimanche, et il me semblait que mon pauvre petit trou béait.

Néanmoins je savais toujours que cela ne représentait pas une punition ni une vengeance. Plus vraisemblablement, une manière d'échange de bons procédés. La preuve au demeurant était claire. Blanche avait coutume d'arrêter ses corrections, à peu près au moment où la dernière résistance cédant, se soumettant en moi, mon derrière s'ouvrait, et même si alors je ne jouissais ni n'éjaculais comme le font les filles, ma fente se mouillait. Souvent, elle me gardait sur ses genoux dans la même posture pour que je pusse respirer, reprendre haleine. Cet après-midi ou ce soir-là, elle se dégagea de sous moi par un mouvement glissant vers le pied de la chaise longue, afin de me laisser tout étendue sur celle-ci, toujours à plat ventre. Sur quoi elle se remit debout, mais j'affectai de ne pas me soucier d'elle, et de continuer à pleurnicher selon le mode des bébés, longtemps après qu'ils n'en ont nulle envie, à plus forte raison nul besoin. Elle, dont malgré tout je percevais très bien les pas, les gestes, s'est éloignée, est revenue derechef quelques instants plus tard. Agenouillée, ou accroupie peut-être, elle m'a séparé les cuisses, puis, de façon très imprévisible, pressé un gros baiser au creux de l'anus. Elle négligeait de me faire pisser quand il n'était question que d'une modeste fessée en famille et non de me donner les verges. Bon. Mais il me semble aussi qu'elle ne m'embrassait jamais comme ça, à cet endroit, là, en dehors tout au moins des moments où elle me lavait. Alors j'ai voulu me tordre sur les hanches pour être face à elle, son baiser m'avait beaucoup émue, mais la main géante a pesé sur moi, sur mes lombes, me clouant, sans violence d'ailleurs, à la chaise longue. Puis encore, avant que j'aie tout à fait refermé les jambes, utilisant une banane choisie par elle, à son tour, dans la cahute, elle a répété tous mes actes. Elle me l'a mise d'abord dans le vagin, toutefois sans me masturber ni imiter la copulation, elle ne voulait qu'engluer le fruit et l'attendrir. Presque de suite, alors que je retenais une protestation, me sentant dépitée et frustrée, elle l'a retirée, et me l'a enfilée à travers l'anus dans le rectum. Comme le mouvement de pénétration était bien continu, à la fois lent et sûr, et parce qu'avoir été fessée, aussi, avait éteint en moi toute velléité et même tout pouvoir de me contracter, la banane m'a investie, gonflée presque sans l'ombre de tension ni de douleur. Exactement comme lorsque la langue de la négresse comblait une de mes ouvertures, puis l'autre, j'avais faim et on me rassasiait. On m'enflait délicieusement le ventre et, si je puis dire, on me fermait la bouche.

Des punitions de ce genre, j'en redemande! Si je ne suis pas fatiguée en tout cas. Mais je l'étais. Mon petit derrière, bien ferme et bien assez musclé selon moi, mais en rien athlétique comme celui de Blanche, gardait sagement ce qu'on lui mettait, sans prétendre le moins du monde engloutir avec voracité, ni non plus recracher d'une manière insolente. Blanche m'a laissé ma banane jusqu'à ce que je réclame un vrai dîner. J'étais bien, dans l'ombre chaude. Pieds, jambes, cuisses écartés, derrière déclos et content.

Depuis des semaines ou des mois déjà, ma pratique Nounou avait fabriqué au moyen de pierres et de gros bois vert des espèces de grils. Elle y rôtissait tantôt des poissons, dont je supposais qu'elle les attrapait à la course dans la mer – pachyderme devenu baleine. Tantôt la chair, semblable à de la viande, de coquillages ou de coquilles, le diable sait le nom, d'une taille tout à fait extravagante. Je la revois massant avec de l'eau salée, puis le lait et l'huile des cocos, les poissons entiers, simplement écaillés et vidés, et ces steaks de mollusques. Moi, allongée un peu plus loin, sous l'auvent, mon abrégé d'amant bien logé entre les fesses, je reniflais selon les menues sautes de la brise l'odeur de grillade. Je salivais, me reprenais à sourire tel un bébé sournois.

XI

Un autre jour, j'ai oublié quand, nous étions sur la plage. Blanche nageait très bien, mieux que moi d'une certaine façon. Elle est même la seule personne que j'aie vue, capable, tout allongée dans l'eau, les bras tendus dans l'alignement du corps et les poings joints, de tourner sur elle-même à la manière d'une toupie en avançant. Cela suppose une force du dos et des reins presque inimaginable. Mais elle ne partageait pas ma passion pour la mer, la natation, les grands écarts vers l'horizon et le soleil. Dès l'enfance j'avais aimé nager ainsi au large. Blanche préférait patauger, esquisser quelques courts plongeons, tirer quelques brasses dans les premières vagues. Jusqu'au poisson elle le prenait là, rarement en nage sous-marine, à l'aide d'un trident ou plutôt d'une fourche de bois.

Elle ne me défendait pas de m'éloigner, et, par exemple, ne me fessait jamais parce que j'étais restée à peu près invisible une heure durant. Mais ce goût faisait partie des choses de moi qu'elle ne comprenait pas, qui me rendaient à ses yeux plus étrangère, peut-être tout à fait absurde.

Quand je suis ressortie, elle était assise et adossée, comme toujours, dans l'ombre d'un des palmiers royaux. Elle m'a laissée me promener, à l'endroit où la pointe du flux s'écrase, jusqu'à ce que je fusse sèche, puis est venue me prendre par la main pour me ramener sous les palmes.

L'ombre était bonne. J'ai regardé par désœuvrement si aucun navire ne pointait dans toute la molle courbure bleue, cernée d'une impalpable vapeur doucement aveuglante, à la limite de l'eau et du ciel.

Puis je regardai ma Nounou. Pour la milliardième fois, le gonflement charnel et la beauté de sa vulve m'ont terriblement tentée. C'était drôle pour moi qui n'avais jamais prêté un intérêt particulier aux autres filles, tout en en jugeant certaines très jolies. Sur les plages où l'on est nu, aux Baléares, à Saint-Tropez parfois. Ou quand au hasard d'une fête on se retrouve partager une chambre, un lit au besoin avec d'autres minettes qu'on connaît peu ou pas du tout, et soudain on est en petite culotte, voire la boutique à l'air et c'est dérangeant et charmant.

Je me suis agenouillée aux pieds de la négresse pour mieux la voir. Une minette, comme de juste, a un minou. Le sexe de Blanche, ainsi que je l'ai dit, ne présentait qu'une longue, mais très étroite bordure de fourrure, presque imperceptible, à toucher la fente. Rien de ce qu'on appelle pubis. Le mont de Vénus, et les petites joues rebondies de la vulve, étaient nus. Ah, quelle merveille! J'aurais voulu la prendre dans ma bouche, la mâcher, la dévorer comme un bonbon. Mais je pouvais seulement lui entourer de mes bras les cuisses, poser ma vraie joue à moi contre son sexe, me remplir de son étourdissant parfum de mer et de jungle. Blanche ne bougeait pas. J'ai tourné peu à peu la tête, appuyé mes vraies lèvres contre celles de son sexe. Elle m'a laissée faire un instant. Mais dès que j'ai commencé à entrouvrir les lèvres, les siennes, les miennes, à enfoncer la langue pour boire son goût et son odeur, déloger dans la chair de coquillage le cœur secret, les pesants muscles des cuisses ont roulé, prêts à se contracter, à m'interdire l'accès.

Alors, tout d'un coup, j'ai su ce que je désirais. J'avais envie de devenir encore plus un bébé, de me sentir encore plus nue, encore plus lisse, rose, vulnérable. La seule imagination m'en faisait mouiller à l'intérieur du craque et sous les fesses. J'ai sauté sur mes pieds.

– Regarde, ai-je dit à la négresse.

Je posai les deux mains sur mon petit minou, brossant la fourrure, puis la couchant de chaque côté des lèvres, la dissimulant sous mes paumes :

– Regarde, Nounou. Enlève-moi ça ! Tu comprends ? Je n'en veux plus. Les bébés n'ont pas de poils, ni là, ni sous les bras, nulle part. Ils sont nus. Débrouille-toi, s'il te plaît. Tu comprends ?

Ce qu'elle comprenait bien était que je demandais quelque chose, de façon très intense encore. Mais quoi ? Comme je scrutais son regard, avec une intensité accrue, elle haussa légèrement ses massives épaules. Quoi ? Ah, je l'aurais tuée, j'aurais trépigné.

– Nounou, s'il te plaît, comprends ! Débrouille-toi, enlève-moi ça. Je suis un bébé, et je veux avoir l'air d'en être un. Tu comprends ? Non, tu ne comprends pas ?

Je couvrais d'une main sa grosse vulve, de l'autre montrais, balayais mon pubis :

– Toi, tu n'as que ce liseré tout gentil. Moi, à côté, c'est une brousse. Pareil sous les bras. Ce que je veux, c'est en avoir encore moins que toi, ne pas en avoir du tout! Parce que je suis un bébé, et toi une femme. Merde alors, tu ne comprends pas?

Mais pourquoi agonir Nounou, qui après tout, dans la mesure du possible, faisait toujours tout ce que je voulais. Elle a derechef haussé les épaules, enfin m'a plantée là.

J'ai bel et bien entrepris de trépigner, pleurant de rage en même temps. Pauvre Nounou! Elle revenait déjà. Au passage elle m'a claqué assez vigoureusement le derrière, pour que je me tinsse tranquille. Puis elle s'est rassise contre le tronc du palmier et m'a fait moi-même asseoir sur ses genoux, adossée à ses seins. Elle m'a écarté les cuisses. Je ne sais pas pourquoi j'inventais toujours que ce que je disais lui échappait. La tête penchée par-dessus mon épaule, elle examinait maintenant mon sexe, l'air concentré. J'avais déjà presque oublié la fessée et aimais beaucoup ma Nounou géante. C'était bon de sentir le renflement de sa vulve comme incrusté juste dans le creux de la mienne, qui à sa manière hypocrite continuait et continuait à manifester son émoi. Deux ou trois fois j'ai tourné la tête pour donner un baiser à ma négresse, sur la joue, au coin des lèvres, et elle se secouait sans violence comme quand on est occupé et qu'une mouche vous gêne.

Elle effleurait à ce moment le minuscule débordement, ou prolongement, tout au bas de la vulve, des fragiles lèvres internes, qui faisait dire à un de mes sauteurs que mon sexe lui tirait la langue. Elle, Blanche, paraissait s'interroger sur cette fragilité précisément. Sa propre vulve, adorablement joufflue, encapuchonnait à peu près complètement les nymphes, ce qui est plus pur comme ligne et, à mon avis, plus bandant.

Bref, l'examen terminé, elle a tenté d'utiliser l'instrument de fortune ramassé sur la plage – un bivalve, semblable aux coques ou peut-être aux amandes des écaillers. Les poils les plus longs venaient d'un coup, à peine un picotement, un petit tiraillement aigu. Pourtant, je me rendis compte très vite que Blanche devrait y passer des heures, des jours. Cela étant, que la minuscule douleur, répétée des centaines ou des milliers de fois, parviendrait à me rendre barge. Et que même l'opération menée à bien, j'en aurais tout le pubis, et la vulve jusqu'au creux des fesses irrités à mort pour un temps indéfini.

Ma négresse dut se faire la même remarque. Elle arracha encore quelques poils, repencha la tête pour considérer son travail et le corps du délit, appuya à plusieurs reprises le dos de la main là où elle avait opéré. Pour la première fois depuis que je la connaissais, elle montra un soupçon de perplexité, d'agacement, claquant en sourdine de la langue entre les dents. Moi, je me tortillais tout aussi doucement pour bien loger sa vulve au milieu de ma fente, ce qui, pour tout dire, m'entraînait plus que jamais à mouiller comme une cochonne. Quand à la fin elle s'en aperçut, elle me propulsa sur mes pieds en me soulevant vivement sous l'aisselle, me cingla de nouveau les fesses, puis à son tour se remit debout et me reprit la main pour retraverser la jungle et gravir les pentes. De temps en temps elle lorgnait avec reproche le bivalve dans son autre main.

Là-haut, elle m'abandonna à proximité de la chaise longue, repartit seule vers la forêt vierge. Je m'ennuyais, et inspectai dans un total désabusement la mer. De retour, les mains pleines d'on ne sait quels géraniums, la Nounou s'affaira du côté des feux, chauffant de l'eau, broyant, hachant, touillant et le reste. Le résultat évoquait un emplâtre ou un cataplasme d'herbes, à moins que ce ne fût le produit de la digestion d'un milliard de fœtus nourris de chenilles. Brrr...!

M'ayant fait m'allonger, elle ne m'en appliqua pas moins la bouillie dégueulasse sur le minou, m'ouvrant même les cuisses et la poussant, la sculptant très méticuleusement sur les bords de la vulve, de façon qu'il n'en pénètre pas un atome à l'intérieur. L'immonde purée était toute chaude, non pas brûlante. Au contraire, sous la légère cuisson elle donnait une sensation paradoxale de fraîcheur, d'imprégnation à la fois émolliente et astringente. Blanche recouvrit, enveloppa la vilaine chose d'une large feuille. Après quoi, elle me retourna sur le ventre, répéta applications et travaux de sculpture le long du périnée et entre les fesses, tout autour de l'anus et à frôler celui-ci. Puis, nouvelle feuille. Couches et langes pour un bébé grossi plusieurs fois, pensai-je.

Je pus à loisir me remettre à m'ennuyer comme un rat cuit. Nounou faisait sentinelle, assise tel un bloc statuaire sur les talons, mais du côté de ma nuque, non de mon visage, exprès selon moi, de crainte peut-être que je ne lui adresse des grimaces. J'eus de la chance. L'impression de fraîcheur piquante, peu à peu approfondie était si agréable, partout où la négresse m'avait barbouillée, que je m'endormis. Fermant les yeux je me rappelais, je m'en souviens, une illustration de mon Robinson quand j'étais minote. Quelqu'un – Vendredi? – éventait le solitaire qui ne l'était donc pas tellement, à l'aide d'une énorme palme. Pourquoi Nounou ne m'éventait-elle pas? Pourquoi....? Puis dodo!

Quand je rouvris les yeux, le soleil baissait, sans choir encore tout d'un coup comme il en a le secret là-bas. Ma Nounou persistait à ne pas m'éventer, sans doute elle n'avait pas lu Robinson, mais je la retrouvais agenouillée et assise, ses cuisses de teck faisant splendidement le gros dos. Près d'elle, une de nos plus grandes jattes, remplie d'eau claire.

La main gauche à plat sur mes reins, elle décolla de mon croupion l'affreux slip d'herbes, me retourna comme une crêpe, débarrassa de même mon bas-ventre. Entreprit de me rincer à l'eau douce. Malgré sa main, je m'assis d'un bond, affolée de curiosité – et voilà, j'étais un vrai bébé, j'étais toute nue, sans l'ombre d'un poil, du plus menu duvet! Ma vulve, non à cause des herbes, mais par cette seule nudité, paraissait deux fois plus gonflée, plus joufflue. Je sentis que j'en piquais un fard imbécile, un peu de honte, surtout d'enchantement. C'est drôle encore pour une fille de se dire : « Je ne me croyais pas à ce point adorable! »

Je ne pouvais me retenir d'effleurer, de toucher, de caresser ce sexe de nourrisson fourbement adulte et ma négresse me tapa sur la main, redoutant peut-être une irritation. Mais comment me le défendre? Même un bébé, ou un bébé plus que quiconque a des droits après tout! Je passai et repassai avec ravissement le dos, la paume de ma main sur la chair résistante et spongieuse, limpide, à peine rosée, puis rose foncé teinté de brun le long des lèvres. Une chair toute lisse, toute moite, à la fois éclatante et mate, tout à fait comme un psalliote ou les autres champignons blancs.

Il me semble que ma Nounou, demeurée près de la chaise longue, secouait la tête, ou levait les épaules. Je lui sautai au cou, l'étreignis, puis reculai le visage, pris ses larges pommettes et ses joues musclées entre mes paumes et baisai avec emportement les grosses lèvres pulpeuses, ourlées selon un fin et beau dessin. Elle me rendit mon baiser, mais je lus dans les yeux opaques qu'elle allait derechef secouer la tête ou hausser les épaules. Alors je m'écartai, jaillis comme un ressort et, devenue ivre, me mis à danser. Misère, quelle danse! Ça ressemblait, j'imagine, aux Jeux rythmiques et Expression corporelle des pré-pubères en chaleur dans les écoles. Mais je m'en moquais. J'étais un bébé, on ne peut plus authentique, nu, rose, tout lisse, tout charmant, tout propre comme une fleur. Toute la sexualité était à commencer ou à recommencer, à découvrir, et le monde entier me guettait, petite proie succulente, pour m'inciter et m'aider à la découvrir.

Cette soirée-là, et une partie de la nuit, je pense que la Nounou dut bien me fesser à dix ou vingt reprises. Pas des fessées tout à fait réelles, elle ne prenait pas la peine de me coucher sur ses genoux. Mais j'avais une si forte envie d'utiliser mon corps tout neuf, que je harcelais la négresse. Je lui saisissais la main et la pressais contre mon ventre ou mon derrière pour me caresser. Je dansais, puis bondissais sur elle, l'agrippais et l'escaladais comme un arbre, affectant de retomber en arrière pour la contraindre à maintenir mes cuisses et mes petites fesses écarquillées. Voulait-elle dormir, je sautais de ma couchette solitaire dans la cabane, galopais jusqu'à l'auvent, grimpais sur la croupe ou m'asseyais sur la vulve de ma bien-aimée esclave, exaspérée, moi, d'un contact devenu par l'épilation d'une acuité, je voudrais dire d'une crudité à la limite du tolérable. Or Blanche, soit par la crainte persistante de déterminer une irritation en me caressant trop tôt, soit, comme je peux le comprendre, parce qu'elle me jugeait plus lassante et plus monotone qu'un moustique, se refusait à toute approche. Elle me secouait d'elle comme un cocotier se déleste d'une noix, et, toutes deux encore debout, me fessait. Ou bien couchées, elle s'arrangeait pour que je retombe de son ventre ou de son dos, sur mon propre ventre, et à nouveau la fessée! Je trouvais cela admirable. Comment, après tout, s'éprouver plus et mieux soi-même comme un authentique bébé? Tous ceux que j'ai pu voir, enfin disons les enfants, s'ils chancellent en marchant, en jouant, manquant de peu trébucher et s'aplatir la tronche, leur mère se jette sur eux et les fesse à leur tuer le cul pour cette raison qu'« ils auraient pu se faire du mal ». Merde alors!

Quoi qu'il en soit, je fus bien obligée de me contraindre à dormir, blottie, comme son petit, sous la grosse aile noire de Nounou. Non que j'en eusse le moindre désir. Mon imaginaire et mes divers petits trous, un surtout, étaient en révolution. Mais je craignais que l'esclave ne s'agace bel et bien à la fin, et ne me donne les verges. Pas ça, quand même. Brrr...!

Le lendemain, je crois, je confonds tant soit peu tous ces jours, de la même façon elle me dénuda les aisselles. Comme j'étais installée dans la chaise longue pour l'opération, à même de tout voir, j'ignorai avec soin les hideux cataplasmes sous mes bras, et passai le temps à contempler ma vulve. Parfois je dressai les jambes à l'équerre, ou ramenai les genoux sur la poitrine, et les écartai. Tout cela, bien entendu, afin de m'examiner plus en détail, de regarder les minuscules joues roses, si gentiment dénudées et gonflées, les attendrissantes lèvres, que mes gesticulations parvenaient à entrouvrir. Blanche, surgissant lors d'un de ces accès d'auto-voyeurisme, et qui dut en tirer un aperçu et des lumières incomparables sur ma vie intérieure, succomba à son rire fracassant :

– Whah – ah – ah! Whah – ah – ah!

– Grosse sotte, lui dis-je.

Dès qu'elle m'eut lavée, dès que je fus sûre que, cheveux et autres cils et sourcils mis à part, je n'avais plus trace de pilosité sur tout le corps, je me remis à danser et cabrioler comme une dingo. Si je m'étais considérée moi-même, alors, comme une jeune fille, une jeune femme, je me serais sentie grotesque. Mais, toute nue et toute rose, j'étais réellement un bébé, me ressentais réellement comme tel. Je pouvais donc faire, sans même supposer ce qu'est la gêne, tout ce que fait ou ferait un bébé. Il est délicieux, à la vérité, d'en être un, avec en même temps une excitabilité et des sensations de femme.

Le seul frôlement de mon bras contre le torse, le sein parfois, du dos de ma main sur mon sexe, de mes cuisses l'une contre l'autre, me mettait dans un état de bonheur exultant, d'attente fiévreuse tout de suite satisfaite, qui confinait à l'hystérie, si l'on admet qu'elle n'est autre chose qu'un contentement déchaîné.

Je m'éclatais tant à bouger, à me contempler dans les miroirs d'eau, qu'il me semble que Blanche elle-même était sensible à ce plaisir. Il y avait le halo lointain d'une tendresse dans la façon dont elle me toisait. Et moi, paradoxalement encore peut-être, je trouvais que maintenant, je lui ressemblais plus. La même netteté, la même pureté barbare de la chair. Une texture animale si le corps humain est toujours altéré, du moins dans nos pays, comme je le crois, toujours dénaturé au sens propre, par des arrière-pensées, sinon des pensées tout court; par une morale débile, et ainsi débilitante; par des humeurs. La différence de couleurs, entre la négresse et moi, n'était rien, ou n'était que celle qui se trouve entre la vanille et le chocolat, dans les deux lobes d'un cornet de glace : simple question de préférence.

Aussitôt après ce que j'appelais le déjeuner, ma belle Nounou pansue partit se livrer aux joies plus adultes de la sieste. Moi, mon extrême nudité me maintenait en éveil. Au lieu d'aller me coucher sur Blanche, pour dormir en même temps qu'elle, ou lui communiquer mon savoureux énervement, je décidai de patrouiller à travers l'île. Toute seule, non comme une grande, mais comme une petite. Le furtif, mais insistant frisson de ma vulve, dispersé dans tout mon ventre, dans mes cuisses, me remplissait d'images. Je pensais maintenant qu'une vraie reine est toute petite. Qu'elle domine, non parce qu'elle est reine en titre, mais parce qu'elle est minuscule justement, et nue. Je songeais à Robinson, à Ève, que j'imaginais comme une très petite compagne d'Adam, et qui l'avait manipulé sans peine parce qu'elle possédait, recélait un tout petit corps, un tout petit trou ici et là, et que lui n'avait qu'une grosse âme. Je songeais à Gulliver, tantôt géant et tantôt nain, selon le bout de sa propre lorgnette, et selon peut-être, la lorgnette infiniment infime et infirme de son propre bout!

Je n'osai quand même pas m'éloigner seule, sans me donner au moins l'air d'en avoir la permission dc Nounou. Elle prit sur sa somnolence pour se redresser un instant dans la chaise longue. Mais je suppose qu'elle considérait, tout comme moi, que je n'étais qu'un bébé, petites fesses et vulve exposées au vent, et que rien, par conséquent, de ce que je pouvais faire ne présentait d'importance. Elle me coiffa d'une de ces immenses feuilles de géranium ou autre plante ou légume, m'appliqua une ultime tape sur le derrière et se rallongea.

Même loin d'elle, attentive à veiller sur moi et à me tancer, j'étais assez avisée pour ne pas essuyer les ardeurs de midi, et me tenais le plus possible à l'ombre. L'envie m'était venue, dans ma neuve absence de peur, et ce désir neuf aussi de découverte, de conquête, de m'efforcer de gagner le plus haut de cette partie de l'île. Plus haut que l'entablement où nous vivions, au-delà même des hauteurs de la grande cascade. Afin de voir. De me faire enfin une idée, une image précises de l'île, de son étendue, de sa forme. Une idée de mon royaume.

Je parvins à dénicher une manière de coulée, dont la pente n'était pas raide à l'excès, tout au fond d'une faille stratifiée comme du schiste, entre les assises rocheuses qui fermaient le Nord du terre-plein, et les escarpements très élevés au milieu desquels rebondissaient les cascades.

J'allais sans hâte, m'agrippant ou me retenant, d'abord aux troncs les plus minces, à des branches basses, à des lianes, puis aux roches elles-mêmes. Mes pieds nus ne redoutaient plus le contact de l'île. La plante s'en était peu à peu endurcie, et surtout, je n'étais plus accablée d'inquiétantes visions de serpents, d'on ne sait quelles scolopendres ou tarentules.

Ce jour-là, je ne pus me hisser assez haut pour dépasser la ligne de crête, et dominer, distinguer en tout cas l'ensemble de l'île. A un moment, je tombai sur un petit cirque, bordé d'une couronne rocheuse de faible hauteur, et tapissé presque uniformément d'un sable très blanc, où d'emblée je songeai que Nounou et moi devrions transporter nos pénates. Établir du moins, comme les gens riches, un second domicile, une habitation de vacances. De là, nous ne pouvions voir la mer. Mais les bébés s'en soucient peu, vivant tout entiers dans l'instant présent, ainsi que dans leur présent corps.

J'éprouve une vraie honte aujourd'hui, lorsque je me rappelle que je me livrai à un milliard de folies sur ce sable. Roulant, sautant, culbutant, marchant à croupetons ou à quatre pattes, ou soudain, assise et les genoux pliés, tout immobile, toute grave et en apparence absorbée dans des rêves, à la façon des bébés. Exprès pour me conformer à ce modèle, je prenais du sable dans l'une de mes mains et, l'air pensif, le laissais s'écouler dans l'autre. A un moment, tandis que je jouais très sagement, quelque chose comme un aboiement lointain dérangea l'habituelle rumeur marmonnante de la jungle sous le plein soleil. J'étais moi-même exposée en plein à ses rayons depuis que j'avais trouvé le cirque et sa blanche arène. Pourtant, sans que je susse pourquoi, mon sang se changea tout d'un coup en eau glacée. Mon ventre se crispa, se remplit à son tour de glace.

Mais je désirais oublier cette sotte seconde. Alors je penchai la tête, me remis à m'amuser avec le sable. Tout le monde admire et aime les bébés, et eux, de leur côté, se doivent d'ignorer ou de mépriser tout ce qui à travers le monde, prétend ne pas s'adapter de soi-même à leurs besoins et à leurs désirs.

Cependant le bruit importun revint, fut plus proche. De plus en plus. Les boucles sur ma tête, raccourcies par la Nounou, semblaient elles aussi se crisper, puis se détordre. J'étais incapable de continuer à jouer, parce que mes doigts écrasaient le sable comme pour le réduire en une poudre impalpable. Alors les jappements, les glapissements crurent en nombre et en intensité, en proximité, dans les rochers et les arbres qui enveloppaient le cirque. Alors aussi, je fus bien obligée de relever la tête, de regarder – et les Singes étaient là !

En dépit de tout, je n'assimile pas les animaux aux hommes. Je ne leur prête pas nos sentiments, que ces derniers soient raffinés, ou spontanés et stupides. Un singe n'est qu'un singe. Je n'en demeure pas moins persuadée que le mien, le Monstre, n'avait jamais digéré l'humiliation, la défaite, le jour où ma négresse me fessait à coups de verges, et où il s'était mis en tête de profiter de ma propre humiliation, de mon propre abaissement. Un unique revers de la colossale Nounou l'avait expédié à trois mètres, comme, par ailleurs, la seule présence de celle-ci avait tacitement relégué le pauvre Lucien, mon premier voyeur, et par conséquent, je le reconnais, mon premier stimulus, dans les coulisses de la forêt vierge, où peut-être il enseignait laborieusement ses « Mouille! Mouille! Mouille! » à une génération de perroquettes.

Le Monstre, en ce qui le regarde, avait attendu son heure. Épiant, espionnant, se gardant de Blanche. Attendu que je fusse devenue un bébé tout à fait nu, clos et comme boutonné dans sa propre innocence. Un bébé à l'improviste non plus souverain, mais au contraire infiniment désarmé, infiniment fragile.

Je tentai de repencher la tête et les singes hurlèrent, entrecroisèrent leurs fausses paroles de démence, parurent se préparer à applaudir. Et lui alors, le Monstre, bondit dans le cirque, sur le sable, je le sentis, le devinai, plus que je ne l'entendis ou ne l'entrevis. Sa hideuse allure cassée, souple en même temps, vélocc. D'abord sur les mains, puisque ces ignobles contrefaçons sont censées en posséder quatre, puis à demi redressé. Ah, l'angoisse! Je suis un Bébé, un Bébé, rien, personne n'a le droit de me toucher! Et maintenant, je m'étais beaucoup trop éloignée de Blanche, pour songer seulement à l'appeler.

Le front encore incliné, mon regard tomba sur la minuscule fente qui partageait ma vulve, comme une douce incision entre les minuscules joues roses, elles-mêmes, dans la posture où j'étais, resserrées et déprimées par les cuisses.

– Jamais! Jamais! pensai-je.

La rage, sans la refouler, se mêlait à la peur. Je sautai sur mes pieds, douée de la fureur énorme des bébés dans leurs caprices. Je me mis à vociférer, trépignai, gesticulai, projetant contre mon agresseur des poignées de sable, peut-être des cailloux s'il s'en trouvait parmi le sable.

Mais qui a peur d'un bébé? Lui-même, dans le fond, a plus grand-peur de sa propre colère que le plus craintif de ceux qui le voient s'y livrer. L'ignoble singe, s'en tenant à s'abriter de son espèce de bras, courait sur moi, m'atteignait, de sorte que je dus bien sauter en arrière cette fois, puis tournai le dos et pris la fuite.

Je l'entendais maintenant. Il me poussa droit, guidé par son instinct de bête pourrie, à la paroi du cirque, pressentant que je n'aurais pas le temps d'y aviser une faille ou de tenter l'escalade. Parvenue en effet, à quelques pas de la muraille rocheuse, je fus contrainte d'ébaucher un crochet, pour ne pas m'y aplatir. Et dans la fraction de seconde où je me retrouvai face au Monstre, il m'assaillit, avec une telle force d'impact, en plein ventre et en pleine poitrine, qu'il me renversa, au point que mon dos heurta la pierre, dont les aspérités me lacérèrent. Plus ou moins assise, plus ou moins retenue par les coudes, la vue brouillée par la peur et d'imbéciles larmes, je songeai cependant à ma négresse, et me disposai à essayer de frapper le singe, comme elle en avait donné un si bon exemple.

Mais la vigueur de ces monstres, en comparaison de leur taille, est prodigieuse, décuplée encore, peut-être, par la frénésie du sexe. Les longs bras, démontrant une facilité presque ironique, consternante, me replièrent les genoux sur la poitrine, paralysant en même temps mes propres bras, et me ceignant le torse allèrent se joindre et s'attacher derrière mon dos à la façon d'une tenaille.

Quand il eut ainsi ramassé et troussé comme un poulet prêt à cuire mon corps de bébé, le singe, de même que toutes les autres fois, me força sans attendre sa longue flèche dans le rectum à travers l'anus, me pénétrant, semblait-il, jusqu'au cœur des entrailles. Il m'infligea, par la seule pénétration, une douleur épouvantable. A la fois la position, la posture ratatinée, et la rage, l'indignation, le dégoût dont j'étais remplie, m'avaient si bien contractée, qu'il lui fallut presque à la lettre me percer entre les fesses, et que sa verge ardente se forait, se frayait un chemin dans ma chair la plus intime comme dans un corps tout à fait neuf, tout à fait vierge. Je crois vraiment aussi que, tel mon amant de jadis, à la seconde même où il avait baissé ma culotte pour me donner ma fessée, ce monstre comprenait, devinait que dès l'instant où le gland m'avait troué l'anus, le cheminement en moi de l'horrible tringle, au lieu de m'inciter à me battre, à me débattre, me figeait dans un enchantement de cauchemar. Je ne pus même pas proprement crier, après cette seconde fulgurante où il me la mettait. J'étais un bébé, conscient de ce que sa nudité et sa vulnérabilité mêmes débridaient la folie du singe. Tandis que la longue verge, dressée et comme busquée en moi, me traversait encore et encore, s'activant à une allure vertigineuse et m'incendiant progressivement anus, rectum et boyaux, je ne sus que pleurer, gémir, hoqueter, sangloter, me plaindre, tout à fait comme on l'attendrait d'un bébé. J'avais été un petit être tout joli, tout intact, tout libre, et le singe le réduisait à l'état de simple trou, de conduit affreusement resserré où enfiler, où faire aller et venir à cette vitesse démente sa tringle en feu. Ah, comme je pleurais!

Enfin le monstre sursauta, parut exploser, me farcit le ventre de sperme. Tassée comme je l'étais, il me semblait que cette abjecte semence allait me remonter dans l'estomac, dans la bouche. Pourquoi, en vérité, n'ai-je pas craché à cette face diabolique, penchée toute ricanante et tout écumante sur moi! Mais j'étais soumise jusqu'aux moelles, j'étais un bébé. Je me disais bien, d'une manière lointaine et confuse, que si j'avais eu l'usage de mes bras, de mes jambes, ainsi que les autres fois, quand il me déchirait en m'enculant, je me serais défendue, j'aurais trouvé le moyen, le moment de l'écraser, de le châtrer. De le tuer peut-être. Mais il m'enlaçait tout entière. Et, dans la réalité, j'étais prête à le supplier, à le remercier en toute humilité parce qu'ayant, à son aise, déchargé en moi, ses couilles devaient être vides maintenant et il allait me libérer, me laisser reprendre ma forme, ma petite stature, mon espace naturel de bébé qui erre impunément, virginalement dans sa roseur claire et sa blondeur. J'oubliais le sentiment, la sensation, sous les coups de lime du monstre, d'être un étui de caoutchouc qu'on dilate et qu'on brûle de l'intérieur, tant j'étais sur le point de me réjouir, à la seule perspective de redéplier mes membres, de me retrouver vidée moi-même de cet infernal instrument corrosif, corrodant, fouilleur.

Je ne pouvais douter, par la simple perception que la souffrance, sans pourtant s'éteindre, n'était plus ravivée du moins au gré des furieux à-coups, que la verge du singe se fût rétractée en moi, après qu'il eut éjaculé.

Cependant le monstre ne relâchait pas son étreinte, le hideux pubis toujours pressé, entre mes fesses et mes cuisses, tout contre mon anus, et la hideuse bite toujours plongée et comme coincée, par sa détumescence et son raccourcissement mêmes, à l'intérieur de mon derrière. Je geignais à faire pitié. Alors, chose incroyable, le singe, sans être ressorti ne fût-ce qu'une seconde, se reprit à bander en moi. Plus encore que lorsqu'il lui fallait élargir d'abord en force la minuscule ouverture anale, ce fut réellement comme si un serpent lové au fond de mon rectum, d'un seul élan, mû par une impulsion électrique se redressait, se retendait, reprenant longueur et grosseur, dureté de fer luisant et vibrant, pointe ou tête remise tout d'un coup en possession de mes entrailles.

Je hurlai alors, ce qui, bien entendu, exalta le singe. Il fut secoué d'un ricanement aboyant, et derechef m'alésa le trou de balle, sa violence et son espèce d'allégresse encore accrues. Je sanglotais et sanglotais malgré moi alors que je reconnaissais, en vérité comme dans le tournoyant vertige des cauchemars, la douleur térébrante et l'inflammation, tandis qu'avec cette précipitation effrénée la verge raboteuse, crantée par le gland, allait et venait, passait et repassait tout le long de l'étroit tunnel de chair déjà en éruption. Le rongement qui me bouleversait les boyaux devenait intolérable. Et m'imaginer, me ressentir moi-même, vivante poupée de cire rose, compressée telle une grenouille et embrochée en plein cul, fouillée et fouaillée, ramonée par la longue et mince pine en folie, augmentait mon désespoir. Je le répète, parce qu'il n'est pas naturel, je veux dire logique, de croire à la perversité d'une bête : je suis on ne peut plus certaine que, de son côté, c'était précisément la conscience de percer, de trouer de part en part l'intimité, l'intégrité profonde d'un petit être rose et lisse, tout fermé et tout propre, qui déchaînait à la fois les appétits, et le plaisir effréné du monstre.

Il déchargea avec plus de peine cette fois, grinçant et soufflant, et les saccades m'arrachèrent un autre pitoyable cri de détresse. En dépit de la galerie insidieuse, incandescente, creusée en moi par la tarière du singe, et qui me remontait du cul aux reins à travers le ventre, je commençais maintenant à éprouver la douleur plus sourde, mais obsédante, des articulations bloquées et comme verrouillées dans la répugnante étreinte. Mes genoux et mes hanches, le bassin, les lombaires, les coudes eux-mêmes. Je gardais les yeux fermés pour ne pas voir la monstrueuse face, si bestiale, si proche. Enfin, quand le singe eut expulsé au creux de mon derrière et de mon ventre l'ultime contenu de ses bourses, il se recula tant soit peu, se retira. A nouveau je faillis hurler, de souffrance d'abord, quand le gland sauta hors de l'anus, puis de soulagement.

J'aurais dû connaître le monstre, après tout ce qui s'était passé. Sans le moindre doute, tout l'intérieur de mes fesses, de mes cuisses se trouvait maintenant coloré, bariolé de pourpre, de l'écarlate le plus vif. Or, je savais très bien que c'était cette enluminure éclatante, associée à l'enragement sexuel, qui mettaient hors de lui le singe. Peut-être aussi, était-il assez pourri, dans ce qu'il y a de plus instinctif chez un animal, pour imiter ce que l'on raconte, au sujet des chats et de leurs pauvres proies.

Il me laissa croire qu'il m'avait oubliée, qu'il s'éloignait. Les bras d'acier souple s'étaient desserrés, et je pus redonner du jeu à mes propres membres, me remettant cependant à pleurer parce que je pensais à mon petit trou ravagé, ulcéré. Et, bien sûr, aussitôt que mes pieds eurent reconnu le sable fin et tiède, que mon dos se laissa aller, que tous mes muscles entreprirent de perdre leur pétrification tétanique – en une nouvelle et identique seconde fulgurante, terrifiante, le même cercle de fer me repelotonna, pour ainsi dire, tel un paquet bien ficelé, et la même flèche incendiaire vola se ficher entre mes fesses, reperçant l'anus pour atteindre son but pantelant, convulsif, au tréfonds de mes entrailles.

Mais pourquoi dire et redire, en radotant, ces infamies? J'imagine bien que les hommes, même poussés à bout, par une provocation quelconque ou par leur propre déchaînement, ont une mesure, ne fût-elle que physique, physiologique. Non pas un animal dément. J'ignore même à combien de reprises cet épouvantable petit monstre – car il n'était même pas gros – me viola. Comme un autre jour déjà, je ne criais plus, pleurais à peine, parce que je n'avais plus ni forces, ni larmes, ni voix.

A ma honte, je me rappelle seulement qu'à un certain moment, il m'avait une fois encore fait croire qu'il était lassé et m'abandonnait. Moi-même à quatre pattes j'ai ébauché quelques pas, quelques mouvements plutôt, en aveugle. Et lorsqu'il m'a rattrapée, m'a bondi sur les reins, pour cette fois, dans sa hâte démentielle, la longue verge, qui paraissait toujours se raidir et s'allumer plus encore à mesure que le singe s'exténuait, a erré, manqué si l'on veut sa cible, et tel un éclair m'a enfilé le vagin. Cette innovation est parvenue à me tirer un hurlement, parce que surtout, depuis que je me complaisais, sottement peut-être, à être et à me sentir un bébé, je me sentais aussi redevenue plus vierge, plus intacte, de ma petite fente que de l'anus.

Je manquai vomir. Tout en moi se révulsait de façon d'autant plus incoercible que le singe, égaré de son côté par cette laxité subite, comparativement à l'étroitesse, à la préhensilité du sphincter anal, grogna d'angoisse, et multiplia, précipita ses va-et-vient selon une accélération qui devait le stupéfier et le désespérer lui-même. Il se trémoussa frénétiquement ainsi pendant ce qui parut être une éternité. Je m'écroulai soudain à plat ventre, le singe s'affala sur moi, et tout en même temps la surprise et l'ébranlement, la secousse, le contraignirent enfin à me lâcher dans la matrice sa bordée, quoique je sois bien persuadée qu'à ce coup-là en tout cas, il ait éjaculé moins de sperme que de sang. Je sais encore qu'il cria d'une manière terrible lors des quelques secondes de spasmes. Et moi, si j'ai parlé de honte, je dois avouer que ce n'est pas pour la seule raison que le monstre s'en était pris, dans sa folie, à mon prétendu pucelage de bébé. Cela changeait quoi après tout? C'est bel et bien parce que son cri, ou le diable peut comprendre quel foutu ressort, m'extirpa à moi aussi un orgasme, une jouissance ignominieuse, mais très âpre, très sauvage, foudroyante.

Tout le derrière et le vagin à feu et à sang, comme béants dans le soleil, je bus cette honte, mêlée à l'entêtante souffrance, confondue aussi avec la salive, avec le sel des larmes et avec le sable. J'avais soif, soif, soif. Je croyais que des heures, des siècles s'étaient écoulés et pourtant je percevais que le soleil demeurait haut. Les singes, le Monstre peut-être parmi eux, clamaient leur joie ivre à travers les branches tout autour du cirque. Des oiseaux, aussi. Le bébé rêvait de grosses larmes en supplément pour pleurer.

XII

A tout prendre, je suppose que je ne m'attardai pas dans le cirque sableux. Je le quittai dès que j'eus rassemblé assez de courage pour me remettre debout, commencer à marcher. J'étais si seule.

Peut-être le Monstre me suivrait-il, me crèverait-il encore l'anus ou le vagin, mais moi, je n'étais même plus dans moi. Je cheminais en évitant de regarder mon propre corps. Même lorsque j'ai identifié un arbre-du-voyageur, que je me suis éclaboussé de son eau les reins, le bas-ventre, je m'arrangeais pour ne pas me voir.

Plus loin, en descendant les pentes, sur le terre-plein où se trouvaient les cabanes, la géante négresse sommeillait, bien déployée dans la chaise longue. Rien n'était arrivé, rien n'arrive ni ne se passe jamais. Du plus éloigné que je l'ai aperçue, mes pleurs ont rejailli. J'étais si seule.

Je me suis efforcée de courir, ma vulve, mon derrière surtout me paraissant farcis avec des braises. Blanche s'est relevée tout d'un coup, d'une détente animale, féline. Depuis le moment de son arrivée sur l'île, c'est la première fois, sans doute, que je l'ai vue se troubler. Son regard en général atone, la moue de ses épaisses lèvres. Je me suis jetée contre elle et l'ai entourée de mes bras, le visage dans ses seins, l'étreignant de toutes mes misérables forces et pleurant, pleurant comme sans doute aussi, je n'avais jamais pleuré. Alors, quand de son côté elle m'a entourée de ses bras, m'a enveloppée, m'a bercée tout debout, j'ai pressenti, reconnu que pour cette première fois, elle m'aimait bien, ou peut-être éprouvait à cause de moi, pour moi, pitié et tendresse.

– Nounou, Nounou.

Elle me berçait, me serrait, m'habillait en toute compassion de son énorme chaleur. Dans le même temps elle produisait avec les lèvres et du fond de la gorge un petit bruit confus, bourdonnant, infiniment rassurant. Une fraternelle, maternelle image de paroles. Peut-être encore a-t-elle posé un instant sur le haut de mon crâne, sur mes boucles salies, sa joue ou sa bouche. Longtemps elle m'a laissée pleurer. Puis elle a effacé le torse d'un côté pour dégager un sein, et m'en a glissé la pointe entre les lèvres. Je la tétais, et mes larmes mouillaient le velours de sa poitrine.

Quand peu à peu j'ai cessé de pleurer, elle s'est assise, évitant tout heurt, m'a installée à plat ventre en travers de ses cuisses. Je pleurais à nouveau parce qu'elle m'avait ôté le sein, qui me calmait, m'endormait. Aussi, parce que j'ai cru qu'elle allait me fesser, ou même me donner les verges pour mon excessive bêtise. Mais, comme souvent, je la calomniais. Ne la comprenais pas simplement.

Du bout des doigts, à la force lente et sûre, très précautionneuse, elle m'a écarté les fesses, scrutant d'abord l'anus, l'incision du sexe ensuite. Elle soulevait sa cuisse droite pour mieux m'ouvrir, et en même temps me rapprocher de ses yeux. J'ai reconnu, malgré sa ténuité, le claquement de langue contre le palais ou les dents, et aussi, sans voir, la façon qui lui était propre de secouer la tête, de hausser les épaules. Ah, j'étais sauve, en vérité rien ne s'était passé, rien n'était arrivé, puisque j'avais maintenant retrouvé mon esclave.

Avant tout, elle m'a retournée sur ses genoux et, derechef, s'est levée, me portant couchée dans ses bras. Là où les arbres et la brousse, derrière le carbet, redeviennent épais, toujours dans ses bras elle m'a placée en position assise, dos à sa poitrine, et s'est penchée, m'écartant à nouveau les cuisses, et basculant tout mon arrière-train un peu vers le haut, pour me faire pisser. Tout bébé que je fusse, je mourais d'embarras, il me semblait que dans le seul effort, ou même la seule décision de me décontracter assez pour pisser, les sphincters de l'anus allaient eux aussi se relâcher, et que Nounou me verrait rejeter un flot de sperme. Cette angoisse, cependant, me verrouillant décidément la vessie, Blanche m'a pressée, stimulée avec gentillesse comme pour les vrais bébés, bourdonnant toujours entre les lèvres pour me tranquilliser, et portant en avant, par petits coups brefs, ma vulve, mon bassin. De sorte qu'en fin de compte j'ai uriné sagement, quoique non sans une abondance et une roideur qui à leur tour m'ont donné chaud de honte.

Ma négresse, en authentique Nounou, ne voulait rien avoir à connaître de la gêne des bébés. Et, aussitôt qu'il s'agissait de moi, elle était, comme je l'ai dit, infatigable. Elle m'a rapportée dans ses bras jusqu'à la cahute. Puis, s'étant assurée que je tenais debout toute seule, elle m'a lavée de la tête aux pieds, utilisant l'eau de plusieurs jattes. Au lieu de prolonger, de parfaire les diverses toilettes intimes à l'aide de ses doigts ou même de sa langue, comme à l'ordinaire, elle se servait d'une poignée d'on ne sait quels filaments végétaux roulés en boule, pour former éponge. Elle se contentait d'en exprimer l'eau, dans la raie des fesses, dans celle de la vulve, encore et encore, sans essayer de pénétrer. D'elle-même, dans le cours de ces soins, à un moment elle a incliné son altier visage vers le mien et m'a baisé les lèvres. J'en ai été si émue, que je n'ai pas eu le temps de lui rendre son baiser, le cœur gonflé à éclater.

Après encore elle m'a pris la main, m'a conduite aussi lentement qu'une grande malade, pour que je pusse me sécher au soleil, jusqu'à l'auvent, où elle m'a recouchée à plat ventre. Elle s'est éloignée.

J'avais un peu peur. Je veillais à garder mes cuisses, et même mon rond derrière de bébé, fermés aussi étroitement que possible. Et cependant, tant la curiosité peut se montrer stupidement lancinante, je ne pus me tenir, une seconde plus tard, de m'assurer à la dérobée que Blanche n'était pas revenue. Quand je fus certaine qu'elle se trouvait toujours à l'écart, je me retournai sur le dos, et relevai à la fois la tête et l'arrière-train, à la manière de toutes les petites filles quand elles veulent explorer les secrets de leur propre corps. Je voulais voir, moi, l'endroit où j'avais tellement mal. Bien entendu, en dépit de mes pénibles acrobaties, je ne distinguai pas grand-chose. Sauf qu'il me sembla bien que le même sauvage empourprement persistait, partant du bas de la vulve, et devait donc s'étendre, entre le haut des cuisses et les fesses, jusqu'aux reins. Misère!

Un imperceptible frémissement du sol m'avertit

que Blanche s'approchait et je me replaçai sur le ventre, affectant plus ou moins de dormir. Elle s'assit, sous l'auvent, au plus près de moi. Je percevais contre ma joue, le rayonnement de son énorme cuisse arrondie. Celle-ci, nullement difforme, devait être plus large que ma propre taille.

Nounou, d'une seule de ses grandes mains, m'a prise sous l'aisselle, et reposée sur le ventre en travers de son giron. Tandis qu'elle m'arrangeait à son gré, me tirant, me poussant doucement vers sa gauche pour faire saillir ma croupe, j'ai entrevu qu'elle avait apporté des... des machins bizarres. Comme des cornets à glace, desquels précisément je me souvenais peu de temps auparavant, mais formés de grosses feuilles repliées et roulées sur elles-mêmes. Un ou deux plus courts et trapus, d'autres plus longs. Je n'eus pas le temps cette fois, de satisfaire ma curiosité, parce que je sentis qu'elle m'entrouvrait les fesses, puis la fente et le creux intime du sexe, considérant à nouveau, de toute évidence, la zone mâchurée et meurtrie par l'immonde singe.

J'étais intriguée. Sur quoi ce que je sentis, était qu'elle m'introduisait dans le vagin un de ces cornets, un des plus trapus à coup sûr. Elle l'enfonça, me parut-il, à peu près en entier, et déjà la sensation, le contact interne de la feuille était frais et apaisant, comme lorsque je jouais avec mes fleurs, plutôt que tout de suite érotique ainsi que les jours, les nuits, où elle me le mettait à l'aide du substitut d'une banane.

J'avais cru voir que les cornets étaient fermés en haut, par une sorte d'opercule découpé dans la feuille. Quand la négresse m'eut rempli le con, ce qui pansait délicieusement la brûlure insistante, quoique moins vive qu'entre les fesses, laissée par les assauts du singe, elle dut presser dans ses doigts et sa paume la partie plus large du cornet, demeurée au dehors. Alors il se vida dans mon vagin et jusqu'au fond de la matrice, de je ne sais non plus quel yaourt végétal dont elle l'avait bourré.

Quelle merveille! La mixture, consistante et tendre, d'une pénétrante fraîcheur, me comblait moi-même, du plus lointain creux du bas-ventre aux minuscules lèvres intérieures du sexe, m'habitant et pesant de façon adorable en moi, au point que je ne pusse même plus me rappeler ni évoquer les affres torturantes du viol. Comme si ma Nounou eut reconstitué en moi toute la nouveauté, toute l'intégrité du bébé.

Elle ressortit de mon vagin le cornet maintenant flasque, avec autant de délicatesse qu'elle l'y avait enfilé. Les extrémités de son pouce et de son index pincèrent précautionneusement, mais significativement les toutes petites lèvres, pour que je comprisse que je devais retenir l'étrange électuaire, autant de temps que je le pourrais. Je voulus donc refermer les cuisses, mais mon esclave m'en empêcha, se contentant de me déplacer un peu plus encore vers la gauche, et ma joue touchait maintenant les feuilles tassées sur la chaise longue, afin que le produit en aucun cas ne débordât.

Alors ses doigts écartèrent au contraire le plus possible mes fesses, tandis que de l'autre main elle m'insinuait à travers l'anus un des plus longs cornets. Je frissonnai tout entière, à la fois parce que cela rappelait trop, maintenant, les épouvantables intromissions du singe, et parce que, dans le même moment, je savais que de celles de ma Nounou, j'attendais un plaisir. Cependant, la partie effilée de l'espèce d'entonnoir feuillu cheminait, enfilant le rectum, jusqu'au col des entrailles, et je frissonnai à nouveau. Sans aucun doute j'aurais joui, si la matière de la feuille n'avait pas été si fraîche. Comme auparavant, le cornet enfoncé presque en entier, la Nounou en exprima le contenu en moi, m'inondant intérieurement de cette fraîcheur et de ce plaisir. Puis l'espèce de longue tubulure se retira, ressortit, et le même petit pincement indiqua que je devais m'efforcer de garder ce qui était, j'imagine, une purée de lait de coco, d'huile, et du suc de diverses plantes.

Je n'éprouvais aucune envie de la rejeter. Je digérais son mol apaisement dans tout mon ventre, percevant aussi, sur ma peau, la tiédeur du soleil de fin d'après-midi, à travers les ramures de l'auvent. Au bout d'un temps indéterminable, mes boyaux se froissèrent de manière sourde, douce, traître, et j'émis une plainte très légère pour attirer l'attention de Nounou. A l'instant, exagérant presque la prudence de ses gestes, elle me retourna sur ses genoux, puis se mit debout en me portant. Elle enserrait bien mes cuisses de l'avant-bras droit, et, de mon côté, je dois dire que je contractais le plus désespérément du monde mes petites fesses et mes petits trous, tel un bébé qui refuse d'aller sur le pot.

Dès que nous fûmes dans la grande ombre des arbres, la négresse me replaça dos à sa poitrine, m'ouvrit au plus large les genoux. Mon vagin se débonda sans attendre, comme lorsque malgré soi, au plus infime mouvement, on se vide d'un homme après l'amour. Je retrouvai même l'impression fugitive de perte. Morte de honte cependant, je crispais toujours plus l'ultime sphincter anal, en dépit du tumulte insidieux, mais croissant dans mes entrailles. Blanche, sans aller jusqu'à éclater de son rire de tonnerre, produisit un gloussement amusé, tout en me secouant assez fermement d'avant en arrière. Au moment où, consciente d'être incapable de me retenir, je m'apprêtais à la supplier, la sournoise et en même temps bouillonnante pression me vainquit. Tous les sphincters, mon anus béèrent, mes boyaux se révulsèrent, parurent se retourner comme un gant et je me soulageai d'un flux extravagant – yaourt végétal, foutre de singe et le reste. A la lettre j'en étais malade. Infliger cela à ma Nounou, et à moi !

Mais sans doute cela continuait à ressortir aux droits, ou même à l'existence naturelle des bébés. Quand mon ventre se fut délivré de tout ce qui l'oppressait depuis des heures, ou encore depuis le tout premier jour de mon débarquement sur l'île, la négresse m'appliqua sur la joue un baiser bruyant, ce que non plus elle ne faisait jamais. Puis, sans l'ombre de dégoût, elle me réinstalla dans ses bras.

Tout ce temps, tous ces jours-là, après la dernière agression du singe, demeurent à part dans mon souvenir. Je suppose que ce fut la vraie fin de la solitude. Le début d'une vie autre, dont le sens persiste aujourd'hui encore.

Blanche, quand elle m'eut bien lavée et relavée, avec la même totale absence de répugnance, m'avait couchée sur le confortable matelas de feuillages de ma propre cahute. Elle s'y était à demi assise, à demi allongée près de moi, et nous avions dîné là-même. Bientôt le soleil se précipita, à la manière gélatineuse des Tropiques, dans la mer, la grande rumeur de la jungle renaquit, plana sur l'île comme l'ombre de l'ombre ou sa voix. Je n'eus qu'à ébaucher le geste de prendre la main de ma négresse, pour que tacitement elle acceptât de ne pas me quitter.

Ah, vraiment je m'en souviens, le cœur me battait de façon terrible. Je savais, encore que je n'eusse pu dire comment ni pourquoi, que l'esclave, cette nuit-là, serait incapable de me refuser quoi que ce fût ou de me gronder. Et c'est si déconcertant, pour une fille, d'en être venue à accorder une importance telle, un tel pouvoir de joie et de chagrin, de volupté et de frustration, à une autre fille!

Un colosse féminin, splendide. Et entre ses cuisses, entre ces colonnes rondes de forêt ou de temple, se dissimulait la même petite fente, la même minuscule boutonnière aux tendres lèvres closes, qu'entre les miennes. Comme moi cette géante mouillait, sentait la femme, perdait du sang quelques jours par mois.

Je ne voulus pas allumer une des torches, ni raviver les feux tremblotants des lucioles. La lune s'envolait maintenant, presque sphérique et il y avait le ciel au bleu de nuit dilué de ces pays. Il me semblait que, comme la mienne aussi, la respiration de la négresse était plus lourde, plus profondément scandée. L'immense corps sombre gisait immobile, couché sur le dos. Aussitôt que je pus feindre de croire que l'esclave s'ensommeillait, était sur le point de s'endormir, je basculai, je devrais dire grimpai sur elle, à la vérité sur ses jambes et ses cuisses, maintenant mon visage à la hauteur de son ventre, de son sexe. Il y avait eu... combien? des jours, des mois d'attente, de préliminaires, et par conséquent de déception. Alors, sans même songer à différer, je pressai les lèvres entre les adorables petites joues dodues de sa vulve. Tout aussi vite, la négresse laissa échapper un geignement, un gémissement caverneux, étouffé, qui déchira mon propre ventre comme son odeur :

– Han...!

Ses cuisses étaient jointes. Mais à ce moment encore, je n'eus qu'à poser sur la courbure de l'une d'elles une main impatiente, esquisser, imprimer le mouvement de la repousser, et les cuisses s'entrouvrirent. Je répétai la pression, et, obéissantes, les cuisses fabuleuses s'écartèrent en grand. Mon visage, mes lèvres, ma langue plongèrent sur la vulve gonflée et je l'engloutis toute d'un seul coup, bouchée comblante de chair élastique, tout de suite brûlante, peu à peu fondante. L'esclave bien-aimée leva les reins et geignit, bouleversée, ébranlée par son propre geignement :

– Haaan!... Haaan!...

Moi-même cela m'affolait. La fragrance et la saveur violentes, fauves, fondamentales me transportaient en m'étourdissant, me remplissaient. Je dénichai d'un lapement, du bout de la langue, le bouton secret, que j'imaginais d'une obscure nacre rayonnante et Blanche cria. Profitant de ce que ses reins, d'un sursaut brusque, s'arquaient, se haussaient plus encore, brusquement aussi je plongeai plus avant la tête et enfilai toute ma langue dans la fente la plus intime, le con, bouillie enivrante de pulpe, de muqueuses, et du jus même de la vie.

Les hanches et tout le bassin de la négresse commencèrent à se dresser et à se baisser par saccades, tandis qu'elle gémissait à briser le cœur, me baignant d'amour. En fièvre, en hâte, je délaissai l'incision profonde, ma langue remonta entre les grandes lèvres, reprit sous elle en l'enveloppant la menue perle, durcie, arrondie comme par sa magie propre, la massa avec gourmandise, en un sens avec cruauté. Alors des secousses plus fortes parcoururent, tordirent, détendirent, tordirent encore le corps de Blanche, on eût dit des coups de hache. Le dernier sembla la fendre dans sa longueur. Les cuisses se distendirent selon un écart effrayant, des mains, des doigts se crispèrent à peu près sans retenue dans mes cheveux, un grognement, un ahan monta jusqu'au frêle toit de la cabane et un ultime soubresaut de la croupe et du ventre cracha dans ma bouche ouverte le sperme de l'esclave. Ah, la merveilleuse angoisse! Au fond même de sa jouissance, ma négresse se souvenait et se souciait de moi. Je me rendais compte que les doigts dans mes boucles tâchaient, à demi impuissants, de détourner mon visage, afin que mes lèvres n'essuient pas le plaisir de l'autre fille.

Mais c'est bien parce qu'elle était cette fille-là, nulle autre, en aucun lieu, jamais, que j'avais moi-même désirée, et que je voulais maintenant la manger, la humer, la boire, l'absorber dans tous mes pores au fur et à mesure que les siens exprimaient la signification, le sens révélé enfin de leur fonctionnement, de leur existence même.

Les filles, certes, ne déchargent pas avec des giclées comme un homme. Plutôt elles s'imbibent, se trempent parfois d'une transpiration, d'une transsudation infiniment interne, absolue en même temps. Le visage enfoncé entre les cuisses de Blanche, le mufle dans son con, j'avais le nez, les joues, les lèvres et toute la bouche, le menton si bien mouillés de ce halo tangible que je ne distinguais plus ma moiteur, mon humidité des siennes, mon odorat de son parfum fou, ma langue, ma perception, de son goût de mer et de lianes, ma chaleur de sa chaleur.

C'est si étrange. Parce que je l'aimais, ou qu'elle m'était si chère maintenant, je m'obstinais à lui infliger, dans le plaisir, ce qu'un pourri de macaque m'avait infligé à moi-même dans le tourment et la honte. Les femmes diffèrent encore des hommes, en ce que les spasmes, les franges et l'écho de leur jouissance sont à la fois plus étalés, plus nuancés et plus calmes. Un type est secoué par une éruption et c'est tout. Le raz de marée, chez nous, se forme après une longue et insensible angoisse, il s'avance et se retire, revient, et, quand il a déferlé, répercute longtemps jusqu'aux plages lumineuses ses vagues de plus en plus basses, élargies à la taille du monde, et qui ne se décident à mourir que selon le rythme étiré, prolongé, les pulsations nostalgiques d'un merveilleux regret. Ainsi je respectais les enfouissements comme sous-marins de mon esclave, la laissais se haler à son gré vers les clairs sables du retour. Mais aussitôt que mon instinct profond, jumeau du sien, m'enseignait qu'elle avait repris haleine, ma tête, mes lèvres replongeaient sur elle, en elle, dans le creux de sa vulve épaisse, entre les doublures somptueusement cramoisies de sa fente la plus cachée, et je relançais la géante en direction de ses propres abîmes, de ses propres grands fonds.

Ah, comme elle a crié cette nuit-là. Tandis que je la comblais de plaisir, je la vidais de ses forces. Prise de peur peut-être, à chaque engloutissement maintenant elle se cramponnait à mes boucles, s'évertuant, mais je crois par cette seule peur, à détourner d'elle mon visage, ma bouche avide, ma langue inexorablement fouilleuse. Cependant, tout à fait une fois de plus comme moi quand le type baissait ma culotte, ou quand cette merde de singe était parvenu à me le mettre dans le rectum, à la seconde même où ma langue se réinsérait dans l'irradiante moiteur du con, ou, plus haut, entourait, bousculait la minuscule perle, ma gigantesque victime se trouvait désarmée, livrée. Sa main retombait, ses cuisses, ses jambes s'écartaient comme si on la déchirait. Et, en pleine panique, en pleine joie, percevant, sentant au loin reparaître la jouissance, elle se plaignait comme un chiot, tremblait, gémissait, pleurait presque.

Quand je l'eus bien à la fin, elle-même, retournée de l'intérieur vers l'extérieur comme on dépouille un animal, quand je sus qu'elle était devenue plus faible que moi, plus faible qu'un bébé tout nu, rose et blond, je lui permis de se reposer. Je descendis d'elle, à peu près comme un type qui vient d'expédier sa petite affaire, me coulai vers le haut de son corps. Alors je me couchai tout contre elle, sur le flanc, et, dès qu'elle en eut la force, la fis se tourner elle aussi face à moi. Ma main paraissait toute petite sur sa hanche. Finalement je me hissai un peu plus haut, toujours couchée de côté face à face, et, pour la première fois, ce fut moi qui entourai de mes bras sa lourde tête ronde, aux crêpelures bourrues, lui pressai le masque, tout le visage contre ma poitrine. Dégageant ma main gauche, je m'efforçai de bouger, de guider cette figure massive, pour que la négresse comprît qu'elle devait prendre entre les lèvres la pointe d'un de mes seins et me téter. Le sein lui-même, et les deux aussi bien, auraient été gobés à l'aise par cette bouche sauvage, en vérité cannibale. Blanche possédait des dents éclatantes, puissantes comme des meules. Mais je pense que nous ne gardions plus d'obscurité l'une pour l'autre maintenant. Les jolies lèvres rembourrées et ourlées se montrèrent tendres, douées d'une chaude compréhension tandis qu'elles s'arrondissaient autour du bouton du sein, et que la négresse tétait, bébé géant, suspendu à son infime nourrice claire, comme à un arbrisseau un fruit démesuré. Je tressaillais et vibrais de façon exquise à chaque succion.

Là-bas, dans ces pays, quelque chose du matin revient vite. Comme un lait, comme une laitance de jour parmi le ciel de nuit. Une traînée d'opale indistincte. Je dormais, m'éveillais, frissonnais agréablement d'un soupçon de fraîcheur. Je ne tenais pas à sombrer tout entière dans le sommeil, comme Blanche paraissait y être parvenue. Il m'était trop cher, trop précieux de conserver au creux de mon bras, écrasé pourtant, fourmillant par intervalles d'une ankylose qui se dissipait et se réinstallait, le poids de l'énorme tête noire.

Alors, vers le matin ainsi, advint ce qui tout autant est inoubliable. Je regardais, dans l'avant-jour tout frileux, tout trouble, Blanche qui dormait. Parfois, n'y tenant plus, je baisais comme du fond du cœur les grosses lèvres, attendries par le sommeil.

J'ai senti que j'avais réveillé la négresse. Les lourds pétales soyeux des paupières se sont relevés. Comme avant, comme toujours, les yeux, le regard étaient opaques. Cependant les lèvres épaisses ont dessiné une moue, formé un groin soyeux lui aussi, satiné pour toucher les miennes et me rendre mon baiser. En vérité encore, nous faisions tout, ou tout ce qui compte, pour la première fois, cette nuit-là. J'ai éprouvé le désir irrésistible de parler à Blanche. J'entends, cela va de soi, échanger avec elle des paroles. M'adresser à elle, de façon à ce qu'elle me comprît, et que je comprisse moi, avec la même simplicité, la même clarté, ce qu'elle répondrait et dirait. Misère! Je cherchais et cherchais, gênée, entravée par les habitudes mêmes qu'elle et moi nous étions créées ensemble. J'avais pourtant déjà vu essayer et pratiquer cela un milliard de fois dans des livres, des films, le diable sait quoi, merde alors!

Bon, bon, une chose après l'autre. Les yeux dans les yeux de Blanche, je me reculai un peu, et posai une main sur ma propre poitrine :

– Écoute bien : Sandra. C'est moi, c'est mon nom. Sandra, moi. Tu comprends? Sandra. Moi.

Je répétai jusqu'à en être lasse. Après quoi, je posai la main sur un des seins opulents :

– Et toi, Blanche. C'est facile. Toi, toi ici, à qui je parle et qui me regardes. Blanche. Toi. C'est ton nom. Blanche. Tu comprends? Ton nom. Ton nom à toi. Je sais, sans doute tu en as un autre, mais il se trouve que je l'ignore, et c'est une des choses que je voudrais apprendre. En attendant je t'appelle Blanche. Toi. Tu comprends? Blanche.

Ma main allait d'elle à moi, de moi à elle :

– Moi, Sandra. Toi, Blanche. Tu comprends? Dis-moi que tu comprends!

Les yeux sombres, opaques, demeuraient dans les miens. Muets, sourds, plutôt qu'aveugles. Un éternel moment ainsi. Ce déconcertant regard plat, mat, sous les sombres diamants fondus. Puis, de façon à peine perceptible, une étincelle s'alluma, joua là-bas, l'esclave bougea la tête de droite à gauche. Elle disait non! Mon cœur sauta, un frissonnement me zébra le dos, si aigu et intense que je crus en crever :

– Tu ne t'appelles pas Blanche?

Silence, immobilité, silence, comme le temps de prendre une décision. Quelle décision, merde alors?

Puis, nouveau et imperceptible hochement de tête. Mon cœur se serra cette fois, ma gorge aussi :

– Comment t'appelles-tu alors?

Silence, silence, silence. A la fin, mais montrant la même démentielle tranquillité :

– Mau'icette.

– Mauricette?

Merde alors! Je note, en passant, que ce fut la seule trace d'accent que je remarquai jamais chez elle. Mais ce jour, ce matin-là, il me sembla que la rougeur naissait dans mes talons, et me remontait à la gaufre comme une eau brûlante, sur son chemin me liquéfiant le ventre, pour finir par me cuire les oreilles et me picoter amèrement la racine des cheveux. Je m'écartai, sur la couchette, en usant d'une grande discrétion. J'eusse voulu, tout à fait encore comme dans les livres, que le sol m'avalât, m'anéantît! Je repris pourtant, non sans un extrême effort :

– Mais alors... alors... tu as toujours su... euh... parler?

Les yeux, le regard à la fixe matité soutenaient les miens.

– Écoute. Blanche... euh... Mauricette... pourquoi?

Silence et silence. Puis :

– Pourquoi quoi?

Misère!

– Pourquoi ne me l'as-tu pas dit?

Silence. Haussement imperceptible, à la fin, des pesantes épaules :

– Tu ne demandes pas.

En contraste avec le rire de tonnerre, ou même ses feulements bas et rauques dans le plaisir, elle avait une voix plutôt douce, conciliante. Il me revint l'envie très forte de me jeter à son cou et de m'y cacher, mais je n'osai pas. Un élan de joie, cependant, tendait à repousser la honte et à la tenir à l'écart. Je me décidai à dire :

– Tant mieux après tout, tu sais! Ça va être... c'est merveilleux. Nous allons pouvoir parler!

Silence de plomb, immobilité, silence éternel. Puis :

– Parler de quoi?

Là, pour être franche, elle me muselait. En effet, de quoi? Depuis des mois et des mois, des siècles, nous vivions ensemble, littéralement l'une sur l'autre, au beau milieu de cette île de dingues. Nous avions construit une espèce de rapport, une relation, délirants eux-mêmes si l'on veut. Nous nous étions dévorées à l'extérieur et à l'intérieur, quelques minutes plus tôt encore j'avais son clitoris dans la bouche, sous la langue – et elle désirait savoir ce que nous pouvions nous dire!

Je faillis rire, le temps d'un instant. J'eusse voulu être capable d'imiter ses éclats d'ogresse. « Whah – ah – ah! » Au lieu de cela, le foutu diable sait encore pourquoi, mon cœur manqua, les larmes me jaillirent des yeux. Merde et merde, à la fin! Je me jetai contre la négresse, lui enlaçai le cou, l'étreignis de toutes mes forces, pleurant comme une désespérée :

– Nounou... Nounou... Nounou...!

J'ai oublié si elle hésita, une seconde ou deux. Je me rappelle que ses bras à elle aussi m'entourèrent, m'enveloppèrent. Elle m'appliqua une claque assez vive sur les fesses. Je pleurnichais dans son oreille :

– Je t'aime maintenant, tu comprends. Tu ne m'aimes pas, toi?

Et toujours et toujours cette attente insensée, avant qu'elle accepte de répondre :

– Pourquoi tu es conne? Oui, je t'aime bien.

J'avais tant de choses à lui dire, à demander, d'autres à évoquer, qu'il me semblait avoir dans le crâne un manège de chevaux de bois, ou alors un carrefour, quand le feu passe au vert :

– Nounou... Mauricette... écoute! Ce que je voudrais bien savoir, c'est où... Non! Attends! Dis-moi d'abord...

Une de mes mains, cessant plus ou moins de se cramponner, lui lâcha le cou, alla reprendre au creux de la paume l'adorable vulve gonflée :

– Dis-le-moi tout de suite, j'ai trop grande envie de le savoir et depuis longtemps! Pourquoi... pourquoi ne voulais-tu jamais que... que je t'embrasse, tu comprends très bien. Que...

Silence et silence. Puis haussement très perceptible, cette fois, très placide aussi, des lourdes épaules :

– Pourquoi!... Parce que tu es une fille.

Le rire nerveux explosa enfin, me submergea, mêlé aux larmes, secouant tout mon corps telle une plume. Je pleurais et riais en même temps, étourdie, saoule :

– Oh! Nounou!

Par bonheur ce n'était pas encore le plein jour. Nounou, Blanche, mon amante quoi, me cingla à plusieurs reprises le derrière, manifestant plus d'énergie :

– Tu es conne vraiment, toujours. Tu ne veux pas dormir?

Aussitôt je me rapprochai, me cramponnai derechef à elle :

– Je t'en prie, je t'en supplie, Nounou, pas tout de suite! Laisse-moi d'abord parler un peu. Te parler à toi... Tu vois bien que c'est la première fois que toi et moi... Oh! Écoute. S'il te plaît, dis-moi. Qui t'a appris à parler français?

Dans le blanchoiement de l'aube, les pupilles dilatées, opaques ne reflétaient que leur surprise placide :

– Qui? Et où crois-tu que tu es, toi? Pour qui prends-tu les gens?

Je me troublai, bafouillai :

– Je... je ne sais pas. On est... loin.

– Loin de quoi?

A bout de réponse, et même de défaut de réponse, je baisais les énormes lèvres, si gracieusement bordées. Toujours très calme, elle me rendit mon baiser.

– Écoute, Nounou, dis-je alors. Il ne faut pas me gronder. Je ne sais pas... je pensais qu'on était au diable! Quelque part en... en Océanie... Non?

Un bref début de rire agita à son tour le torse de colosse, les grands seins ronds :

– Tu es à dix kilomètres de Basses-Terres, ici.

– Quelles Basses-Terres?

Le sentiment de honte revenait, m'étouffait.

– Tu ne sais pas ça non plus? Et un pays comme la Guadeloupe, tu sais? Tu as entendu parler?

– Oh! Nounou.

Je me cachai bel et bien, comme naguère lorsqu'elle se livrait à la sieste, et que je me rapprochais hypocritement pour grimper sur elle. Elle tapota avec placidité mes petites fesses rebondies :

– Tu ne veux pas dormir maintenant?

– Non... s'il te plaît!... Nounou, qui c'étaient, ces gens?

– Quelles gens?

– Eh bien... ceux-là. Ceux qui t'ont amenée ici...

Silence. Puis, haussement d'épaules :

– Des cons.

Voilà une réponse au moins!

– Mais tu ne crois pas qu'à la fin, ils t'auraient quand même... qu'ils t'auraient...? Écoute, tu les connais?

Silence de poids, et, tout d'un coup, les éclats fracassants :

– Whah – ah – ah! Whah – ah – ah!

Misère. J'en étais assourdie, et la couchette, toute la misérable cahute oscillaient. Enfin la voix redevenue tranquille :

– Peut-être j'en ai reconnu un ou deux. Je les retrouverai. Si je les vois tous, j'en ferai de l'appât pour les poissons!

– Mais écoute, écoute, Nounou! Est-ce... est-ce qu'ils t'auraient vraiment... mangée à la fin?

Haussement d'épaules plus léger, plus ou moins indifférent. Brrr...!

– Ah, peut-être. Ces cultes et ces sectes de cons. Je ne sais pas. Mais écoute, toi, il faut dormir.

Tout comme avaient surgi la déconcertante découverte, cette situation, cette conversation, resurgissaient les habitudes et leur sécurité. Je bâillai de façon incoercible dans le cou de la négresse :

– Oui, je veux dormir. Serre-moi fort, s'il te plaît, Nounou. Serre-moi.

Les bras puissants, si chaleureux aussi, m'ont comme emmaillotée. Il me fallait étirer au possible mon propre bras, pour contourner la hanche sculpturale, parvenir à aller ranger ma main entre les masses d'un bronze vivant des fesses, le tranchant bien au chaud contre l'anus, et percevant en même temps, du poignet, la tiédeur plus moite et plus pénétrante du sexe.

– Je suis si bien, Nounou. Je t'aime, tu sais.

– Ah, tu es conne. Dors.

– Dors toi aussi... Nounou, tu crois qu'ils reviendront ?

Brrr... ! L'oreiller des seins, le vaste dôme musclé et poignant du ventre frémirent. Je redoutais l'éclat de rire tonnant. Mais peut-être levait-elle seulement les épaules :

– J'espère bien... Tôt ou tard.

XIII

La vie continua. Je ne parvins jamais à appeler Blanche, Mauricette, et elle, selon toute apparence s'en contrefoutait. Je persistais à la nommer Nounou. Sa personne sous cette appellation, et l'appellation elle-même, comme indissociables, m'étaient chères. Je profitais de la nuit pour user de noms, de mots plus tendres, parfois même je lui disais qu'elle était mon amour. En général elle ne me grondait pas.

Le reste du temps, comme si en vérité rien ne s'était passé, rien de bien neuf, elle me prenait la main pour aller nager, nous promener, inventorier des parties inconnues de l'île. Elle me soulevait, adossée à sa poitrine, et m'écartait les genoux pour que je pisse. Comme auparavant, comme toujours eût-on dit, elle me lavait, suivant l'exactitude tranquille et maniaque qui la caractérisaient, puis me séchait au soleil, me couchait ensuite à l'ombre et me léchait dedans et dehors : je parle de moi, pas de la cahute. Elle me fessait, une fois même elle me donna les verges. Peut-être parce que je la dérangeais, j'ai oublié. Mais je me rappelle que tous mes cris, mes supplications, mes injures ne la retinrent pas le moins du monde de me fouetter jusqu'à la seconde précise qui, dans sa putain de jugeote, marquait que la mesure était pleine.

Nous faisions l'amour, comme le peuvent faire des filles. Je la suçais et la caressais à la tuer, ou encore lui enfilais entre les fesses et dans le vagin les longues bananes, craignant qu'elle se lassât de moi et de mes doigts, de ma langue de bébé.

Quant à moi, de toute manière, comme j'ai dû le dire, je n'ai jamais été de ces filles qui délirent sur une bite d'homme. Si le type m'excite, alors cela m'excite aussi de le faire jouir, son foutre ne me dégoûte nullement, et pour moi il y a dans l'acte, dans la sensation de la pénétration, dans l'idée aussi sans doute, un plaisir à la fois rassurant et troublant, qu'il me semble que rien ne remplace. Mais je ne m'éclate pas comme une malade parce qu'une bite me baise ici ou là. Ce qui a une chance de m'éclater, en dehors disons de la nouveauté, de l'imprévu, c'est un mec qui au départ m'émeut, sa tronche ou ses épaules ou le reste, et qui est assez sensible, ou intelligent, ou intuitif, ou qui a une habitude réelle des femmes sans que ça lui soit trop monté à la tête, de sorte qu'il sait me caresser. En tant que fille, j'en ai par-dessus la chéchia d'entendre parler d'orgasmes, de techniques d'enfer, et de mecs ou de grognasses qui baisent à casser les murs. Une certaine manière de me lécher et de me mordiller les oreilles, ou le bord de l'aisselle vers l'attache du sein, ou encore de pressentir, pour une fois parce que c'est plutôt rare, les vraies réactions du petit bouton célèbre, m'arrachera toujours plus des foutus orgasmes, et plus longs, plus larges, plus lentement violents, que l'imbécile ramonage.

Mais bref. Ce dont je n'ai jamais pu me rassasier,

c'est du plaisir explosif, tout de suite contentant aussi, que me donnait la vulve de Nounou. Peut-être parce que je l'avais attendu si longtemps – je n'en sais rien et il n'importe. Dès que j'avais pu installer Blanche, enfin Mauricette, sur le ventre ou le dos, et de toute façon c'était aussi bon, que je lui avais ouvert les cuisses, et que je plongeais comme tout entière dans ce magique paquet de pulpe fondante, à la fois je me convulsais et moi-même fondais. Une sorte d'éblouissement, environné de murmures, d'asphyxie, de sifflements et d'éclairs. De musique si l'on veut. Et la fantastique conscience palpable, charnelle, de participer de si près à sa jouissance, que la mienne et la sienne ne se distinguaient plus. Ah, ses râles, ses houles, son cambrement désespéré, et l'obscure expulsion de sperme. Nous mouillions, nous mourions, nous étions des vivantes heureuses.

Il me semble que je sens tout maintenant encore. Je la mâchais telle une énorme boule de gomme. Je sens son goût salé et son amertume, son âcreté, la saveur comparable à rien, plus enivrante que tout, de mer poissonneuse et crue subtilement miellée, acide, iodée, sucrée. Nounou, Nounou, aux fesses de statue chaude et à la fente étoilée. Misère, comme je l'aimais bien!

Elle m'irritait, me causait même parfois une espèce de chagrin, parce que c'était toujours une entreprise dingue, de s'efforcer de lui soutirer trois mots. Merde alors, j'avais tant de choses, moi, au sujet de quoi la questionner, qui piquaient ma curiosité. Mais elle n'avait jamais envie de parler d'elle-même, ou des siens, de son pays. Elle ne paraissait guère tentée non plus d'apprendre quoi que ce soit à mon propre sujet. Mon passé, le monde où j'avais vécu et qui était le mien. Je ne me rappelle pas qu'elle m'ait demandé, ne fût-ce que comment et pourquoi j'avais pu échouer sur la conne d'île ! Un jour seulement, elle était allongée – pour changer ! – sur la chaise longue, et moi aussi je m'abandonnais à la sieste, couchée sur Blanche, le nez dans son cou, ma vulve nue de bébé incrustée et comme fondue dans la sienne. Sommeillant, rêvassant, la négresse imprimait un va-et-vient distrait et tendre à son majeur pressé entre mes cuisses. Quand le mouvement, à force, m'avait émue et que le doigt s'empoissait de moiteur, elle le ramenait plus haut, me l'enfonçait tendrement, distraitement dans le derrière, ce que j'ai toujours adoré. Elle le ressortait avec la même prudence on eût dit indifférente, reprenait le jeu. Puis, tout à coup, elle a demandé :

– Qu'est-ce qui t'avait abîmée comme ça, l'autre fois ?

Le Monstre, bien sûr ! Le seul ressouvenir de ce pourri m'a donné le frisson. En même temps, j'étais prête à mourir de honte, si j'imaginais de raconter à Blanche toutes ces histoires ignobles, et grotesques autant qu'ignobles. Comme elle se moquerait de moi ! J'ai essayé d'imiter ses silences calmes, et même son haussement d'épaules. Je ne crois pas qu'elle fût très intriguée. Ce qui touchait à moi, pouvait l'amuser vaguement tout au plus. Cependant à un titre quelconque elle m'avait adoptée, ainsi que cela se passe quand on fait l'amour ensemble. C'était très exceptionnel, mais d'une certaine manière elle a insisté, démontrant par là cette espèce d'attachement. Elle a tordu le cou pour poser sa joue contre la mienne :

– Tu as de l'ennui d'y songer ? Alors ne dis rien.

En vérité c'est bizarre comme j'étais devenue chialeuse, tous ces temps-là. Mes larmes ont jailli, débordé.

Cramponnée au cou de Blanche, je me suis tortillée pour avoir tout le visage à la hauteur du sien, contre le sien. Je lui baisais les lèvres, secouée de sanglots. A la fin j'ai parlé du singe. Bien entendu elle a haussé les épaules, tout en répondant, brièvement, à mon baiser. Elle me tapotait les fesses :

– C'est rien, c'est rien, oublie les bêtises.

J'ai oublié, puisqu'elle me le disait. Après quoi, dix minutes, un quart d'heure plus tard, je dormais presque, l'explosion m'a soulevée de son sein, mettant l'île en émoi et en rumeur :

– Whah – ah – ah! Whah – ah – ah! Whah – ah – ah!

Elle s'en donnait à en pisser sous elle, cette garce, cette rascasse. Comment donc! Existe-t-il, même pour l'imagination la plus fantaisiste, quoi que ce soit de plus délicieusement drôle qu'une jeune fille enculée et foutue à répétitions par un avorton de singe? Ah, la rascasse! Je l'aurais tuée!

Je n'en ai rien fait pourtant. Je me suis même abstenue de poser des questions, que ce fût à propos de ses putains d'accès de rire – car ils l'ont reprise par instants ce jour-là, voire le lendemain. Ou à propos de quoi que ce soit qui pût ressembler à des histoires de singes!

C'était, je l'ai dit, l'exception. Je comprends aujourd'hui que Blanche n'était ni habituée, ni encline à s'entretenir avec des étrangers. Sa vie, son univers, son milieu pour utiliser une expression courante, constituaient comme un tout. Les miens, un autre. Je pense qu'elle ne voyait nul intérêt à tenter de les partager, parce qu'elle ne voyait nulle possibilité de les faire se rejoindre.

Peut-être, après tout, n'étais-je qu'un singe pour elle.

Cependant nous vivions, nos corps s'aimaient. De moins en moins souvent j'avais conscience de souffrir de mon abandon sur l'île. Je pense, encore, qu'au fond, et comme toujours quand on a pris des habitudes – si ce ne sont pas elles qui vous prennent! –, j'en étais arrivée à tenir pour acquis que tout continuerait sans que rien changeât, à l'infini.

Un certain temps, je persistai à part moi, comme tous les bébés, à vouloir me venger des fous rires de Blanche, le jour où je lui avais avoué, narré par le menu tous ces cauchemars avec l'autre pourri. J'éprouvais une délectation sadique à la faire jouir de telle manière qu'une personne normale, j'entends de stature et de constitution raisonnables, en serait restée impotente! Tantôt en la masturbant, et en la grignotant, moi, comme une apprentie cannibale, tantôt en la sodomisant et en la baisant au moyen des bananes. Chacun de ses grognements émis du ventre plus que de la gorge ou de la poitrine, chacune de ses frénétiques poussées de sperme, allégeaient le poids de ma confusion.

Une de ces nuits-là, où je me léchais figurativement plus encore que concrètement les babines de l'avoir pressée tel un géant citron noir, je m'étais endormie à la fin sur elle, les cuisses entre ses cuisses, la joue sur son sein, percevant le battement du cœur.

D'une manière insensible, tout au fond de mon sommeil, cette pulsation se faisait plus puissante, plus marquée, plus pesante.

– Le cœur de Nounou, le cœur de Nounou, le cœur de Nounou, scandais-je en rêvant.

Puis la palpitation, toujours de manière insensible, progressive, a cessé d'être un bercement, pour devenir une menace. Peu à peu elle était si opiniâtre, si insistante, si universelle, qu'au lieu de m'accompagner et de m'enfoncer dans le sommeil, elle m'en arrachait. Peu à peu – puis tout d'un coup –, je me suis rendu compte qu'il ne s'agissait plus du cœur de mon amour, du cœur physique de Blanche, mais d'un bruit, plus ou moins lointain, je l'ignorais, au-dehors.

Les tams-tams! Je me suis redressée tout d'un coup aussi, inondée d'un froid de glace, tressaillante, et au même instant l'esclave, dont j'entrevoyais soudain, à l'éclat de nacre de la cornée, les yeux ouverts, s'est assise, non pas avec la même brusquerie, mais d'un seul mouvement souple, disant :

– Voilà.

La moelle même de mes os a tressailli alors. Une trouille mortelle me poussait à geindre, à claquer des dents. J'ai ramené étroitement mes jambes, me suis agrippée à Blanche :

– Ce sont eux, Nounou?

Elle a levé les épaules. Oui, qu'y avait-il à dire, et pourquoi, à la vérité, posais-je toujours des questions imbéciles! Sans brutalité elle m'a détachée d'elle, mise sur mes pieds. Curieusement elle portait beaucoup plus souvent ses pagnes ou ses espèces de jupes, depuis qu'elle m'avait dit son nom. Elle s'est habillée, si c'est le mot qui convient, en un tour de main. Je continuais à marmonner comme une sotte, chuchotant sans raison, bégayant :

– Tu vas... aller voir?

Puis comme, bien entendu, elle ne répondait pas :

– Tu n'as pas peur?

Elle a dit :

– Habille-toi.

Me cognant, dans l'ombre, aux jattes, à la prétendue table de nuit et au toit, j'ai passé mon fantôme de petite robe. J'avais la plus extrême peine à m'empêcher de pleurer.

– Ta culotte aussi.

J'ai passé le subito. La gigantesque négresse, me remorquant par la main, sortait déjà, se dirigeait déjà vers les cascades, lourde et calme, impavide. Je trébuchais, geignais à demi :

– Nounou... tu crois que ce sont eux?

Une légère crispation des longs doigts forts montra que j'étais parvenue, pour la seconde fois peut-être dans tout ce temps, à l'agacer :

– Tu es conne toujours, toujours. Qui, eux? Je ne vois pas dans la nuit, surtout à des kilomètres! D'après les toms, ils sont d'ici. Quand je verrai mieux je saurai plus!

Je me suis tue uniquement parce que j'y étais contrainte. Au demeurant la trouille me serrait le kiki, par ailleurs me brouillait la vue. Je me repérais beaucoup moins bien que je n'eusse dû, alors que mes yeux s'étaient habitués à l'ombre.

En approchant de la crique, pourtant, je ne risquais plus de me méprendre. Tout cela avait déjà eu lieu. Le frappement grondant, serein en même temps des toms, l'éclairage fuligineux des flambeaux et des torches, les silhouettes luisantes, parfois noires, parfois plutôt rougeâtres, qui s'affairent à travers le sable livide et micacé de la plage.

Nounou, se fiant peut-être à sa propre noirceur, demeurait tout debout, statue d'ombre dense, à peine reculée et dissimulée entre les rochers. Et moi, sans lâcher sa main, je me blottissais contre elle par-derrière, regardant avec crainte à peu près à la hauteur de son coude. Les tambours s'exclamaient emphatiquement maintenant. Dans un intervalle j'ai dit tout bas :

– Nounou... ne me gronde pas... tu les connais?

– Je m'en fais une idée plus ou moins. C'est l'autre bande. Tais-toi un peu.

– Nounou...

– Chut!

Quelle bizarrerie encore, cette impression de rêver, alors que je percevais sur la peau le petit vent de mer, refermais ou agrandissais les yeux selon les palpitations des torches, éprouvais aussi, le contact inhabituel de la robe sur mes seins, de la culotte miniature, devenue diaphane avec le temps, sur mon sexe nu. Oui, tout cela avait déjà eu lieu. Le foyer imposant, barbare, qui se mettait à craquer et à ronfler, les pirogues un peu plus loin, tossant sur la houle. Puis ces hommes, Sauvages, Nègres et autres, qui apportent le monstrueux chaudron, les pieux, les fourches, on ne sait quels ustensiles. Enfin, suspendue à une longue perche qui repose sur des épaules, comme avait été transportée ma Nounou, une forme mince, impossible à identifier parce qu'elle est roulée, enveloppée dans une sorte d'étoffe blanche. Brrr...!

– Tu crois qu'ils vont...

– Chut!

C'étaient mes questions, paraît-il, qui se trouvaient déplacées, car Blanche ne se donnait la peine d'assourdir ni ses chut! ni ses quelques paroles. La plupart des hommes étaient entièrement nus. J'espérais de tout mon cœur qu'ils n'allaient manger personne. Cela à part, je dois dire que c'était plutôt agréable de revoir la forme, le dessin particuliers d'un corps masculin.

– Regarde-moi ça, ai-je marmonné entre les dents.

Le cours des émotions et des réflexions de Blanche pouvait bien suivre, pour une fois, celui des miennes. Elle a observé :

– Ils sont sans honte.

J'ignore pourquoi j'ai eu envie de rire. Je ne pouvais pas ne pas me rappeler sa propre nudité, cette autre nuit, pourtant la même, où on la débarquait sur l'île, liée à sa gaule. Et tous ces mois et peut-être ces années depuis. Je n'ai pas osé en faire la remarque, personne ne court après une fessée, particulièrement appliquée au moyen de verges, après tout. Mais par ailleurs, j'ai toujours détesté ne pas faire ou dire à l'instant ce qui me passe par la tête. Lâchant donc, à la fin, la main de la géante, j'ai faufilé la mienne sous le court pagne de fibres de coco, effleuré, presque caressé, de manière selon moi significative, les opulentes fesses, la chaude fente tendrement close entre les cuisses. Blanche, quoi qu'il en fût de ses pensées personnelles, n'était pas sans déchiffrer plutôt souvent, comme j'ai dû le montrer, mes silences. Elle m'a toisée de son haut :

– Quand ils m'ont prise à Basses-Terres, ils m'ont tout enlevé. Une robe autant dire neuve, et mon soutien-gorge, mes chaussures d'été, jusqu'à mon slip!

Plus que jamais, tout au fond de soi, et en dépit de la scène cauchemardesque et songeuse sur la plage, le bébé Sandra mourait de l'envie de rire, imaginant son immense Nounou en soutien-gorge et slip. Misère. Blanc à fleurettes roses? Et des chaussures... d'été! En avait-elle pour l'hiver? Ou de grosses petites bottes? Des Pataugas? Misère!

On traînait sur le sable, en direction du foyer, l'espèce de momie. Sauf que ce n'en était pas une. Par instants la forme imprécise bougeait, ondulait, comme on se débat dans un demi-sommeil. Brrr...!

Cependant je scrutais avec avidité l'un des Sauvages. Un nègre plutôt. Le dos tourné vers nous, soucieux de toute évidence de l'acheminement du rôti jusqu'au lieu de la cuisson, il avait assez l'air d'un frère, ou d'un parent du moins, de mon esclave. Légèrement plus petit, et à tout prendre moins formidable, il présentait la même lourde masse, pure et souple dans sa densité, la même compacité de statue. Crâne et nuque rasés, et un développement extravagant des deltoïdes, mais ces derniers non détachés du dos, des bras, reliés aux reins comme par une coulée unique de métal sombre et luisant, demeuré fluide. Dans toute ma vie alors et depuis, une seule fois les fesses d'un type m'ont éblouie, excitée comme une mouche en même temps, et c'était cette fois-là, et ce nègre. Des fesses aussi belles que celles de Blanche, en admettant toute la différence d'un homme à une femme. Carrées et rondes dans leur bombement, ramassées sans être noueuses, fendues en profondeur sans s'ouvrir même lors d'un mouvement violent, et ce grain, cette texture de peau, de chair, comme d'un bijou en or noir. Stupidement, je me suis rendu compte que j'en oubliais l'infortuné prisonnier et son destin. Que mon cœur battait à couvrir les pulsations des toms, et que ma petite culotte s'imbibait contre ma fente, tandis que mon ventre battait lui aussi, d'une lenteur oppressante par rapport à mon cœur.

Je n'allais quand même pas rougir, puisqu'il faisait nuit! J'ai retiré la main d'entre les cuisses de ma négresse, me risquant à dire d'une voix troublée, mais exigeante, anxieuse :

– Nounou, attrape-moi celui-là!

Elle m'a toisée derechef, le regard paisible, placide tombant entre les paupières sans qu'elle penchât vraiment la tête. J'avais une peur horrible qu'elle éclatât de son rire d'ogresse, volatilisant gens et plage, et tout songe, comme l'autre nuit. Mais silence et silence. Puis :

– Tu le veux pour toi?

– Nounou...

– Pour l'avoir? Pour faire fri-fri?

Fri-fri! Merde alors! Qu'est-ce qu'il y a à répondre à des questions pareilles? Rascasse, va!

– Nounou...

Clappement de langue imperceptible, non désapprobateur pour ce que j'en jugeais. Avisait-elle à un moyen, une manœuvre? Je n'avais pas le courage de la regarder. D'ailleurs, je ne parvenais pas à détacher les yeux des fesses, de tout le corps de ce... type. Il me paraissait être plus nu que nature. A la fois je séchais et mouillais du désir de le toucher, de le soupeser. J'eusse voulu avec passion que sa bite et ses couilles fussent toutes nues elles aussi comme ma vulve. Misère, quelle angoisse, quelle joie! Mais non, il s'est retourné, alors que d'autres tourmenteurs fendaient, déchiraient le tissu autour de la momie, et son bas-ventre, la racine de la queue et les testicules démontraient un minimum de toison très noire, très crépue. Tant pis. Je me chargerais bien de l'accommoder, pour peu que j'arrive à l'avoir! Nounou a demandé :

– C'est bien ce négro-là? Celui qui a des fesses d'ange?

J'étais au supplice, je dis tout bas :

– Oui...

– Tu es capable de l'atteindre avec un caillou?

Je n'ai jamais touché même une porte de garage en lançant comme un garçon. Désolée, j'ai secoué la tête. Blanche s'est courbée souplement. Avec ce qu'elle appelait un caillou, j'aurais assommé un gros chien ou une vache. Ce projectile de dingo a frappé l'homme de plein fouet sur une omoplate et il a effectué un beau saut. Déconcerté et furieux, il tournait sur lui-même comme un toton, les yeux exorbités. Au même moment on dévoilait la momie. C'était une très jeune femme. Tout de suite les Sauvages me l'ont cachée. Blanche à nouveau claquait doucement de la langue. L'autre, mon nègre si je puis dire, voulait simultanément inspecter la prisonnière, le menu en d'autres termes, et découvrir son propre offenseur. Il en trépignait, puis il s'est tourné à peu près vers nous, et a démarré soudain, fonçant à la manière d'un buffle. Je ne crois pas le moins du monde qu'il nous avait vues, c'était un énervé et un con et c'est tout.

Nounou, aussi intimidée qu'une pyramide, a rejeté le haut du corps en arrière, dans l'ombre plus épaisse des rochers, me repoussant cependant avec tranquillité, à cause sans doute de la diffuse clarté de ma peau. Quand la charge de l'autre colosse l'a mené à portée, elle l'a aplati d'un seul coup sur la nuque et il s'est abattu tel un pesant tapis. Misère! Je ne songeais qu'à me repaître de la vue de ses fesses, et c'était compter sans Nounou. Sans accorder, elle, ne fût-ce qu'un regard à l'homme foudroyé, voici qu'elle se penchait un instant, arrachait son pagne de fibre, puis, redressée de toute la taille, et nue comme une éléphante aux premiers jours du monde, reprenait à l'envers la charge enragée du nègre :

– Whah – ah – ah! Whah – ah – ah!

Elle sillonna la plage à la façon d'un monstrueux boulet noir et je crus entendre résonner le claquement quand elle heurta le groupe des Sauvages. Ils rebondissaient à droite et à gauche comme les quilles frappées par la boule. Puis la boule, ma Nounou je veux dire, empoigna par une extrémité la longue perche à laquelle avait été suspendue la captive, et entreprit de tournoyer sur elle-même, la tenant à bout de bras horizontalement.

Bing! Bang! Crac! J'ai encore dans les oreilles les coups, les chocs, les bruits de ruptures et d'éclatements, tout cela au milieu d'un concert de cris et de plaintes, d'interjections de colère, de stupeur et de douleur. Moi-même j'ai cru en périr de chiasse parce que je m'y attendais si peu. Dans ma fébrilité et ma panique, à un moment j'ai marché ou presque sur la figure du grand nègre transformé en descente de lit, et à mon tour j'ai sauté en l'air, glapissante, parce que je croyais nul ne sait pourquoi que c'était un serpent. Plus bas, sur le sable de la crique, Blanche représentait un moyeu d'hélice, et les putains de cannibales, les couches d'air ou d'eau brassées.

– Whah – ah – ah! Whah – ah – ah! Whah – ah – ah!

Tous les mauvais rêves que je peux me rappeler, sont assimilables sous un autre angle à des films ou à des extraits de films comiques, et c'est ce double aspect qui constitue l'épouvante. Tout, je le répète moi-même, se répétait, ou encore n'était qu'un plan fixe, animé par les seules obsessions de mes peurs, de mes désirs et de ma mémoire. Sauvages, nègres, musiciens, tortionnaires ou simples voyeurs, simples bouffeurs, merde alors! fusaient, fuyaient, détalaient au hasard, quoique toujours en plus ou moins de temps dans la direction de la mer et des pirogues, chacun dans sa course soutenant, non sans braillements sur divers tons et registres, un de ses propres bras, ou une épaule, une mâchoire, un genou luxé, contusionné, fracassé. Détail admirable, je vis galoper parmi eux, plus vite qu'eux, leur putain de victime, une mince quarteronne ou octavonne à la peau couleur de miel laiteux. Comme quoi entre deux maux, il faut choisir le plus connu!

Puis, chlouff! chlouff! On jaillit, on bondit, on éclahousse. Puis les lames des pagaies battent la mer comme pour en faire une meringue, le foyer et les torches s'essoufflent selon de brusques halètements, la poupe des embarcations se dissout peu à peu dans la brume nocturne des Tropiques comme de l'encre absorbée par un buvard sombre. Nounou, vers le milieu de l'espace sablé, luit, miroite tel un phare à peine moins sombre. Sans fureur, sans défi, juste afin de se débarrasser elle pivote lentement, puissamment une dernière fois et projette sa matraque démesurée vers l'eau émue, sur le dos des fuyards.

Le putain de nègre lui aussi s'émouvait, et non moins j'ai failli en salir ma culotte. Adieu foulard, adieu madras, adieu grain d'or, adieu collier chou. Blanche était là. Pour tout dire, elle sentait le bourrin surchauffé à vous en rendre pâle. Mais c'était Nounou, ma Nounou bien-aimée. Au cas où on ne l'aurait toujours pas compris, elle m'était plus chère que quiconque avant elle, et depuis peut-être. Sans me forcer, je l'eusse léchée des pieds à la tête, dehors et dedans et aller et retour, toute suante, voire asphyxiante qu'elle fût alors. Mais ce n'était pas le moment.

– Nounou... il bouge.

– Tstt!

Oui, tstt! ou plutôt : vlamm! Quand le menu clappement de langue s'accompagne d'un supplément de coup sur la nuque à renvoyer un rhinocéros au pays des songes et des singes. Le torse sculptural de ma Nounou se soulevait, malgré tout, avec la noble amplitude d'un soufflet de forge. Elle a daigné considérer l'athlète dans tous les sens étourdi :

– Tu peux aider à porter?

C'était le mien de nègre, non? Comment refuser? Tandis que Blanche le retournait sur le dos, je me suis placée entre les chevilles, mon propre dos vers lui, et me suis efforcée de décoller du sol le double poids des jambes. Misère! Le foutu nègre relevait d'un rapport qualité-prix si louable qu'en ce qui était de le décoller, c'est moi qui ai manqué m'asseoir sur sa quéquette. Merde alors! On eût dit que le poids me tirait en arrière. J'en étais honteuse. Mais quoi? Combien je pèse moi-même aussi, maintenant surtout, privée de ma petite fourrure? Et derechef :

– Tsst!

– Pardonne-moi, Nounou, je ne fais pas exprès.

– Bon, tais-toi un peu.

Je crois que cela s'appelle la prise du pompier. Hop! Un coup de reins, et le négro se retrouve juché en travers des épaules de mon esclave comme un agneau de cent kilos sur un Jean-Baptiste ou le diable sait quel saint d'un quintal et demi. Quant à moi, je portais le pagne ou la minijupe du saint comme une conne.

XIV

Parvenue là-haut, sur le terre-plein, elle suait plus que jamais et soufflait, elle ruisselait, elle ahanait, ma pauvre Nounou.

– Je – le mets – où? Dans – ta – cabane?

– Mais, écoute...

Tout d'un coup je me mettais à suer moi aussi. Un fourmillement, une cuisson, comme si on me prenait la main dans le sac. Mélange d'hésitation et d'embarras, de cette espèce de honte. Mon subito était à tordre.

– Ah!

Je me rends très bien compte que je devais l'irriter parfois. Cependant l'expression de son visage, tous ses mouvements demeuraient placides. D'une gigantesque torsion des épaules, du tronc sur les hanches, elle s'est contentée de déverser la viande sombre au beau milieu de la chaise longue. J'aurais bien voulu que le nègre fût tombé cette fois encore à plat ventre, pour contempler enfin à l'aise ses fesses, mais il avait atterri sur le dos. J'ai tout juste regardé son visage, enchantée par sa verge. Endormie, elle paraissait pourtant lourde et très belle, un peu courte. Je percevais à peine que Blanche m'ôtait des mains son propre pagne de fibre, qu'elle le passait, non sans un soupçon de hâte. La gorge un peu serrée je regardais. La pine de l'homme, ses couilles gonflées. Mon ventre était lâche soudain. Je parlais sans réfléchir :

– Tu m'aideras... à lui enlever ces poils? A le rendre comme moi?

Pas le moindre silence cette fois :

– Non!

Je me suis arrachée à la contemplation de l'homme, ai osé affronter les yeux, le jugement surtout, de ma négresse :

– Pourquoi, Nounou?

– Pourquoi, pourquoi. Je t'ai dit. Je suis une fille, et lui, comme tu vois, un homme. Je ne joue pas avec un homme. Quand je serai retournée chez moi, pour qui on me prendrait?

Réellement j'étais morte de honte. De mon imbécile envie de rire aussi. Bonne renommée vaut mieux que ceinture de bananes! Par ailleurs, je me demandais si ce colosse de Nounou n'avait pas cogné trop fort à la fin. L'homme ne bougeait plus d'un cil. Sa queue d'or sombre m'attirait, me fascinait maintenant autant que ses fesses. J'ignore pourquoi elle évoquait pour moi un nourrisson miniature. Quelle famille, merde alors! J'avais le plus grand mal à me contenir. Le regard de Blanche me faisait en même temps beaucoup souffrir, cependant j'ai dit :

– Nounou... ne me gronde pas... j'ai envie de le sucer tout de suite!

J'épiais l'esclave en hypocrite, en peureuse plutôt. Elle n'a ni claqué de la langue, ni haussé les épaules. Ses paupières sont retombées lentement sur ses yeux, les fermant tout à fait une seconde, deux secondes, un peu plus encore. Puis le géant corps souple a volté. Blanche est partie dans la direction des cascades.

« Et si, maintenant que je me retrouve toute seule, avec lui s'entend, il se réveille? » me demandais-je. Mais... c'est-à-dire... enfin... ouais... ou alors... Puis il m'est venu une autre idée saugrenue, bizarre. Je me suis débarrassée de ma petite robe, de la culotte trempée, poisseuse. M'asseoir simplement, toute nue, sur le bord de la chaise longue, à toucher cet homme lui-même nu et comme livré, m'a arraché un début d'orgasme, et m'en trouver gênée, prétendre le retenir, n'est parvenu qu'à le mener avec une précipitation bouleversante à son terme. Quelle angoisse! Je mouillais la chaise longue comme une laide et on aurait dit que j'allais m'évanouir. La nuit se faisait de plus en plus claire, laissait transparaître l'aube comme à travers un tissu usé, de sorte que simultanément, la texture d'abord cauchemardesque du rêve s'amincissait, se dissolvait, ajourée par les aspérités plus blessantes de ce qu'on appelle le réel.

L'hercule noir gisait de tout son poids, portant, sur le bas du ventre et le haut des cuisses, ses fruits sombrement dorés, détachés, offerts, et liés cependant à la vaste masse du corps comme la branche à l'arbre, l'arbre à la terre. Il est bien que le sexe de l'homme soit un membre. Consciente, à en hurler de joie, de ma nudité blonde et rose, je me suis penchée.

Le gland, tel un gros champignon souple, à la fois élastique et fondant, me remplissait la bouche, et la queue elle-même, courte, très forte, était tout juste encerclée par mes doigts. Dans l'opalescence de l'aube, j'inventais plutôt que je n'en distinguais vraiment le velours obscur et sa doublure écarlate. Le nègre était de ces hommes dont la bite trapue, presque ovoïde au repos, ne s'allonge qu'à peine lorsqu'ils bandent. A mes yeux, c'est une particularité, une qualité désirables. Parce que je me cramponne de façon rassurante, mais dominatrice aussi, à ce petit tronc solide en suçant. Et parce que, là encore je crois bien que je me répète, je n'éprouve pas une jouissance extraordinaire à être baisée – je suis surtout sensible, outre la pénétration proprement dite, à la conscience physique d'être dilatée, puis habitée, et ces pines peu longues, épaisses, lentes, sont très bonnes pour cette sensation.

Le gland avait un goût de sel propre et de champignon animal, solaire en quelque sorte, et ma bouche elle aussi aimait être habitée par lui. Cependant il était presque trop gros pour être sucé aisément – malgré tout il faut un peu de place pour exercer une pression et pour téter. Je me suis amusée à le mordiller, à feindre de le mâcher, avant que toute la pine ait pris sa tension et affecté sa rigidité définitives. Le nègre assommé, n'en bandait pas moins en toute tranquillité, sans crispation ni effort.

Il me semblait que j'attendrissais maintenant le gland en le mâchonnant, et tout en faisant coulisser sur lui, par petits à-coups, la fine peau veloutée, redescendant parfois l'anneau de mes doigts et de ma paume jusqu'à bousculer les réjouissantes couilles gonflées comme de petits ballons, j'ai sucé un furieux coup. Le nègre a émis un grondement profond, ébauché le mouvement de se redresser. La verge toujours engloutie dans ma bouche, je me suis interrompue, non réellement effrayée, puisque je tenais, si je puis dire, son âme entre mes mains, mais attentive. Entre mes cils, je voyais ses yeux à lui se fixer, se dilater. Un objet très spécialement contondant et pesant le cabosse tandis qu'il se dissipe en compagnie de ses copains et tout de suite après une fille rose aux boucles blondes est en train de le glouglouter!

J'ai pompé encore un grand coup, et deviné que le nègre réprimait un second grognement caverneux. Après quoi il s'est laissé allé en arrière, et, dans un geste qui je ne sais pourquoi m'a fait fondre, s'est caché les yeux du coude.

En ce qui me concerne, posée sur une fesse, le tronc tordu et voûté, je commençais à souffrir d'une collection de courbatures et de crampes. Eh merde, me dis-je. Je me suis couchée à côté du nègre, contre lui, ai couché à son tour la joue sur son ventre, nuque tournée vers son visage, exposée, vulnérable. Les crêpelures minuscules de la toison étaient rêches, mais la peau elle-même, lisse et douce comme un miroir, et dans cette position, j'entonnais gland et verge plus commodément. J'ai entrepris de le masturber et de le sucer en même temps, vite et fort. Le parfum du corps noir s'est exalté, renforcé lui aussi. L'homme triquait maintenant à faire éclater la chair, et toujours pourtant, avec une espèce de tranquillité, de sûre aisance. Il ne bougeait ni ne grognait plus, et son ventre collé à mon oreille m'empêchait de surveiller sa respiration – guide unique pour bien branler. Mais, en vérité, c'était bon de sucer cet homme lourd, sa queue drue et riche, dans la déserte nuit de l'île. Maintenant encore, je pouvais, de la main gauche, cessant un instant d'enserrer la verge, jouer à entrechoquer tout doucement les testicules, et la ronde barre du sexe demeurait tenue, tendue par sa seule force propre et par la préhension de mes lèvres et de ma langue.

Je n'osais pas quand même y mettre trop de

temps. A nouveau j'ai encerclé et enserré le court tronc sourdement vibrant. Une ou deux secondes, exprès, j'ai interrompu net tout mouvement, afin d'effrayer l'homme, de le contraindre à ramasser tout son désir, l'impulsion sauvage, telle une bête qu'on immobiliserait à l'instant précis du bond. Puis, tout aussi brusquement, je l'ai tiré à moi et dévoré, coulissant, pressant, suçant, aspirant, à décaper et décapiter l'adorable outil. Par éclairs je me rappelais Blanche. Ce premier frisson, ce premier râle qui paraissent secouer l'intérieur du corps. Les reins de géant qui se courbent et se creusent, puis retombent massivement tandis que les genoux montent, se plient, à leur tour se redétendent et s'affaissent. En entrouvrant les paupières j'apercevais les orteils convulsés, retournés par la tétanie quand la verge s'enfle de la poussée du foutre et de la décharge imminente. Aspirant et suçant, de toute ma vigueur de bébé j'imprimais à mes lèvres, à ma langue, à ma bouche une sorte de torsion ou de rotation, à telles enseignes que la ruade incontrôlable du nègre faillit bien me projeter en l'air.

– Han!... Han!... Han!...

A dire le vrai, autant il avait été calme, décevant même dans l'impossibilité où il me mettait de suivre ses réactions – quand la plus grande joie de sucer vient de la participation à la montée lente, à la fois insensible et irrépressible, puis à la ruée du plaisir –, autant la violence de l'ultime irruption me toucha moi-même. Et à dire le vrai encore, l'énormité du paquet fut sur le point de me faire vomir. Touchée est faible. J'en fus choquée, commotionnée, interdite, comme si je me fusse stupidement avisée d'aller téter un cheval. N'osant grouiller d'un millimètre, je m'évertuai de manière frénétique à penser à n'importe quoi, à tout, à rien tandis que le cadeau exagéré me traversait la gorge et s'écrasait au fond de mon estomac.

Bref. Il me semble que l'homme soupirait, était tout défait maintenant. Ses pores béants relâchaient telle une vapeur une fragrance barbare de savane et d'été. Ses couilles roulaient en liberté au creux des cuisses. J'imagine que je fleurais moi aussi de façon virulente le renardeau fiévreux et inquiet.

Aussitôt que je fus assurée de ne pas restituer le copieux présent masculin, je sautai sans vergogne sur mes trottinets, empoignai culotte et robe et détalai, coupant à mon tour la pente en diagonale pour rejoindre les chutes.

Nounou était assise, toute nue, sur une des grandes dalles plates. Même ainsi, genoux remontés et entourés de ses bras, elle paraissait colossale. Je mourais d'envie de courir à elle, et dans le même moment une retenue, je ne savais quoi, m'en dissuadait. La négresse, avec la même placidité, ou la même indifférence, regardait au loin la mer, peut-être sans la voir. Le jour se précipitait. On eût dit que Blanche se trouvait tout habillée par sa nudité même, cette chair de perle brune, alors que je me sentais étrangement dévêtue – indécente pour une fois.

Comme elle, ma Nounou, ne tournait pas, refusait, pensais-je, de tourner la tête de mon côté ; au lieu de voler à elle je me suis baignée et nettoyée de mon mieux dans les cuvettes basses creusées par les eaux. J'ai même tiré des brasses, au pied de la grande cascade, mais peu de temps, je ne savais toujours pas quoi persistait à me troubler, à me déranger. D'ailleurs je n'avais ni l'envie, ni la force de lutter contre les courants, comme j'adorais m'y risquer les autres jours.

En fin de compte, je me tenais debout à côté de la négresse, ma cuisse effleurant son épaule. Elle gardait le regard fixé sur les premiers scintillements de la mer, l'horizon encore équivoque. Je cherchais, maintenant, quelque chose à dire. N'importe quoi de vain, qui nous permettrait ensuite de parler réellement et d'être ensemble.

– Nounou...

Indifférence ou placidité. Silence.

– Nounou... tu sais comment il s'appelle?

Silence, silence, et enfin :

– Toi, pourquoi tu es toujours conne?

Je suppose que bon an mal an, et d'un jour sur l'autre, je m'y habituais... Non, je ne m'y habituais pas du tout. Soudain j'avais le cœur gros et mes yeux se sont remplis de larmes. Pourquoi ne me fessait-elle pas, ou même ne me donnait-elle pas les verges à me déchirer le derrière, si c'était ça qu'elle voulait?

Longtemps, longtemps, au milieu de ce silence accablant, face à cette immobilité accablante, écrasante, le plus furtivement, le plus tendrement que je pus j'appuyai ma cuisse, la hanche à l'épaule de ma Nounou. C'est qu'elle et moi, après tout, avant tout, étions des filles, et ainsi, ne pouvions nous méconnaître l'une l'autre. Quand le figement et le silence eurent duré assez longtemps, que j'eus pressé de manière encore plus étroite, plus intime ma hanche contre la lourde épaule noire, elle, cette autre fille, a renoncé à sa muette autarcie, à son inertie de bloc, entouré mes cuisses d'un bras. Enfin, le visage toujours tourné vers la mer, elle a posé la joue contre mon ventre, ma vulve. Sa joue large, musclée, douce. Il doit être vrai que je suis conne, j'avais le plus grand mal à m'empêcher de pleurer.

– Tu es belle, tu sais.

– Tstt!

– Plus que lui, plus que n'importe qui.

– Tstt! Tu parles et tu parles. Tais-toi un peu.

Maintenant je caressais la pesante tête crépue, comprenant pourtant que j'agaçais Blanche. J'ai poussé ma vulve dans sa joue :

– Embrasse-la.

Elle m'obéissait toujours. Les lèvres épaisses m'ont baisée si fort que le petit bouton était contre ses dents et j'en tremblais de plaisir, de désir. Après quoi, Blanche m'a frappé le derrière :

– Va tout laver, maintenant.

– Quoi, tout?

– Ta robe, ta culotte. Forcément c'est sale en marchant dans la nuit.

Je n'avais nulle envie de sortir de son bras, de sa chaleur. Mais moi aussi il me faut bien obéir. Agenouillée devant un des bassins, j'ai frotté avec précaution, puis tordu, essoré, rincé. Ensuite étendu bien à plat les pauvres chiffons sur une de ces dalles naturelles.

Blanche se levait, remettait et rajustait son pagne. J'avais conscience de rougir, sans raison discernable à première vue, et ma fente de bébé s'émouvait derechef.

– Il est devenu quoi, ton négro? Tu l'as mis où?

Pas là où ça me ferait le plus de bien, pensais-je, les oreilles chaudes à en être cassantes.

– Quand je suis partie, il était toujours sur la chaise longue.

Le rire de stentor démarra et grippa. Juste Ah! Ah! tout au fond du torse. J'avais vraiment chaud. Par défi, non seulement je restai à genoux, mais choisis de m'appuyer en avant sur les coudes, menton au creux des paumes. Je béais de partout, ce qui me rappela de façon fugitive le perroquet, Lucien. Blanche dit, de plus en plus placide :

– Dès qu'ils sont secs mets tes habits, il faut bien aller le voir.

Je trouve toujours amusant qu'on dise habits au lieu de vêtements ou de fringues ou de quoi que ce soit. Ce côté désuet, provincial.

Mon négro, pour parler encore comme Blanche, paraissait très perdu, en dépit de sa carrure et de sa stature, tandis qu'il rôdait autour de la cabane, de l'indestructible chaise longue, du carbet. Plus ou moins ridicule, et aussi, toujours, plus ou moins attendrissant, parce que de toute évidence être nu l'embarrassait, et il s'efforçait de dissimuler, sans en avoir l'air, ses signes extérieurs de richesse derrière sa main. Merde alors, la grosse bite ronde me gonflait encore les joues!

Blanche m'a lâchée, indiquant peut-être que je devais me tenir à l'écart, est allée à l'autre colosse. Ils se sont mis à jacasser avec une abondance et une vitesse d'enfer, utilisant un sabir incompréhensible. J'eus l'impression pourtant, qu'il traînait ma Nounou dans la boue, lui reprochant entre autres de manquer de féminité, mais qu'elle avait de quoi répondre.

Les épaules enveloppées de cet homme, son dos, ses cuisses étaient en vérité herculéens. Sauf que moi, à deux reprises au moins j'avais eu l'occasion de voir ma Nounou fonctionner à plein régime, de sorte que je ne m'inquiétais pas pour elle. J'étais très certaine, le cas échéant, qu'elle l'aplatirait face à face, tout aussi aisément qu'elle l'avait crossé par-derrière. Il ne s'agissait donc que d'un autre rêve, ou du même encore, simplement dans l'épisode suivant. Deux nègres géants, hyper-volumineux, qui se disputent, crachent, gesticulent tandis que la jungle sortait des ultimes lambeaux de la nuit comme un nageur sort de l'eau, et que le ciel affectait des transparences d'un bleu livide. Le grand sauvage, tout en gesticulant, en oubliait la pudeur, et cela me réconfortait et me redonnait chaud de regarder, dans l'aube un peu vitreuse avant la ruée du soleil, son pénis semblable à un gros œuf noir très oblong, ou à un gros suppositoire noir. Je le sentais bel et bien glisser, presque huileusement, entre mes lèvres. Misère!

Ce qui me déprimait à la fin, était de ne pas saisir un mot, ne fût-ce qu'un seul, mais que je sois sûre d'avoir bien compris, dans tout ce torrent tumultueux, passionné. Je me suis rapprochée, discrète telle une ombre tout ajourée qui rattrape deux corps sombres! Un pas à la fois. L'homme n'en a pas moins recouvert de la paume son capital. Je me serais bien chargée de le faire fructifier.

– Que dit-il? ai-je demandé à Blanche.

Elle levait maintenant les épaules :

– Il gueule... C'est un homme, il a raison... Quand même il est con. Je ne l'ai pas forcé à venir ici lui et ses amis croquer des petites.

Brièvement elle a toisé l'homme. Puis à moi :

– Tu le veux toujours? Tu as envie de le garder?

Je marmonnais, n'osant pas m'exprimer en clair. Blanche jacassait de nouveau avec le nègre dans leur langue. Enfin, du créole, quoi, puisqu'on n'était pas je ne sais où. Le type m'avait bien l'air de refuser, de se défendre. Peut-être ne me trouvait-il pas assez bien pour lui, cet enculé! Blanche, tout en parlant, m'a saisie par le bras et, faisant sauter sans préavis l'agrafe de ma petite robe, m'a descendu celle-ci jusqu'aux pieds. Merde alors! J'ai contracté les fesses, sur quoi elle a fait prendre le même chemin à ma culotte. J'étais si confuse que sous le regard que je qualifierais de protubérant du nègre, ces énormes cornées de porcelaine, je me suis collée contre ma Nounou, face à elle, l'entourant étroitement de mes bras. Elle grommelait :

– Ne recommence pas à être conne!

Bon sang, j'aurais pu en rire, ou même en pleurer. Elle jabotait et jabotait en s'adressant au nègre. Moi qui l'avais crue taciturne! Pour me venger, sans trop savoir de quoi d'ailleurs, je me suis débrouillée pour lui détacher son pagne et la mettre nue elle aussi.

– Mais arrête!

Si près de s'affoler, je ne l'avais encore jamais vue. J'imaginais les yeux du type ne cessant de s'arrondir. Blanche a pris sur elle de lever les épaules. Derechef elle parlait au nègre, et tout en parlant, de même qu'elle m'avait déshabillée, elle m'ouvrait les fesses et la fente entre deux doigts, avançant mon fondement vers lui en soulevant le fût de sa grosse cuisse. Elle lui faisait l'article, ma parole! Puis elle m'a retournée tout debout contre elle, afin que le sacré négro n'ignorât rien de ma vie intérieure intense. Je me demande bien s'il ne s'est pas permis une espèce de désapprobation, ou de consternation, devant ma petite vulve toute lisse et rose de bébé. Blanche la massait un peu distraitement de la paume, l'entrouvrait, avec une extrême douceur pourtant, du plat du doigt tout en baratinant l'autre enculé. J'en avais plus que marre! Blanche m'a serré le cou dans son bras comme pour m'étrangler, mais c'était afin de me questionner moi et non plus lui. Si haute, me dominant du poids et de la taille, elle parlait dans mon oreille, mais sans modérer le ton :

– Tu le vois son cobra maintenant, quand il dresse la tête. C'est ça que tu veux? Tu ne crains pas qu'il te déchire comme un petit mouchoir?

Le nègre bandait, en effet, on eût juré qu'il jeûnait depuis quinze jours! Sa grosse bite courte se tendait non pas, comme chez la plupart des types, à toucher le ventre, mais droit devant soi, épieu charmant, tout rond ct trapu, qui faisait penser à un butoir. J'avoue que j'en salivais, d'angoisse, de désir. J'avais honte. J'ai demandé :

– Et lui, il a peur?

Haussement d'épaules très léger :

– Il dit que tu es petite.

J'en avais marre et marre. Je me suis retournée face à Nounou, une fois encore l'ai entourée de mes bras. Comme une idiote je lui ai mordu le bout du sein à lui tirer des cris, salivant de façon d'autant plus surprenante que je me sentais la gorge desséchée. Blanche n'a pas crié. Sa tendresse elle aussi était surprenante. Elle m'a posé la main sur la nuque afin de me presser plus fort contre son merveilleux sein. Alors j'ai desserré les dents, le temps de marmonner dans ma salive :

– Dis-lui de me le mettre.

Elle s'est remise à parler au nègre, quelques paroles, un grognement, sans doute en manière de réponse. Maintenant je percevais cette vaste irradiation noire, cette chaleur sombre et dense qui venait à moi, contre moi. Sans le moindre préliminaire l'homme m'a écarté à deux mains les cuisses et logé son petit obus noir dans le con.

Je n'ai garde d'oublier, parce que le nègre savait intuitivement, spontanément eût-on dit, ce que les autres m'ont bien l'air de ne jamais comprendre, et de ne jamais apprendre : il s'abstenait de bouger. Il plaçait d'un seul coup, d'une manière à la fois roide et assez baveuse parce que j'étais préparée, son volumineux suppositoire vaginal, et ensuite restait immobile.

J'avais conscience de leurs deux souffles, à ma Nounou et à lui, au-dessus de ma tête. La paix a rayonné de mon con distendu et rempli, gagnant tout mon ventre, tout mon corps, s'écoulant comme du miel à l'intérieur de mes membres.

Mon propre souffle peu à peu s'est alourdi, puis rythmé, s'est précipité un peu. L'odeur de jungle et d'acajou brûlant collait à nos peaux comme une buée. Ah, misère. L'homme imprimait maintenant quelques mouvements de va-et-vient, mais très lents, économes et comme doucereux, à son gros suppositoire, ma vulve et mon vagin l'épousant avec une si souple étroitesse qu'on eût dit, encore, que la succulente queue allait bel et bien s'y dissoudre, s'y fondre.

Mais j'ai fondu avant elle. L'homme a seulement affecté de retirer, puis replongé à fond son petit sous-marin noir, feutré et dur, musclé et glissant. Alors toutes les muqueuses de mon ventre se sont froissées, convulsées et comme mises à l'envers en vomissant de la liqueur de femme, tandis que je hurlais en silence, mordant le sein de Blanche, et que l'homme me bourrait le con, jusqu'à ce qu'il déborde, de son propre sperme.

Mes cuisses, mes jarrets tremblaient alors que je demeurais immergée dans l'immense paix. Blanche m'a enfermé la tête entre ses bras comme au milieu d'un coussin. Je rêvais encore lorsqu'elle a passé une de ses mains sous mes épaules, l'autre sous les genoux et m'a enlevée, me portant vers les chutes.

Peut-être avait-elle oublié qu'elle-même était nue à ce moment. L'homme, avec un rire assez haletant, lui a crié quelque chose dans son sabir comme elle se détournait. J'ai toujours imaginé qu'il s'agissait d'une fine remarque au sujet des fesses de ma Nounou. J'ai pu sentir que ses bras se contractaient, et elle a juré ou grommelé à voix basse, quoique toujours plutôt placide.

Non loin, alors que nous nous rapprochions des bassins et de la grande cascade, elle s'est arrêtée pour me faire pisser, ce qui démontrait que je demeurais son bébé. Puis, là-haut, elle m'a lavée avec soin, a passé les doigts dans mes boucles pour les aérer. La sueur et la vapeur d'eau des chutes les alourdissaient.

Je regardais ma douce petite vulve. Il me semblait qu'avoir avalé d'un seul coup ce puissant nègre, elle si petite et si tendre, avec ses fragiles lèvres intérieures, à peine visibles, d'un rose foncé, la rendait encore plus dodue, plus rebondie et j'en étais folle, je l'adorais. Pour l'instant, et contrairement à mes cheveux, que Blanche devait raccourcir sans cesse, elle ne présentait toujours pas la moindre ombre de duvet. Cela aussi me plaisait à la folie.

– Nounou, il fait jour maintenant, je ne peux pas redescendre toute nue.

Jamais, je crois, elle ne m'avait rien reproché. Ce matin-là, je pensai lire un vrai reproche, dénué d'ailleurs d'amertume, au fond des grands yeux opaques, à la cornée d'un blanc si pur qu'elle en paraît bleue.

– Et moi? disait muettement ma négresse. Je suis une fille d'ici, de ce pays, tu m'arraches mon unique vêtement comme une stupide que tu es, afin d'être bien sûre qu'un type de chez moi me verra le cul à l'air, et tu vas te plaindre?

Cependant, ayant cinglé avec vigueur mes propres fesses au passage, elle franchissait déjà le torrent, là où il est encore un ruisseau, bondissant telle une panthère sombre géante de rocher en rocher. Elle disparut dans la forêt, mais revint très vite, à la main un bouquet de larges feuilles. Elle s'est agenouillée, puis assise sur les talons, juste devant moi. A nouveau j'avais plutôt honte :

– Je t'embête, Nounou... Excuse-moi.

Silence et silence. Son dos majestueux courbé, de ses longues et fortes mains pleines d'adresse elle dépouillait certaines des feuilles, utilisait ensuite les nervures en guise de fil, pour relier d'autres feuilles.

– Je t'embête beaucoup?

Derechef elle m'a cinglé les fesses. Aïe! Tout de suite, l'air absent, elle a posé un gros baiser au beau milieu de ma vulve. Je n'ai même pas eu le temps de caresser la tête massive. Me faisant pivoter sur moi-même, tout à fait comme un couturier, elle m'habillait d'une petite culotte baroque, très mignonne selon moi, confectionnée avec les feuilles. Réellement c'était très joli et drôle, sauf qu'au plus léger mouvement, d'abord cela produisait un crissement énervant, et secondement cela me grattait et me titillait à me rendre dingo. J'en étais désolée, mais quoi!

– Non, enlève-la, je ne peux pas. Mets-moi des fleurs comme je faisais avant.

Aussitôt elle a déchiré son pauvre ouvrage, s'est remise debout, a couru cueillir deux fleurs d'un blanc crémeux, en a dénudé les tiges. Toujours et toujours elle m'obéissait. Pourquoi, ma reine noire? En vérité je pense souvent, aujourd'hui, que peut-être elle prenait simplement en pitié ma bêtise. Elle m'a glissé les fleurs dans le vagin et l'anus. Je ne pouvais me tenir de rire :

– Il va me trouver encore plus indécente.

Sans répondre, elle a jeté un nouveau et bref

regard sur sa propre nudité. Puis elle m'a pris la main, je marchais en faisant attention, pour ne pas déplacer ni meurtrir les fleurs.

– Tu vas le coucher où, Nounou? Avec toi?

– Chut!

Mon instinct m'avertissait que je frôlais les verges, ou à tout le moins une fessée dont je me souviendrais un bon moment, mais je voulais savoir, et aussi le propos m'excitait :

– Non, réponds. Tu n'as pas envie qu'il dorme avec toi?

Silence, et même renfort de silence.

– Pourquoi, Nounou?

Toujours silence. Puis :

– Je t'ai dit déjà, tant pis si tu ne comprends pas. Je suis une fille. Tais-toi maintenant.

– Tu es vierge?

Quantité énorme, cette fois, de silence. Et à la fin :

– Ce que tu es toi, c'est conne. De plus en plus. Pourquoi?

Tirant sur sa main, je me suis immobilisée :

– Parce que je t'aime, voilà pourquoi. Tu t'occupes de moi, tu me soignes, tu me portes, tu me fais faire pipi, tu me fais jouir et maintenant tu veux bien qu'un homme d'ici me baise. Alors moi, je voudrais que toi aussi tu aies... tout, que tu aies ce que tu désires. Alors je demande.

Elle a parlé entre les dents, ce qui ne lui arrivait guère. J'ai cru entendre :

– Je ne le connais pas.

Quand j'ai rouvert la bouche, pour de nouvelles questions, elle s'est seulement remise en marche, m'entraînant du même coup. Je pouvais deviner que si j'insistais, elle m'inviterait très clairement à m'occuper de mes affaires. Je voyais par ailleurs, sur le mince cerne de l'horizon, que le canon du soleil s'apprêtait à tirer son boulet rouge et déjà j'en avais les yeux, les paupières enflammés. Mon ventre était heureux et las, défait. Je crevais du besoin de dormir. Un milliard d'on ne sait quelles bamboulas, force nègres, force sauvages, des prisonniers mystérieux en chemise qui galopent comme des malades à la poursuite de leurs gardiens, et encore un gros nègre qui me baise tel un ange. Dodo! Dodo! Dodo!

J'aurais pu épargner, ce jour-là comme tant d'autres, mes frais de coquetterie. Le putain de négro en écrasait en toute quiétude, avachi bras ouverts sur la chaise longue, de laquelle il s'était très bien débrouillé pour placer le dosseret à l'horizontale. J'ignore pourquoi cela m'a fait mal à la place de Blanche. Apparemment les déceptions, les frustrations, les sentiments d'abandon que je lui prêtais. Mais elle :

– Tstt!

Sans plus. Elle m'a expédiée d'une tape vers ma cahute, se disposant à gagner elle-même l'auvent. Quitte à être fustigée de façon mémorable, ce qui m'eût fort déplu sous les yeux du nègre, j'ai résisté, suis revenue sur mes pas. A mon tour j'ai plié les genoux juste devant Blanche. D'abord je ne voulais que baiser sa grosse vulve, entre les minuscules traînées de poil soyeux. Mais cela m'entraînait, ma langue s'attardait, s'enfonçait, fouillait. Un instant Blanche m'a laissé faire. Puis :

– Tstt!

Une fois de plus, d'une main, elle m'a remise debout, assené une dernière claque soignée sur le croupion. Infortunée fleur! Bref, je peux saisir toutes les allusions, y compris les plus subtiles. Je suis repartie vers la cabane. Tout en marchant, je rêvais. Je revoyais les fesses d'or bruni, tendues et équilibrées alors même qu'il dormait, du grand nègre.

XV

Par pure perversité sans doute, j'aurais adoré que ma Nounou, dans son énorme beauté de perle noire, fût vierge. J'en aurais tiré un sentiment de supériorité pour une fois. J'aurais retrouvé l'impression, tout à fait délicieuse, que ce n'était plus moi, mais elle, le bébé, un bébé gigantesque. Et moi, nounou de poche, il me revenait donc de lui apprendre la vie, le monde, la bonne façon par exemple, dont il sied d'accueillir certain organe masculin, au moyen de certains petits trous qui caractérisent les filles.

Et, selon moi en tout cas, ma géante esclave eût très bien pu être aussi innocente qu'un nouveau-né, alors même que je l'enfilais entre les cuisses et entre les fesses à l'aide de mes pines cueillies sur l'arbre. Les hymens, pour parler comme les dictionnaires et les putains de médecins, ne courent pas les rues de nos jours, ni même les sentiers de la jungle. A ce que l'on raconte, les filles gesticulent trop – quoique toujours selon moi, c'est surtout dans leur tête qu'elles bougent trop, à partir de l'âge de six ans environ, certaines un peu plus tard. Il me semble que si on baise dans sa tête, on baise aussi ailleurs, par simple contamination, et alors adieu hymen, puisque les vendanges sont faites. Mais bref, ma Nounou bien-aimée n'était nullement pucelle. Ou bien il a fallu que je survinsse à l'instant même où le fatal berlingot se consumait dans sa propre gloire.

Depuis des jours et des jours on n'entendait plus parler des pourris de singes, ni même du malheureux Lucien l'Enculé. Tout au plus, parfois, venait du Nord de l'île, très loin, un écho des bandes hurleuses. J'avais donc demandé à Blanche la permission d'aller toute seule sur une des plages pour nager. Il régnait une chaleur de four. Une de ces canicules durant lesquelles même les Nounous géantes travaillées en sourdine par leurs instincts et les négros à pine drue se tiennent sages.

De mon côté, aussitôt que je me suis arrêtée de nager, j'ai commencé à comprendre! Il va de soi, parce que je suis une conne ainsi que le disait Blanche avec tant d'à-propos, que j'avais omis de m'envelopper les trottinets. De sorte que traverser le sable pour revenir à l'ombre a suffi à me les mettre à feu et à sang. Merde alors! Et je savais par ailleurs que si je remontais flambée de façon visible par le soleil, en plus j'aurais une fessée.

Sous les arbres de la forêt vierge, par bonheur, même au fort de la canicule la terre noire demeure humide, c'est presque de la boue par endroits, et elle pansait les cloques de mes pieds, tandis que la pesante ombre verte, mordorée, me rafraîchissait les épaules. Je suis passée devant les chutes, m'imbibant de leur poudroiement, et au moment où j'abordais le terre-plein, sur l'autre bord, et où le fracas de l'eau s'atténuait dans mes oreilles, j'ai perçu un bruit nouveau, curieux. Des heurts, une espèce de grondement ou de grognement. Allons bon, quoi?

J'ai ralenti, ralenti. Et tout de suite, entre les buissons et autres salades et géraniums, j'ai distingué la tête ronde, le torse géant de ma Nounou. Je me rends bien compte que je ne cesse pas d'être grossière, mais remerde alors! On aurait dit qu'elle jaillissait, qu'elle rebondissait tout droit en l'air, comme si, chaque fois qu'elle allait toucher terre, les cornes d'on ne sait quel auroch en rut la relançaient vers le ciel.

De sorte que... oui! Bravo, Nounou! Ensuite tu viendras... La chaise longue était vraiment à toute épreuve! Le sacré négro s'y était couché sur le dos, bien à plat, et ma vertueuse Nounou, un genou de chaque côté, s'asseyait et rebondissait en force sur tout autre chose que des cornes. A moins que ce ne soit en anglais, où l'argot dénomme précisément *horn* ce qu'une vraie jeune fille ose à peine... euh... montrer du doigt. Une bite, je veux dire.

Ce jour-là, je faillis bien éclater, me laisser submerger par le rire. Plus au demeurant, en raison de la stupéfaction, que d'un caractère drolatique de cette conjonction de pachydermes. Comme elle y allait, ma Nounou! Hop, vlamm! Hop, vlamm! Hop, vlamm! Et l'autre tourtereau, à chaque écrasement, à chaque aplatissement qui ébranlait la chaise longue et faisait trembler le sol, ne laissait pas de renvoyer aussitôt en l'air, d'un coup de reins herculéen, les cent vingt kilos de tendresse, ou de pure concupiscence. Hop, vlamm! Hop, vlamm! Hop, vlamm! Il grognait en effet, mais à la manière des bûcherons, plus par entraînement et par joie, que sous l'effort, moins encore sous la fatigue.

Quant à moi, en fin de compte, je ne ris pas. Au milieu du grand jeu de son désir, comme, après tout, lors de n'importe quelle action de sa vie ou à peu près, la géante négresse était belle. Ses yeux fermés comme au sein d'une extase, sa tête renversée en arrière, l'évasement puissant des fesses, telle une masse fabuleuse de métal à la fois consistant et souple, quand elle se réembrochait, bien à fond, sur l'indéracinable pieu de son amant. Et cette aisance si paradoxale, si légère, dans le mouvement aérien de l'énorme poids. Ou plutôt non, pas aérien. Sous les ramures des arbres et du ciel, dans l'ombre brûlante et brillante imprégnée de lumière, les deux nègres s'accouplaient comme au fond de l'eau, possédant, dégageant mystérieusement cette grâce lente, impondérable, des nageurs et des plongeurs.

Quant à moi encore, si je puis trouver très troublant, ou très excitant, d'être vue dans mon plaisir, je n'ai jamais été tentée d'observer celui des autres. Et jamais non plus, je crois, je ne suis parvenue à rire d'aucun des gestes de l'amour.

J'ai donc contourné d'assez loin les deux amants, et me suis enfuie jusqu'à la cabane. Peut-être Blanche m'a-t-elle entrevue, reconnue car moi-même, une courte seconde, j'ai croisé son regard, en tout cas ses yeux grands ouverts, égarés et sereins. Une peur merveilleuse me hantait d'assister à la convulsion. Le seuil de la cabane à peine franchi, je me suis jetée sur la couchette, et comme les enfants ai fermé mes propres yeux, crispant les paupières, et des paumes me bouchant en même temps les oreilles.

Un peu plus tard, quand le soleil avait tout juste dépassé l'aplomb, je suis allée voir. Le nègre, sans doute ruiné, en dépit de toute sa verdeur, par ces appétits colossaux, reposait en tas sous l'auvent. J'eusse voulu admirer longtemps son dos et ses reins, ses denses fesses de statue, ses cuisses. Baiser, lécher même son anus, ce à quoi je ne m'étais encore aventurée vis-à-vis de nul homme. Mais bon, de toute évidence ce n'était ni l'occasion, ni l'herbe tendre. Outre, comme sans doute aussi il n'avait pas pris le temps de se laver, qu'il devait fleurer terriblement le bétail !

Je savais où retrouver Blanche, et je suis repartie du côté de la grande chute et des séries de bassins. Je constate que les amours d'autrui me faisaient accomplir bien plus de pas au soleil, que les miennes propres.

Mais ne s'agissait-il que de celles d'autrui ? Ma Nounou était là, tout debout sur une des pierres plates, mains aux hanches et jambes écartées. Il m'est passé par la tête que naguère, ou jadis, je m'amusais à me raconter que c'était moi la reine de l'île – la reine du monde. Blanche, ainsi que souvent, soutenait avec une impavidité d'aveugle l'embrasement lointain de la mer et de l'horizon. Est-ce que je la dérangeais ? Oui, sûrement. Mais je la dérangeais, j'imagine, depuis le moment où elle avait fait mon étrange connaissance.

A la fin elle a tourné la tête, les yeux muets, opaques m'absorbant comme si je ne représentais qu'une minuscule tache sur la peau de l'île. Je me suis risquée, mais surtout parce que je me sentais gênée, à plaisanter :

– Qui alors, aujourd'hui, devrait avoir le fouet ?

Différent de tous les gens que je peux connaître ou me rappeler, je parle d'ici en Europe, son corps allait de l'immobilité au mouvement sans le moindre à-coup, sans trace de raidissement ou d'effort. Je plaisantais et déjà ses pieds souples foulaient les larges dalles du torrent, déjà elle disparaissait, de l'autre côté, entre les arbres. Tout de suite encore, eût-on dit, elle revenait, se tenait devant moi, exhibant une poignée de ces putains de verges. Merde alors! Mes petites fesses rondes se sont contractées, à me couper le circuit pour au moins huit jours.

Mais... la négresse m'a pris la main, conduite jusqu'à un étroit espace sablonneux entre deux cuvettes, obligée à m'asseoir. J'ai horreur d'être assise nue sur du sable. Elle a placé dans ma propre main le faisceau de rameaux flexibles, que j'ai considérés en toute stupidité et avec un manque infini de tendresse. Cependant elle, Blanche, se laissait tomber, ou glissait plutôt à genoux, puis s'allongeait en travers de mes cuisses, se déportant du côté gauche, et sans doute creusant le ventre, pour ne pas m'aplatir comme une crépinette.

Je répéterais bien merde alors, si je ne l'avais tant dit. Toutes les fois où elle m'avait fustigée, je m'étais bien promis, à la moindre possibilité de rétorsion, de lui scier le cul à la rendre boiteuse. A rebrousse-poil et à contresens encore!

Je lui ai réellement assené un coup. Mais dès que j'ai vu ces putains de vergetures, toutes livides, sur l'épaisse et somptueuse soie sombre, quand surtout, en une seconde, elles ont viré du gris bleuâtre au rouge vif, comme si elles allaient se remplir de sang, mon cœur s'est déchiré, j'ai eu le plus grand mal à ne pas éclater en sanglots.

Pourtant, je ne voulais pas que Blanche s'en aperçût. J'ai balancé au diable les connes de verges et essayé de la fesser. Mais quoi, aussi? Comme d'habitude, j'étais trop petite. Si soumise que se montrât ma pauvre Nounou, on aurait juré que c'étaient ses fesses qui me battaient la main. Absurde! Résolue malgré tout, je tambourinai de mon mieux la considérable surface, collines et vallons, chamelle et chamelons, canelle et melons, frappant frénétiquement avec une force de mouche! Je comprenais bien qu'à la place de Blanche, j'en aurais crevé de rigolade. Assez vite donc, j'ai dû renoncer, déclarant non, à mon avis, sans componction ni majesté :

– Je pense que tu es suffisamment punie pour cette fois, Nounou!

Il m'eût bien plu d'ajouter : « Va, et ne recommence pas! » Mais si elle m'avait prise au mot? Pauvre Nounou. Je l'aimais. Tout ce que je souhaitais, à vrai dire, était qu'elle jouît à s'en faire crever la vulve, le vagin et la matrice telle une grosse bulle de chewing-gum.

Voyant que je ne la fessais plus, ou encore, que j'en avais ras-le-bol de me meurtrir la main, Blanche a glissé de côté, puis s'est assise près de moi. Sans le moindre préavis elle m'a empoignée, et placée sur elle de façon dingue, la tête en bas, avec ma bouche quasiment sur son sexe, et les cuisses sur ses épaules, de part en part du cou, fendue ainsi jusqu'au ventre.

La tête en bas, on est d'abord tout étourdi par l'afflux du sang, après quoi on sombre dans une sorte d'ivresse légère, ou de léger délire, où l'esprit se trouve d'une extrême clarté. Tandis que je nageais au milieu de cette lucidité étrange, la négresse, de la langue, a commencé à me fourrer. A me baiser. L'épaisse tranche de chair élastique et douce, comme juteuse, et comme sourdement électrique, sourdement irradiante, m'a rempli tout le con, tout l'utérus, y a coulissé enfin, sortant, rentrant, s'enfonçant à la manière d'une bite sublime. Lentement, lentement, lentement. Puis vite,

vite, de plus en plus vite. Lentement encore, me ramonant avec l'exactitude comblante d'une vigoureuse éponge en velours tendre et râpeux. Ou, peut-être, d'un laser particulièrement consistant et délié, destiné à râper la gelée de coings. Bref, il me semblait que la toute petite incision dans laquelle la négresse avait enfilé sa langue, bâillait maintenant pour ma plus vive jouissance entre mes cuisses, et se prolongeait comme un chemin de plaisir à travers tout le corps pour déboucher dans mon crâne.

Ce qui signifie aussi que deux ou trois minutes environ après le début de ce bel exercice, le va-et-vient velouté et poignant m'arracha un miaulement presque plaintif, et que je tirai de bas en haut, si je puis dire, une frêle nappe de lave en ébullition dans la bouche de ma Nounou. La décharge carillonna comme un bourdon à l'intérieur de ma propre tête, et je rêvai que je dormais tout au long d'instants éternels, étirés comme des vies et des années, mes lèvres écrasées contre la vulve de Blanche sans avoir la force ou ne fût-ce que l'idée de l'embrasser.

Très vite, bien sûr, je m'étais résignée, ou habituée si l'on préfère à déambuler nue en présence du nègre. Blanche, à force de la tanner, m'avait révélé qu'elle croyait qu'il s'appelait Henri. Mais, dans ce cas, pourquoi pas Riton, qui forme couple avec Mauricette comme un cheval avec un cheval?

Jamais, je l'avoue, je n'ai pu lui donner son prénom. J'appelais ma Nounou, Blanche, alors qu'elle m'avait bien dit que son nom de baptême était Mauricette. Et lui, je l'appelais vous, ou toi, ou monsieur, ou mon beau, deux ou trois fois aussi toubab ou bwana, mais j'étais aussi incapable de le traiter de Henri que de Patrick ou de Jean-Loup. Souvent, je ne le nommais ni ne l'appelais du tout. Et si, révérence parler, certaine démangeaison se manifestait par exemple entre mes petites fesses de bébé, je me contentais de désigner, à l'aide d'une flexion du corps, la source de cette émotion, et de demander à Blanche comme le premier jour :

– Nounou, dis-lui de me le mettre.

A la vérité, je crois que Henri, puisque Henri il y a malgré tout, ignorait le français, ou en tout cas détestait le parler, et se cantonnait délibérément dans son espèce de dialecte, lequel, comme je l'ai dit, n'était en fait nullement un sabir, mais l'authentique langue créole.

En général, cela ne m'avançait pas beaucoup de dessiner de gracieuses courbettes dans le dessein, si je puis dire encore, de préparer le terrain – ou de l'offrir! Ni même, gentiment présentée ainsi, de m'appuyer des paumes à un arbre. La force musculaire de ces malotrus de sauvages est telle, qu'il me pliait en toute désinvolture, tel un torchon de garçon de café, sur son bras gauche, me soulevait du sol, tête et bras pendant d'un côté, jambes retombant de l'autre, m'ouvrait avec la délicatesse qu'on imagine le cul de sa main libre, et me le mettait à fond.

Or, puisque j'en suis à ne reculer devant le récit d'aucune de toutes ces horreurs, je dirai à quoi cela ressemble. J'entends, de se le faire mettre par ce nègre. Au tout premier instant, j'étais furieuse, pour cette raison que je ne me considère pas, en dépit de tout, comme on ne sait quel vieux haillon qu'on balance en travers d'un cintre. Et d'ailleurs, pourquoi toujours tête en bas, merde alors! J'imagine que cela me donnait la couleur d'une betterave. Outre, si la putain d'envie lui en prenait, que le foutu nègre m'agrippait aussi bien tandis que j'étais en train de parler avec Blanche, ou que celle-ci se livrait au bonheur de la sieste à trois pas de nous.

Alors, parfois, je tentais de me débattre. Mais comment, quand au sens propre on n'a pas d'appui? Essayez donc de gesticuler, repliée comme un canif, tête en bas et pieds ne touchant pas le sol!

Je m'efforçais de tordre, de raidir les reins. Le foutu nègre n'en avait pas plus de mal à m'écarquiller les fesses. Je crois même que cela l'aidait. Et, comme toujours, je le reconnais, à la seconde même où il me l'avait mis, je cessais de bouger, encore indignée, mais déjà... euh... eh bien, oui... pas mécontente!

A quoi cela ressemble... Toutes les filles et autres bonnes femmes que j'ai pu connaître, sont sujettes au chagrin mesquin de la constipation. Qu'elles boivent beaucoup ou peu, grignotent ou s'empiffrent, elles seront constamment deux jours, trois, souvent plus, une semaine parfois en cas de voyage ou d'une contrariété quelconque, victimes de cette fastidieuse abstention. On s'en accommode quand on est une fille, quoique ce soit à la fois ennuyeux et déprimant, justement parce qu'on en a l'habitude.

Mais le jour où la nature, ou peut-être les intestins plutôt, daignent relâcher leur emprise, dans le moment précis de l'abandon, tandis que ce qui était si obstinément clos, accepte de se rouvrir, on éprouve une douleur très brève, mais très aiguë. Comme une blessure, ou une sorte d'éclatement, de déchirement de la chair la plus intime et la plus sensible. Comme si l'anus, renonçant sous la poussée, la pression accumulée à son opiniâtre résistance, tout d'un coup se trouvait si dilaté et si distendu, qu'il allait se rompre. Le temps de serrer les dents, voire de se mordre la lèvre pour ne pas crier, et déjà les sphincters, contraints en quelque sorte à jouer leur rôle initial, livrent le passage, et le transit normal s'effectue. Et au moment précis encore qu'il commence à s'effectuer, succède sans gradations ni nuances, à la douleur virulente, un sentiment de libération, je voudrais dire de bonheur complet.

J'ai du regret, certes, à mon défaut de poésie. Mais lorsque ce puissant cannibale me le mettait, réellement l'enchaînement des sensations était, à très peu près, identique, même si le mouvement s'exerçait en sens inverse.

J'étais assez dépitée, de me trouver repliée sur son bras comme un vulgaire chiffon. Alors le gland très épais, trop courtaud et ramassé, trop dense, me forçait l'anus et me sondait le derrière à en hurler. Mais à peine j'ouvrais la bouche pour hurler, le nègre me l'avait mis, gland et tige, jusqu'au tréfonds, et ce même sentiment de soulagement, de liberté dans la plénitude, me rendait aussi détendue, aussi molle en quelque manière, que si je dormais et rêvais. Misère, c'était fabuleux!

Tout comme quand il me baisait, sa grosse queue rustaude, elle aussi à pulpe de fer sous un glissant habit de velours, juste emboîtée dans mon rectum, il suspendait, interrompait tout mouvement, paraissait ne pas même frémir. Et tout ce temps, pas un muscle de l'hercule demeuré debout, avec sa bite enfoncée dans mon derrière, n'accusait l'ombre d'une faiblesse. Il restait logé en moi et me comblait, comme il eût allumé une cigarette, et je pense vraiment qu'il aurait pu bel et bien fumer, bavarder en créole avec Blanche, si ce n'est déambuler à droite et à gauche, sans le moindre effort, moi toujours repliée sur son avant-bras et son petit obus dans le cul. Vraiment, il bandait comme on respire.

Alors, peu à peu, mais de façon irrésistible, c'était tout mon propre ventre, mon propre corps, les sournoises muqueuses intérieures, qui entreprenaient de s'émouvoir, de frémir, autour du corps étranger immobile. Une infime palpitation, qui m'ébranlait, cependant, des pieds à la tête, y mettait le sang en rumeur. Puis, à la fois le sang et l'alarme, semblaient se rejoindre, se condenser ensemble là où l'intrus, au sein de ma chair, avait conquis avec violence une place qui, en même temps, paraissait avoir toujours été la sienne. Le souple manchon de l'anus et du rectum, embrassant, épousant exactement l'agresseur, s'humectaient, tremblaient, vibraient, s'étoilaient ou s'embrasaient doucement selon de longs frissons de plaisir. J'avais été remplie jusqu'au bord. Maintenant, la rayonnante chair interne avait l'air de se prêter, d'accorder une place supplémentaire. Et au fur et à mesure qu'elle en concédait, la ronde bite s'allongeait un peu, s'enflait un peu, m'investissant mieux encore. J'ignore tout à fait comment est musclé à sa racine le sexe d'un homme. Mais je sais bien que ce nègre-là pouvait à volonté, sans avancer ni ressortir d'un centimètre, grossir le sien en le contractant, comme on fait saillir un biceps. Chacune de ces contractions me secouait d'un voluptueux frissonnement. Et contribuait à cette volupté, l'exquise angoisse même que mon anus fût à la fin incapable de les supporter. Qu'à la prochaine contraction, à la prochaine dilatation, fussent-elles elles-mêmes imperceptibles, il se déchirât bel et bien tel du caoutchouc qu'on étire, éclatât comme un goulot qu'on force. Cet enchantement, en vérité, il me

semblait qu'il durait un temps infini. Puis, sur
velle contraction et une nouvelle dilatation tr ,
inexorables, on eût dit que tout mon rectum noyait, à la façon d'une cramouille qui décharge, enveloppait d'une humidité, d'un humus mucilagineux la bite du nègre. Je devais, à nouveau, me retenir de hurler, de griffer l'air, et mon con se retournait à l'envers, sans qu'il l'eût même effleuré, dégorgeait convulsivement son sperme, tandis que le nègre, de son côté, dans la même seconde foudroyante, fulgurante, me tirait au fond des boyaux sa propre pesante charge de foutre d'homme.

Moins intelligent que Blanche, simplement sans doute parce que c'était un type, jamais ou presque il ne me laissait le temps de naviguer vers ces lointains horizons de rêve que la volupté arrondit, tels des cercles de plus en plus larges, de plus en plus nostalgiques, autour de la conscience. Son gros et court épieu à peine diminué en volume, quand même il perdait plus ou moins de son inflexible rigidité, tout de suite il me le retirait du derrière et d'entre les fesses. Je détestais cet instant-là, la sensation de dérobement, de soustraction. Comme si, dans l'intervalle infinitésimal, entre le moment où il sortait tout à fait de moi, et celui où mes sphincters se resserraient, un air froid, qui était toute l'hostilité du dehors, de la prétendue réalité, du sot monde à la fois inhabitable et conventionnel, profitaient de la béance pour s'y engouffrer.

Tout d'un coup, je me retrouvais si démunie, si pleine d'embarras dans mon dénuement, avec aussi la tête résonnante de murmures et de cloches parce que mon espèce d'amant, les couilles provisoirement vidées, m'avait sans beaucoup de ménagements remise sur mes pieds, que, plutôt que de lui faire face, le remercier ne fût-ce que d'un regard, comme je crois toujours qu'on le doit à ceux qui vous donnent du plaisir, dès que je me sentais en état de marcher, je décampais. J'allais d'un trait, sans même tourner la tête, me laver au pied des cascades ou dans ma cahute, souhaitant qu'il se trouvât lui aussi assez commotionné pour n'avoir ni la curiosité, ni l'énergie de me regarder partir. En marchant, tant bien que mal je m'efforçais de conserver mes petites fesses bien closes, tout comme lorsque je m'y étais enfilé une fleur. Mais c'était, si je puis encore dire, afin surtout de rassurer mon anus, lequel, en ce qui me concernait, avait essuyé le plus périlleux et le plus cruel de l'opération. Lui laisser, moi du moins, le temps de se raffermir. Puis aussi, afin de le cacher. Il m'a toujours semblé que c'était un spectacle dépourvu d'agrément, qu'un bébé nu qui restitue malgré soi, la partie la plus tangible du plaisir dont on vient de le gratifier dans le derrière ou entre les cuisses. Il est vrai que certains l'aiment chaud!

Je me rappelle que je n'ai jamais été bien tentée de dormir en sa compagnie – Henri, je veux dire. Et je veux dire, comme on dort dans une chambre, à la fois pour se reposer, et pour être ensemble.

Cela tenait, sans doute, et si idiot que cela paraisse, à ce que j'étais tout à fait parvenue à me considérer, et à me ressentir moi-même, comme un bébé justement. Un bébé ne partage pas sa couchette, et ne partage pas ses nuits, avec un gros nègre. S'il désire être protégé, être porté et bercé par une chair vaste, en même temps sexualisée secrètement et confortable, il a sa Nounou. Il n'a pas plus besoin d'un hercule noir que d'un baobab portatif ou d'un rouleau compresseur apprivoisé.

Nounou elle-même, sans que nous en eussions parlé, avait certainement posé en principe dès le premier jour, vis-à-vis du nègre, que se trouvant en charge d'un bébé, même si ce dernier jouissait du stupide privilège d'être blond et rose, et de posséder une stupide petite vulve nue et renflée, elle se devait à lui, avant de se devoir, ou de pouvoir accorder une dose quelconque d'attention, à tout autre. Dès le lendemain, ou le surlendemain, de son étincelante irruption parmi nous, une bosse sur la nuque et le cul à l'air, Henri avait construit son carbet personnel, vers le fond, le Nord comme je disais lors de ma propre arrivée, du terre-plein à flanc de montagne qui supportait déjà, et depuis un milliard de jours maintenant, l'auvent de Blanche et la cabane.

Je mentirais cependant, en soutenant que ce n'était pas bon de l'avoir là, avec nous, le grand nègre. Henri. Et non pas, cela va de soi, pour sa force. Ma Nounou suffisait et au-delà. Je demeure persuadée que s'il devait lui échoir de se mettre en colère contre ce dernier arrivant, elle était on ne peut plus de taille à le réduire en poudre. Mais pour cette symbolique et pourtant palpable partie de sa force, la plus superbe aussi selon moi, dont étaient mis en montre la fin et les moyens, entre le bas de son ventre et le haut de ses cuisses.

Henri, je le répète, de même qu'il avait les seules fesses qui m'aient jamais troublée, et jamais paru très belles chez un homme, était doté d'une bite de rêve : quand le rêve devient si vivant et présent, si peu transparent, qu'on peut le tenir au creux de la paume, cristallisation à la fois sombre et limpide, évidente en un mot, de toutes les images et de tous les désirs. Une bite très charnue et qu'on peut presser, modeler, ronde à vous incurver la main, faussement fragile à vous faire fondre en paraissant fondre elle-même, résistante dans son relâchement, à devenir menaçante comme une arme. La voir, c'était vouloir aussitôt la toucher, la prendre, la tenir, l'enfoncer avec une lente avidité insatiable dans sa bouche, dans sa fente, dans son rectum. Petit obus d'un pourpre et d'un noir éclatant, à l'ogive soudain démasquée par le retrait soyeux de la douille.

Lui Henri, ne se gênait pas pour me casser tout à coup en deux, et me farcir le trou du cul de son succulent pétard. Je ne me gênais pas plus, les premiers jours passés, pour aller à lui, l'aborder, l'arrêter dans une promenade, tandis qu'il rêvassait en regardant la mer ou causait avec Blanche, et saisir entre mes mains plus ou moins puériles cet objet de rêve. Le sacré négro, qui bandait on eût dit sur commande, était par ailleurs si paresseux, qu'il dormait également, et endormait son adorable engin, sur commande. Je jouais un instant, toujours bref afin de ne pas l'exciter trop, avec ses couilles pesantes, puis prenais et gardais la bite elle-même dans ma paume – étonnée, bouleversée à chaque fois par son poids propre, cette douceur satinée et cette tendresse, cette tendreté apparentes et ce sommeil. J'en déshabillais la pointe, étonnée encore par la minuscule incision, orifice, passage presque incroyable des puissants jets d'urine et de foutre. Une veine énorme, dissimulée juste sous le satin de la peau, battait comme un cœur. Sans raison, les yeux d'abord me picotaient un peu, puis l'intérieur de mes cuisses s'échauffait, s'émouvait, devenait moite. Comme si encore, bébé, j'eusse tenu dans ma main un bébé plus petit, attendrissant, infime, et dont cependant la vigueur et la fureur tapies, ramassées, n'attendissent que ma distraction pour se rebeller et sauter, jaillir. Ainsi un tout petit cache un homme. J'attendais, l'épouvante et l'impatience formant un mélange indiscernable, son surgissement, sa naissance.

– Il suffit que je me penche, que je lui donne un baiser. Comme dans les contes, alors, le crapaud manifestera un prince. Ou à l'envers. L'enfant innocent, soudain reconnaît et révèle qu'il enveloppait un monstre.

Je me penchais, baisais l'obtusc tête rose. Et au-dessus de tout me troublait, en place de l'habituel dépliement ou déploiement sec et hargneux caractéristique chez les types, le fait que la bite du nègre, tant elle était trapue, courtaude, affectait sa position d'assaut, quasiment sans modifier sa grosseur ni sa longueur. Un instant, elle fondait au creux de ma paume, l'instant suivant c'étaient ma main, mes doigts, qui fondaient autour d'elle. Ainsi un félin, mis en éveil, dans le temps d'un éclair, et que ne précède nulle contraction apparente, de flasque bloc d'huile, se change en un bloc explosif de nerfs, de muscles et de combativité. Je béais pour lui, et il détenait toutes les réserves de puissance, de patience aussi, pour me combler, successivement, partout où j'étais ouverte.

La nuit des Sauvages, où pour la seconde fois ceux-ci avaient débarqué sur l'île, afin de s'y abandonner à leurs atroces festins, c'étaient les fesses du grand nègre qui m'avaient fascinée et excitée, plus que son sexe. Je passais une notable partie de mon temps, depuis, lorsque nous nous baignions tous les trois, en mer ou dans la profonde piscine au pied des cascades, à loucher dessus, crevant presque à la lettre de l'envie de les toucher, de les caresser. Mais lui, ne parvenait pas à comprendre.

Il se trouve qu'il n'est pas si facile, pour une fille, de se mettre tout à coup à peloter le derrière d'un monsieur. La raison, je l'ignore. Quelle qu'elle soit, si je lui empoigne froidement le ziquet, il a toujours l'air de trouver ça normal. Mais si je lui effleure le derrière, il fait un bond et me toise, regard empreint de toute l'indignation du monde, et même d'une surprise peinée!

Henri, si je me risquais à laisser traîner une main modestement baladeuse aux alentours de son croupion, je veux dire de ses splendides fesses, ne manquait pas d'interpréter que ce que je voulais, ce qu'il me manquait, était qu'on me saute. J'ai raconté sûrement que Nounou, pour me faire pisser, me soulevait et m'écartait les genoux, après m'avoir adossée à sa poitrine. Henri daignait avoir un faible pour la même position, ou la même posture, mais en me tenant face à lui. Parce que je lui avais presque imperceptiblement frôlé le derrière, il s'était dit qu'il fallait bander. Parce qu'il bandait, il m'enlevait dans ses bras comme si je ne pesais rien, me rapprochait de lui jusqu'à ce que mes cuisses s'ouvrent assez pour lui encadrer le torse. Et à la seconde où mes genoux touchaient ses flancs, mes cuisses retenues par les hanches, il me laissait tout bêtement retomber, et m'enfiler moi-même sur sa grosse pine. Cela aussi m'agaçait. Parce que ce n'était en rien, ou en très peu, ce que je demandais. La préparation manquait, de sorte que le gland et la queue me râpaient l'intérieur du sexe. Outre, encore une fois, que je ne jouis pas toujours, et même assez peu souvent, quand on me baise. Ce que j'aimais, malgré tout, était que de cette manière, il me foutait bien à fond du premier coup. Alors, étant donné sa singulière habitude d'interrompre tout mouvement, et de demeurer immobile ainsi, tout de suite après la pénétration, je n'avais qu'à danser très légèrement, empalée tout en l'air sur sa grosse bite, pour sentir celle-ci me dilater, me gonfler, s'épanouir en moi à me causer une asphyxie. Être à la fois comme suspendue, et clouée cependant sur la queue du nègre, me donnait un sentiment aigu de leur force, à lui et à elle, et sans doute c'était ce sentiment qui me faisait d'abord frémir, tout au fond de moi, puis trembler, être gagnée de proche en proche, avec le sentiment parallèle de l'imminent, de l'inexorable, par les échos de ce tremblement, puis peu à peu me mouiller comme un bébé furtivement incontinent, et enfin être emportée par les grandes ondes libératrices, enivrantes, folles tandis que le nègre, déchargeant de son côté, m'éblouissait tout le ventre.

Je n'aimais pas, en revanche, me trouver si proche de lui, mon visage contre le sien, mes bras autour de son cou pour me cramponner. Surtout au moment où mes reins se creusaient, et où j'allais expulser en l'éprouvant ma jouissance, mon sperme de femme. Lorsque je me tenais ainsi à ma Nounou, j'étais un bébé. Qu'elle me portât dans ses bras à elle, contre son cou, son sein, me donnait joie et paix. Sentir, au contraire, la joue du nègre contre la mienne alors que je m'abandonnais et explosais, me rappelait que je suis aussi, bon gré mal gré, et fût-ce dans un autre monde, un individu adulte, une femme. Par ailleurs encore, cela ramenait, rattachait en tout cas toute la personne du nègre, tout Henri, à sa propre bite. Tout d'un coup, je ne comprenais absolument plus ce que j'étais en train de faire – Sandra de vingt-deux ou même vingt-trois ou vingt-quatre ans maintenant, qui caracolait comme un écureuil dans les bras d'un immense sauvage, le sexe de celui-ci au garde-à-vous entre mes cuisses tel un doigt indicateur.

Mais la masse souple et musclée, étrangement compacte, par rapport à un corps féminin même athlétique, de ses fesses était si belle ! Pour parvenir à mes fins, et puisque je ne voulais pas dormir, passer la nuit avec lui, je m'avisai, comme lors des premiers temps de l'arrivée de Blanche, de profiter des heures de la sieste. Henri comme elle, si déconcertant que cela me parût, craignait le soleil, la chaleur, et avait l'air d'en souffrir bien plus que moi. Blanche me maintenait dans son inflexible obstination à l'ombre, me surchargeait de chapeaux, de chaussures ou de chaussons et de petites culottes de feuilles tandis que je ne rêvais, moi, qu'à courir en pleine lumière.

Henri, comme Blanche, aussitôt avalé le déjeuner de poisson, de gros tubercules plus ou moins râpés, plus ou moins gratinés, et de gros crustacés préparé par ma Nounou, s'acheminait, de sa démarche noble et souple de colosse, jusqu'à son carbet personnel, où sans rendre plus de grâces au Seigneur qu'il n'avait prononcé de bénédicité, il s'écroulait sur le ventre.

L'après-midi dont je me souviens, je m'aventurai à aller l'y rejoindre. Je m'agenouillai à côté de sa paillasse, m'assis sur les talons. J'avais gardé justement une de ces petites culottes écologiques, afin qu'il se décidât à comprendre que le toucher, voire le caresser n'impliquait en rien qu'il dût me baiser ou me le mettre sans attendre. La respiration coupée, je tendis une main, hésitai, puis jouai mon va-tout et emboîtai dans ma paume une des fesses merveilleuses. D'émotion, j'en eus la chair de poule, et en même temps un bref frisson chaud, quelque part dans le bas-ventre. L'enragé négro ne manqua pas, tout grognant de lassitude et d'une espèce d'ennui, de basculer sur le flanc, la bite prête. Merde alors ! Cette foutue culotte, dont les bords vaguement dentelés me chatouillaient en crissant, à quoi servait-elle ?

Il me vint une inspiration. Lâchant soudain l'objet de ma convoitise, je posai la main sur une des formidables épaules et appuyai, pressai de mon mieux, pour signifier au nègre de demeurer à plat ventre. Il grogna de nouveau, sans hargne. Presque en même temps, je l'enfourchai, m'accroupis sur lui de façon qu'il pût bien sentir ma petite cramouille écrasée et tout ouverte entre ses fesses. Puis je me penchai, et affectai de lui masser la nuque, la base du cou et ses puissantes attaches, enfin les deltoïdes. Il se détendit tout de suite.

– On-a-gagné! On-a-gagné! chanta une minuscule voix idiote dans ma tête.

L'hercule était à moi maintenant. Mon beau jouet! Je lui triturai patiemment les épaules, le dos. Ce n'était pas désagréable au demeurant, sauf que mes mains de bébé n'avaient en vérité ni l'envergure, ni la force pour travailler des masses pareilles. Je les dessinais et les contournais, plutôt que je ne les malaxais dans les règles. Mais enfin, je disposais de ses fesses. A la fois le contact délicieux, électrisant, et le sentiment de la transgression, me bouleversèrent. Elles m'accablaient en quelque sorte les paumes. Feignant encore, par intervalles, quelques passes, quelques manipulations de kinésithérapie pour tromper l'adversaire, je jouai sans pouvoir m'en fatiguer à les entrouvrir, à les refermer, à les claquer, à en faire rouler tant bien que mal les muscles épais, quoique en raison de leur densité, ce me fût on ne peut plus difficile. Aussitôt qu'elles étaient ouvertes, je désirais revoir leur bloc uni, fabuleux, avec juste la suggestion de la longue et profonde fente. Et aussitôt que je les avais rapprochées, laissées pour ainsi dire se clore, il me fallait les disjoindre, reconnaître cette fente incongrue, terriblement émouvante, et le très petit anus d'un bleu noir, caché au fond.

Je mourais d'envie aussi de mettre le nègre, de l'enfiler, comme le pauvre Lucien jadis, au moyen de n'importe quoi, un petit rameau, une banane, un thermomètre si j'en eusse eu un. Vraiment le trou du cul était si infime, si secret, si resserré au milieu de cette viande géante. Comment y résister? Mais la notoire intuition féminine me chuchotait qu'il n'y a pas plus macho que tous ces sauvages, et que si je m'y frottais, il m'aplatirait telle une punaise ou m'étranglerait.

Bon, bon, rusons donc. Je pensai que je pouvais l'embrasser, peut-être le lécher un peu, quoique, dans ce sens-là, son petit trou m'attirât infiniment moins que celui de Blanche. Je lui baisai d'abord le haut des fesses, pour voir s'il allait faire des bonds ou protester. Puis ma bouche descendit entre elles. Comme tous les sauvages aussi pour ce que j'en sais, il était très propre. Pourtant l'émanation de sa peau et de toute sa chair était puissante comme lui, animale, salée, violente, comportant un relent indescriptible de bois rares et durs qui brûlent. Pour mettre fin à mes propres tergiversations, je plongeai tout d'un coup sur son anus, le baisai, le débarbouillai et le sondai avec ma langue du même mouvement, ou de la même impulsion. Le nègre grogna, mais ne fit pas mine de bouger. Très vite alors, une émotion plus pénétrante m'envahit, comme toujours lorsqu'on a déniché, parmi ce qui semble être au premier abord un amas, une compacité de forces inentamable, un point plus faible. Je le léchai avec insistance, de façon à lui montrer que si ma langue ne s'enfonçait pas plus avant, c'était faute de vigueur, non de bonne volonté et d'intention. Puis, aussitôt que la pointe de ma langue eut constaté que l'anneau de muscles, autant que cela lui était loisible, se relâchait de sa tension, je reculai un peu la tête, joue couchée sur la chaude fesse brune, et transperçai l'anus du nègre avec mon majeur.

Je jouis à même une de ses cuisses, contenant mes gémissements, et mon doigt, tout le temps, maintenu bien enfoncé entre ses fesses. Misère.

Je crois que le nègre finit par imaginer à quoi je jouais. Il contracta fesses et sphincters pour m'éjecter, et j'eus l'impression qu'un piège de caoutchouc et d'acier se refermait autour de mon majeur. Sauf que j'avais obtenu ce que je voulais, et c'était à mon tour, maintenant, de me trouver si détendue que je n'eus aucune peine, me contentant de céder sous l'espèce de pompe refoulante, à me laisser remettre en possession de mon doigt.

Quand le nègre bascula derechef, son regard plutôt étonné semblant me demander s'il n'existait pas des manières plus discrètes de solliciter sa bienveillance, je faillis rire. Je désignai de l'air le plus désinvolte ma feuille de vigne déguisée en petite culotte ou le contraire, afin qu'il pût croire que j'étais indisposée. Les types sont si distraits dans ce domaine. Mais je trouvais qu'il avait mérité un prix de consolation. Cela ne mange pas de pain , comme on dit. Et au demeurant sa bite était jolie elle aussi. Je me glissai donc sur le côté, pris à deux mains le touchant moignon, bébé rose dans son lange brun, et me le fourrai dans la bouche, à racler les amygdales.

XVI

Moins par perversité dans ce cas, il me semble, que par désir, par besoin de ramener et resserrer autour de moi une sorte de famille, comme un vêtement protecteur, j'étais obsédée par l'idée d'aimer à la fois Blanche, ma Nounou, et l'autre colosse. Peut-être parce que mes parents sont morts tous deux accidentellement ainsi qu'on dit encore, lorsque j'étais adolescente, j'ai toujours eu ce fantasme d'union étroite et forte, chaleureuse, ce fantasme d'unité.

Si j'étais perverse, je me serais délectée de dérober, de subtiliser Blanche à Henri, lui à elle, de tromper l'un avec l'autre et vice-versa. M'efforcer de les manipuler, les faire rivaliser, s'affronter. Or, dans les faits, j'avais la nostalgie de Nounou, mon esclave bien-aimée, tandis que le nègre me baisait. Et alors que je m'endormais, consciente d'une absolue protection, sur le corps de Nounou, je me demandais où se trouvait juste à ce moment Henri, ce qu'il pensait, ce qu'il était en train de faire. S'il se sentait délaissé ou trahi ou triste.

Un de ces jours-là nous étions sur la plage, elle Blanche, et moi. J'ai oublié pourquoi le nègre avait préféré ne pas venir. Comme tous les sauvages semble-t-il, il adorait l'eau, sinon la natation. Par ailleurs, il demeurait aussi fasciné, j'oserais dire aussi enchanté par ma petite vulve nue comme la main, mes petites fesses rebondies et claires, mes seins menus dans leur densité, que je pouvais l'être par sa pine.

Il était tombé une de ces pluies rapides, très brèves, que Blanche appelait des « fifines », de sorte que la Nounou me laissait courir sur le sable, retourner lui donner un baiser, repartir, observer à perte de temps plutôt qu'à perte de vue, par désœuvrement, la mer. Puis le brûlant soleil se dégagea des nuages fugitifs, presque illusoires. Ma négresse vint me chercher et, songeant toujours à Henri, je lui dis :

– Nounou, pourquoi est-il si patient? Il n'a pas envie de s'en aller?

Les larges yeux noirs, moins opaques pour une fois, s'attardèrent dans les miens, tandis que la Nounou me coiffait d'une grande feuille verte, puis, d'une tape sur les fesses, m'expédiait en direction de l'ombre. Je la vis, enfin, hausser les épaules :

– Comme moi, dit-elle seulement.

– Mais écoute, Nounou, lui est un homme, un type. Pourquoi ne tente-t-il pas quelque chose? Dresser des mâts pour les signaux, construire un... une embarcation, des trucs comme ça?

Nouveau haussement d'épaules :

– Parce qu'il ne sait pas!

La réponse, je me le rappelle, en dépit de la chaleur dissolvante, me mit hors de moi. Cette résignation animale, stupide.

– Alors vous allez vous satisfaire d'attendre? Le père Noël, une seconde croisière, un miracle?

Je crus bien qu'elle ne prendrait plus la peine de me répondre. Pourtant, à la fin, elle dit :

– Et toi, tu vas essayer quoi ?

Ah, rascasse! J'aurais pu me jeter sur elle pour mordre ses grosses fesses. Ou encore bouder. Mais cela ramenait à la même impasse. Pourquoi, comment bouder, si personne ne doit venir à votre recherche? Blanche, assise tel un bouddha colossal, brisait des noix en les heurtant simplement l'une contre l'autre. Mon humeur changea, et je vins m'agenouiller tout près d'elle :

– Nounou, pourquoi ne sommes-nous jamais ensemble tous les trois? Tu comprends...? Par exemple quand...?

Dérangée mais, comme Henri, plus que lui, d'une patience imperturbable, à nouveau elle me regarda, ses fins sourcils à peine froncés, désirant être sûre de ce que je demandais. J'ai expliqué certainement que, sous l'air placide, elle disposait d'une intelligence preste, vive. Elle se détourna :

– Je t'ai dit déjà, je ne veux pas dormir avec ce négro.

– Mais Nounou...

– Mon vrai nom, le seul, est Mauricette. Mauricette! Et je ne connais pas cet homme-là. Je ne suis pas mariée avec lui et je ne suis pas fiancée. Il n'est ni de ma famille, ni de mes alliés. Je ne dors pas avec des hommes.

– Mais quand même...

– Chut!

Je me redressai sur les genoux, lui passai un bras autour du cou, baisai les exquises lèvres épaisses, qui fleuraient le lait de coco :

– Écoute, Nounou... S'il te plaît... J'ai toujours

peur quand tu me grondes. Et ce n'est pas... pour lui, tu comprends. C'est... pour moi. Parce que je suis un bébé... Pour que vous vous occupiez de moi!

Silence et silence, infini, dans l'air vibrant d'une lumière à crever les yeux, à éteindre l'âme. Puis :

– Bon.

Je me levai d'un saut, bondis et dansai de joie, galopai entre les arbres jusqu'à ce que je me mis à penser aux singes, ce qui me ramena promptement. J'embrassai Blanche. Je la harcelai, dans ma frénésie de bébé débile, au point qu'elle finit par me plaquer d'une main sur ses cuisses et me fesser magistralement. Par-dessus le soleil et le sel, cela ne me fit pas de bien. Mais l'exultation persistait, et, en définitive, j'étais plus excitée après la fessée qu'avant. Je demandai à rentrer, et l'infatigable Nounou voulut me porter. Je dus presque la supplier pour qu'elle me permît de marcher. Elle se mit encore à genoux elle-même afin d'envelopper mes pieds de feuilles.

Donc, ce soir-là ou un autre, les deux grands nègres s'ébattaient, mais le plus chastement du monde à ce qu'il me semblait, dans le bassin agité de tourbillons au pied de la dernière chute. Je partis toute seule, et tâchant de dissiper l'indolence maladive qui m'engluait à peu près depuis mon arrivée sur l'île, passai toute cette fin d'après-midi à bouleverser ma cahute. La visée plus ou moins cachée, était de parvenir à doubler la largeur de ma couchette. Vu celle de la cahute elle-même, c'est tout juste s'il ne me fallut pas déplacer, repousser une des parois.

Je dînai en silence avec les nègres. Repas fini, je repartis en toute hâte pour la cabane. J'imagine qu'eux, les nègres, devaient me prendre pour une dingue. Par ailleurs, il ne leur avait peut-être jamais traversé l'esprit que je pusse être sensée, ou encore que j'appartinsse seulement à la race humaine normale. Bref, toujours toute seule, j'allumai une de mes petites torches de résine. Depuis longtemps je ne m'amusais plus à chasser les lucioles. Puis je me lavai, montrant la minutie maniaque en général dévolue à Blanche, dans l'eau des jattes. J'aérai et gonflai de mon mieux mes boucles, hésitai un instant à me souligner les paupières à l'aide d'une brindille noircie. Considérant mon adresse habituelle, je craignis de me crever les yeux plutôt, ou en tout cas de les faire pleurer et rougir. Je m'en tins, au lieu de cela, à écraser les feuilles d'une espèce de menthe, indiquée bien entendu par ma Nounou, et m'évertuai à en agrémenter mon odeur naturelle sous les bras et les seins, entre mes fesses rondes de bébé et entre les cuisses. Après quoi j'exhumai, de sous une couche de fougères, ma tenue d'apparat. Un subito qui ne manquerait pas de se changer en toile d'araignée si j'éternuais, et un absurde chiffon de robe, lequel ne demeurait d'un seul tenant que parce que je ne le portais jamais.

Quand je fus prête, c'est-à-dire aussi séduisante, selon moi, que je pourrais jamais l'être dans les conditions et les circonstances données, je retournai vers les feux du repas. Les deux nègres, qui depuis bien des jours maintenant, ne paraissaient plus se soucier de leur nudité, étaient assis côte à côte sur le bord de la chaise longue. Comment celle-ci, me demandai-je pour la milliardième fois, parvient-elle à résister?

Blanche s'émut très peu. Les yeux de l'autre colosse, en revanche, s'écarquillèrent, parcoururent mon visage, la robe, daignèrent enfin se fixer, non sans une extrême insolence selon moi, à la hauteur de défunt mon petit minou, comme si robe et culotte eussent été transparentes, ce qu'elles n'étaient pas absolument. Le chaud aux joues, voire ailleurs, je m'approchai, me tins juste devant le nègre :

– Es-tu tout à fait propre? demandai-je.

Je ne pus douter que j'avais choqué, non lui, mais ma Nounou :

– Tstt! fit-elle.

Henri se contentait de rouler de gros yeux, j'ai le regret de dire plutôt dépourvus de passion, de moi à Blanche, d'elle à moi. Je baissai les miens pour regarder son adorable trognon. Et je n'ignore pas que je redis perpétuellement et presque textuellement les mêmes choses. Mais tout est perpétuel, compulsif, et comme répétitif sur une île déserte. Alors, c'était précisément l'aspect camus et borné de cette bite bien en chair qui, le diable comprend pourquoi, me faisait fondre. La plupart des pines semblent incarner et représenter surtout ce qu'il y a de plus sec, voire paradoxalement d'abstrait, et de plus fastidieux dans l'orgueil masculin. Celle-là, en vérité, était avant tout charnelle. J'aimais assez que Henri me baise, parce que c'est toujours rassurant. J'aimais beaucoup plus, je me le rappelle, et en dépit ou à cause de cette petite douleur très aiguë pour commencer, qu'il me la mette entre les fesses, en raison de cette autre sensation, incomparable et pourtant la même après tout, d'être violée et habitée. Mais je vois que ma première impulsion et la plus forte, mon premier désir ont constamment été de la prendre dans ma main, et de me la plonger au fond de la bouche. De la garder là, membre de chair, encombrant, étouffant, puis fondant lui-même, comme ce qui vous nourrit et vous comble.

Le nègre bandait avec flegme. Toujours sans parler je me suis penchée, ai saisi sa grande main et il s'est levé. Puis Blanche, que je tenais de mon autre main. Ils m'encadraient et me surplombaient tels deux arbres, deux tours. A un moment Blanche m'a lâchée, et j'ai eu le sentiment d'être abandonnée, j'avais peur, pour un peu je me fusse mise à pleurer. Mais tout de suite, tandis que je scrutais son lourd et calme visage, au contraire j'ai eu envie de rire. Je savais. J'aurais pu parier une fortune, ou même mon subito, qu'elle ne voulait qu'aller se laver et relaver, comme moi un instant plus tôt.

C'était bon de marcher dans l'obscurité en tenant la main du colosse et en sachant qu'il bandait. A mi-chemin, je me suis penchée de nouveau pour donner un coup de langue sur la grosse tête rose du petit obus, qui émergeait de sa gaine. Je ne la distinguais que très difficilement et cela me privait, m'excitait aussi. J'en tressaillais. Henri a émis un bref grognement. Dans la cabane, il demeurait debout face à moi, patient, passif, m'écrasant en même temps de sa largeur, plutôt que de sa taille.

– Déshabille-moi.

J'ai repris sa main et l'ai posée sur mon épaule. Il avait de longs doigts très puissants et je voyais les muscles, comme des cordes souplement entrelacées, croisées, chevauchantes, rouler sous la dure soie de l'avant-bras. Cependant la grande main était légère sur mon épaule, et, ensuite, pour détacher, faire tomber ma robe. Ce soir-là, le diable sait encore pourquoi, il était très visible que j'enchantais l'hercule. Il m'a laissée, bizarrement, en petite culotte, et me regardait, me regardait. Je rougissais et mouillais. Moi-même je pouvais percevoir, maintenant, ma propre odeur très terrestre de fille, de sexe, qui balayait comme on repousse un rideau le parfum clair, liquide et aérien, un peu piquant, de la menthe. Je me mis à dire :

– Je crève du désir de te sucer, sauf qu'en même temps j'ai la frousse de te voler tes munitions et je voudrais que tu aimes Blanche, que tu la fasses jouir à la vider de son sperme jusqu'à la dernière goutte. Elle attend trop et depuis trop longtemps, même si tu la passes prestement à la casserole par-ci par-là et elle est une reine. Tu comprends, figure d'innocence heureuse?

Il me regardait, avalait peut-être sa salive en redécouvrant les menus globes tendres et tendus de mes seins, revenait toujours au renflement, avec la minuscule indication de la fente, de ma vulve sous la petite culotte.

Je n'ai jamais trouvé, moi, que les nègres ressemblent à des singes. Comme je lui parlais, pourtant, l'espace d'une seconde, ce front plutôt bas qu'il plissait, ce nez épaté, et la mâchoire trop massive, il a eu un air de gorille énorme, mythique, attirant et réconfortant au demeurant. Les blocs formidables des pectoraux étaient une image d'insensibilité. Pourquoi pas? C'était à moi, à être sensible si j'aimais le luxe. L'atmosphère de la cabane, peu lumineuse, embrumée à cause de la torche, et surchauffée peu à peu, était magique autour de nous. Blanche est entrée. Elle portait un de ses plus jolis pagnes, tressé avec les nervures presque blanches d'un quelconque géranium. Ma Nounou! Le nègre derechef plissait le front, paresseusement interrogatif, et je lui ai demandé :

– Laquelle de nous deux penses-tu déculotter d'abord? A laquelle mettras-tu en premier sa fente à l'air?

– Tstt! a fait Blanche.

Je sais très bien, je savais alors que je l'horrifiais, et que si cela lui avait été possible, elle aurait rougi. Mais bien sûr rougir est un sentiment. Glissant son volume statuaire derrière moi, elle est allée cacher sa honte sur la couchette. A vrai dire elle s'y est jetée, vlamm! le nez à la paroi, et tout le corps presque appliqué contre celle-ci. L'autre hercule paraissait à la fois très placide et perplexe. Il attendait, ébauchant un sourire vague plutôt sot. Bander de façon incroyablement continue, et sans passer à l'acte, ne lui communiquait de toute évidence ni impatience, ni hâte. Mais peut-être aussi était-ce parce que pour lui l'érection se trouvait si naturelle et si facile, qu'il pouvait prendre son temps, contrairement aux autres types, plus émotifs, plus nerveux, que j'ai rencontrés, et chez qui l'excitation retombe vite. Bref. Fatiguée, à la fin, ou agacée plutôt parce qu'on eût dit que c'était toujours à moi qu'il incombait de prendre des décisions, alors qu'en principe j'étais un bébé, j'ai tourné le dos à Henri et me suis allongée contre Blanche. Le ploiement sauvage de la couchette a indiqué que le nègre se couchait à son tour, derrière moi, contre moi. J'affectai de l'oublier, et m'occupai de dérouler le pagne de Blanche.

Pauvre Nounou! Réellement je la scandalisais. Quoiqu'elle ne résistât pas, je pouvais me rendre compte qu'elle tenait rapprochés de son mieux les rondeurs et les fûts presque architecturaux de ses fesses et des cuisses. Dans le même moment, une main pas du tout brusque, mais à l'évidente puissance cueillit dans mon propre dos l'élastique passablement détendu de ma petite culotte, et me la descendit jusqu'aux talons, lesquels n'entravèrent sa chute qu'une seconde. Commençant à bouillir entre mes cuisses à moi, mais ne voulant pas être satisfaite ni même prise tout de suite, je jetai un coup d'œil au nègre par-dessus l'épaule. A ce qu'il semblait encore, il n'avait voulu, lui, que créer ou conserver un équilibre. Si Blanche et lui étaient tout à fait nus maintenant, je devais l'être. Ou peut-être il jouait aux dames, j'avais bougé deux pions noirs et il lui fallait en avancer un blanc. Il était couché, il reposait dirais-je, en toute tranquillité sur le flanc, coude plié, tête sur la main, et bandant tel un dieu de l'Inde. La vue du petit obus qui distendait et repoussait sa propre enveloppe m'enfiévrait, comme celle des côtés piles contrastés de la négresse et de moi, enfiévrait tranquillement Henri. C'est étourdissant, et, au fond, indiciblement tranquille, la montée du désir au cœur de la jungle.

De ma minuscule main de bébé, j'ai contraint Blanche à s'écarter au moins un peu de la paroi, à plier sans le relever son genou gauche. Je m'y prenais souvent ainsi quand je voulais lui ouvrir le derrière et le sexe pour les baiser, les lécher. Cette nuit-là, encerclant de mon bras l'énorme cuisse, gonflée encore et comme raccourcie par la flexion, je me suis enfoui le mufle entre ses fesses, puis dans sa fente. Baisant d'abord, assez brièvement, l'émouvant anus bleuâtre, qui blanchissait quand l'esclave, malgré elle sans doute, s'efforçait de le refermer plus qu'il n'était déjà. Puis forçant peu à peu l'épaisse fente du sexe, pénétrant le bijou précis, d'un rose ardent, de la fente interne, le fouillant de la langue avec acharnement. J'avais, dans mon étourdissement même, une conscience presque insupportable du regard du nègre, et de ce que c'était la première fois qu'il nous voyait nous aimer. La respiration de Blanche, cependant, se faisait lourde, oppressée, et l'intérieur de son sexe devint une enivrante viande juteuse. Or, c'était à ces moments-là, qu'il pouvait me venir le fantasme d'être un homme.

Non sans cruauté, peut-être, je m'interrompis de

baiser avec la langue la négresse, mon amante, avant qu'elle eût pu parvenir à délivrer sa jouissance, et à être délivrée par elle. De la seule pointe de la langue maintenant, je remontai entre les fesses, travaillai frénétiquement, en tâchant de la raidir, le vigoureux anneau froncé, pour une fois, par la contraction. Quoi que je tentasse, je ne possédais pas assez de force pour transgresser sa clôture et le traverser. Mais Blanche, au cours des jours, des mois, s'était bien entendu habituée à mes caresses, à l'agilité vibrante et à la brûlure de ma langue, de mes lèvres. Peut-être songeait-elle, malgré qu'elle en eût, à tous ces jours, ces nuits où je l'enfilais, là de même comme à son corps défendant, au moyen des bananes. Surtout, je crois, elle était plus contractée parce que aussi bien que moi, mais avec un résultat différent, elle conservait à travers les caresses une conscience perçante, perturbatrice, de la présence du nègre. Elle a toujours été, de beaucoup, plus pudique que moi, pudibonde à certains moments. Pourtant son anus adorable, à la vivace fragrance de santal, que la sueur mélangeait d'un sel marin, ne laissait pas, peu à peu, de s'attendrir, de se dénouer, de céder. Alors, avec une brutalité qui m'a blessée moi-même, je me suis arrachée d'elle, retirée vers le pied de la couchette où je me suis assise sur les talons, laissant une main sur le merveilleux derrière chaud, qui miroitait telle une sombre opale. Maintenant, je dévisageais le crétin de nègre :

– Eh bien? lui demandais-je en silence.

Merde alors! Il me rendait mon regard. C'est bien d'un putain de cannibale! Me le mettre à tout propos, je suppose qu'il trouvait ça la moindre des choses. Mais en user de même avec Blanche, ou encore avec quiconque l'attendrait le cul béant et tout l'intérieur en révolution, je suppose, aussi, que cela ne lui serait jamais venu à l'idée. Donc, je me préparais à prendre le taureau par la fameuse corne, ou à tirer le diable par la queue, le Bon Dieu sait comment on dit, quand l'hercule s'est décidé à se propulser, à s'avancer tout contre Blanche, la touchant presque. Pourtant il hésitait encore.

– Mets-le-lui, à la fin! ai-je enjoint, et tout haut cette fois parce qu'il m'exaspérait.

Comprenant mieux que lui, ou plus vite, Blanche a voulu se retourner. Mais ma petite main, contre laquelle elle n'avait jamais su, jamais voulu plutôt se débattre, a suffi à la repousser le nez au mur. Pauvre Nounou. J'en ai profité pour partager, ouvrir au maximum le dôme fabuleux de chair lumineusement obscure, révélant, nivelant en même temps la chair plus fragile autour de l'anus. De l'autre main, non sans une brève pointe, une brève crampe très amère de désir et de jalousie, j'ai enserré la bite drue et courte du nègre, guidant l'ogive écarlate vers le centre du minuscule orifice et jusqu'à lui :

– Pousse maintenant, connard!

D'une seule poussée puissamment onduleuse, en effet, il le lui a mis. Blanche, se le sentant mettre, a accusé un sursaut effrayant. Non, à ce que je crois, en raison de la douleur, mais de l'outrage. Cependant elle était une fille, comme moi, comme toutes. Aussitôt l'énorme suppositoire logé dans son rectum, elle s'est abandonnée, gardant une immobilité absolue. Elle ne s'avisait même pas de déplier le genou, d'allonger à nouveau sa jambe tout en se courbant sur le flanc, afin de soulager la tension, le sauvage écartèlement de l'anus. Elle soufflait tout bas, portant au plus intime d'elle le pesant et dur, le bouleversant corps étranger, à peine un frisson par instants sur la moire de sa peau.

Toujours assise, à demi agenouillée vers le pied de la couchette, je contemplais les deux géants, si mystérieusement et si évidemment beaux. Mes tempes paraissaient battre et une sueur d'angoisse, de joie, d'attente et d'émerveillement y perlait, s'y accumulait dans la touffeur de la hutte. Des secondes, des minutes. Ni l'un, ni l'autre des nègres ne bougeait. Je ne mens pas, lorsque je dis que je ne recherche pas certains spectacles. Parties carrées, ou triangulaires comme cette nuit-là, ou octogonales si cela existe. Je pense, cette nuit-là, puis d'autres qu'il y eut, que tout simplement j'étais Blanche elle-même, souffrant, soufflant, m'émouvant et commençant à jouir en même temps qu'elle, supportant, eût-on cru, liée à elle, l'approche d'une catastrophe, d'un chavirement unique.

Le nègre, maintenant, imprimait par intervalles quelques saccades rapprochées entre elles, mais lentes et profondes, d'une grande douceur. A chaque gerbe, à chaque faisceau, Blanche râlait, paraissait prête à pleurer, et des accès de fièvre, auxquels succédait un non moins brusque reflux, dessinaient, peignaient des satins aux riches reflets, qui tout d'un coup se trouvaient taris, et cédaient à la matité, sur sa peau de caramel sombre.

Je me sentais, j'étais si peu en dehors du géant accouplement, qu'à la fin c'est moi qui n'ai pu y tenir. Comme si tout en moi, tout ce qui rassemble une personne, d'un seul coup allait se disperser. Fébrilement, je me suis allongée, me pressant de toute ma force, contre le nègre, son dos, ses fesses, ses mollets bosselés, et sans réflexion j'ai enfilé avec mon majeur son anus à lui et son rectum.

Je suis certaine que cela l'a rendu furieux. Mais lui aussi était enchanté et enchaîné par la magie de l'acte qu'il accomplissait, fût-ce en le différant. Au lieu de jeter le bras en arrière, comme on écrase un moustique sur son cou, il a rué soudain entre les fesses de Blanche. Ils ont, la négresse et lui, crié presque en même temps. Et percevant moi-même la secousse qui, tout d'un coup, a tassé les feuillages, je savais qu'il explosait et déchargeait enfin, criblant de son sperme épais les boyaux de Blanche, et, dans cette même libération ardente, la contraignant à jouir.

Il était parti se laver ou peut-être avait pris la fuite. A ma façon de bébé un peu honteux, un peu opiniâtre, je me suis faufilée entre la paroi et Nounou. Elle refusait de rouvrir les yeux, ce qui m'a donné envie de pleurer. Je lui caressais la joue, baisais ses lèvres :

– Prends-moi dans tes bras... S'il te plaît... Ne sois pas fâchée contre ta Sandra.

Elle m'a enlacée et, un bref moment, m'a serrée. Je sais bien qu'elle n'utilisait pas, même alors, un dixième de sa force. Mais c'était assez pour montrer qu'il lui était loisible, si elle le voulait, de me réduire en poudre, avec plus de facilité encore peut-être, qu'elle mettait en miettes les noix sur la plage. Il y avait seulement qu'elle devait m'aimer au moins un peu, si étrange, ou si étrangère que je pusse lui paraître parfois – voire toujours. Elle a abandonné sa joue contre la mienne, et nous sommes restées ainsi dans les bras l'une de l'autre, confondant peu à peu nos émotions, notre chaleur.

Henri est revenu. Cela ne m'intéressait pas de le revoir, j'étais bien, inféodée au grand corps de Blanche, je m'endormais. Elle cependant, qui à coup sûr respectait plus un homme, et même les types en général, que je n'en ai jamais été capable, a brisé le charme. Elle s'est remise sur le dos. Alors j'ai regardé, et ce colossal jean-foutre bandait comme s'il n'avait que cela à faire! Moi en tout cas je ne l'aimais pas trop, lui, et même très peu au fond. Mais... mais cette petite merveille de bite stupidement obstinée, colossale à sa manière et naine, braquée tout droit devant elle dans sa stupide confiance, et soutenue, eût-on dit, par les petits coussins gonflés des couilles... Misère! Pourquoi les filles mouillent-elles? Cela paraît si indiscret même quand nul ne le voit, si traître. L'hercule noir m'a retournée à plat ventre comme on feuilleterait un livre. J'imaginais bien, ayant appris son vain souci de compensation, qu'il allait m'enculer tout aussi stupidement, s'écrasant sur moi et m'aplatissant moi-même. Dans cette position, le jean-foutre me déchirerait à moitié le derrière et me constiperait pour huit jours.

Mais non. Il avait dû s'agenouiller, sur le sol, au pied de la couchette. Maintenant, il m'empoignait par les chevilles et me tirait à soi, tout en m'écartant les cuisses. Alors, tandis que je glissais toujours, comme si les fougères de la paillasse eussent été huilées, je me rendis compte que sa bite avançait, se mouvait en sens contraire. Tout d'un coup elle m'enflait le con, m'enfilait. Le temps de m'apercevoir que nos deux trajectoires inverses étaient interrompues, et tête chercheuse et fusée se trouvaient logées en moi, tandis que la conscience de la pénétration me parvenait avec une sorte de retard. Dérogeant à ses habitudes, le nègre entreprit de besogner, de limer, aussitôt qu'il eut touché le fond, ou si l'on veut, atteint ses propres limites. Non moins inhabituellement, ce frottement gras et sourd me fit à l'instant monter en régime. Le nègre avait lâché mes chevilles pour les cuisses, et, là encore, je crois que c'était précisément cette manière herculéenne, désinvolte de me manipuler, comme si je ne pesais rien, qui me révulsait l'utérus. Cette manière de me faire coulisser tout entière sur sa bite, comme on se chausserait et se déchausserait. Je crois, aujourd'hui, grâce à la mémoire des sensations, comme on se rappelle un goût ou une odeur, qu'en dépit de ce que j'ai dit il demeurait bel et bien immobile, à son ordinaire, et que c'était moi qu'il forçait, ses mains puissantes enserrant sans même appuyer mes cuisses, à effectuer le va-et-vient. Toujours est-il que la bouillie dans mon ventre, où étaient pétris en une seule substance pine et vagin, devint tout de suite effervescente, m'incendiant sublimement et m'aveuglant. Mon cerveau bouillait derrière mes yeux comme un grand soleil. De très loin je m'entendis glapir. On eût cru que je suppliais le nègre, et peut-être c'était le cas pour ce que j'en sais. Mes lombes se tordirent, me donnèrent l'impression de se déchirer comme un tissu mûr et je jutai avec violence par secousses. Vraiment je gémissais et pleurnichais tel un chiot. En revanche je ne distinguai pas la bordée du nègre. Ou ses couilles étaient vides et ses reins ruinés, ou mon propre sperme, alors, était plus brûlant, plus irradiant que le sien.

Pourtant le sacré sauvage n'était pas si épuisé après tout. Une bonne partie de cette nuit-là, nous avons joué. Je m'en souviens si bien, aujourd'hui encore, justement parce que c'était un jeu. Et du souvenir je tire encore joie et nostalgie. Lorsque Blanche et moi étions seules, l'émotion, la tendresse, pour ce qui me regarde en tout cas, tout de suite se faisaient trop fortes. Et toute seule, moi, avec Henri, il ne s'agissait pour un peu que d'exercice, et souvent, comme avec elle à lui, je songeais à Blanche, m'inquiétais d'elle.

Cette fois nous étions tous les trois, et une barrière, peu importe laquelle, était tombée. Contribuait, cela va de soi, à l'espèce de simplicité vraie ou fausse que nous partagions, le fait que le grand nègre eût utilisé son engin à répétition, d'abord dans le derrière de Blanche, puis entre mes cuisses. On pourrait dire, même sans se soucier le moins du monde de balancer le diable comprend quels comptes, que nous nous retrouvions tous les trois égaux. Blanche et moi pouvions éprouver sans contrainte notre affection, ou ne serait-ce que notre compréhension, l'une de l'autre, l'une pour l'autre, et par ailleurs nous occuper du nègre. Ou l'utiliser de notre côté si l'on préfère. Et lui considérait, j'imagine, qu'il disposait pour son seul service de deux seyantes cochonnes, dont l'une tropicale et l'autre exotique, quand il eût pu, aussi bien, n'en avoir pas du tout!

Le ciel était velouté par la nuit au-dessus de la cahute. La jungle et les arbres de la forêt vierge murmuraient, bruissaient. Il m'arriva d'entendre hurler des singes, et je pensai, à un autre moment, à Lucien. « Mouille! Mouille! » Tout cela, mais le monde entier en même temps, était si loin. « Mouille! Mouille! » Les fougères, meurtries sous nos corps, dégageaient un remugle forcené de sel, de sperme et de menthe. Les muscles somptueusement enrobés des deux noirs géants paraissaient luire, comme vaselinés par une lumière dorée et sombre. Et eux, je le pressentais en tout enivrement, ma Nounou et Henri, étaient, à leur manière, prisonniers de la fascination exercée par un bébé blond, à la carnation rosée et claire – un bébé d'autre part si comiquement ouvert, entre les cuisses et entre ses petites fesses rondes, telle une vraie femme.

Sous le poids étonnant, surtout, des deux colosses, la couchette s'était affaissée en son milieu presque à toucher le sol de terre battue. Mon propre poids comme il se doit comptait pour du beurre. Et le lit ensellé ainsi, Blanche et Henri tendaient à peu près irrésistiblement à glisser l'un vers l'autre, et moi, entre eux, comme introduite par mégarde dans un formidable sandwich, à tenir justement le rôle du beurre!

Plutôt amusée, émue et touchée aussi par la beauté des deux corps parents, je préférai me retirer, me reculer en tout cas, me rasseoir sur les talons. Henri se moquait bien de moi. Mais ma Nounou, un instant, parut gênée, m'adressa un coup d'œil qui eût pu être une excuse. Je secouai la tête et lui souris. Alors les lourds pétales soyeux de ses paupières se fermèrent, et le grand nègre, tandis qu'ils reposaient sur le flanc face à face, engagea avec une lenteur extrême son court pieu au sein de la fente de la femme. Je ne pourrais dire pourquoi ma Nounou, à la stature de géante, me donna autant le sentiment qu'elle était une femme, et même une jeune fille, à ce moment-là. Son silence, sa gravité, les douces paupières closes, tout le temps que la pesante bite du nègre lui trouait le sexe, puis l'enfilait et s'installait en elle. Je me détournai, afin de les laisser à leur paix, au moment où Henri, abrégeant peut-être, pour une fois, les longues attentes qu'il aimait, imprimait un de ses puissants et progressifs coups de boutoir. J'eus le temps de voir que les reins de Blanche commençaient aussi à se tendre, et sur sa peau sombre passaient à nouveau, comme des nuages, des moires et des matités alternées, fuyantes, subites.

Cela me contentait de savoir qu'ils étaient heureux.

Je les entendis à peine jouir. Quand je me repris à les regarder, ma Nounou, ce qui était bien d'elle, avait selon toute apparence persisté à refuser de se laiser aller entre les bras de son amant, comme je suppose qu'on y est tous enclins après l'amour. Ils gisaient sur le ventre côte à côte. Une fois de plus, me frappa et me troubla la splendeur de leurs fesses. Corps détendus, comme aussi c'est le cas après l'amour, les somptueuses coulées de chair et de muscles conservaient leur tension, la plénitude de leurs formes. Je n'ai pas pris la peine de cacher que moi-même, j'ai toujours été fière de mon petit croupion rond. Le leur, nettement plus bien entendu celui du nègre, présentait une convexité, et à la fois une compacité, sans rien de cette déformation ou de cette hypertrophie qu'est la stéatopygie, décourageantes, humiliantes presque.

Je n'avais jamais fait l'amour, au sens propre, avec une autre fille que Blanche, et je n'ai quand même pas connu tant d'hommes. Mais il va de soi que j'avais vu, touché, caressé des corps. Or, avant de rencontrer Blanche, et ensuite le grand nègre, jamais je n'avais su ce que sont des fesses vraiment fermes. Pour ma sensualité, mon érotisme puisque c'est le mot en vigueur, et non pas par ailleurs mais indissociablement, mon sentiment du beau, je pense que c'est ce qui se place au-dessus de tout. Bouleversant, et communiquant en même temps un sentiment indicible de sérénité.

Bon. Je fus un peu moins satisfaite, je me le rappelle, dans les moments suivants. Ni Blanche, ni Henri, pour une fois, ne m'avaient l'air bien pressés de se laver. J'en profitai sans vergogne pour me livrer au plaisir de prendre dans mes mains, de presser comme les moitiés de deux énormes fruits, leurs fesses de métal vivant, ou peut-être de marbre brun et chaud. Je me fichais bien de retrouver entre celles de Henri, la sueur de son propre plaisir. Entre celles de Blanche, leurs deux spermes.

Quand le nègre en fut à se remettre sur le flanc, il bandait avec sa tranquillité coutumière. Ma tête, pour parler comme dans les livres, s'égara. Je me fourrai d'un seul mouvement preste de reptation entre Blanche et lui, et engloutis son sexe dans ma bouche. Le goût et l'odeur sauvages – je devrais dire des deux Sauvages! – et cette raideur, cette tension congestionnées m'étourdirent presque. Je me mis à téter comme une démente, et il me semble bien que cela fit rire Nounou. Peut-être le rire parut-il moqueur au grand nègre. A mon immense frustration, il m'arracha mon gros jouet, ou le sien si l'on veut, me fit volter d'un côté sur l'autre, et tenta de me le mettre en suppositoire. J'avoue que je fus moi-même très vexée, non de l'intention, mais de ce que, très inaccoutumément au contraire, il échouait! A plusieurs reprises, le lent projectile enfonça la porte, puis, semblant se rétracter sur sa propre course et ses propres dimensions, battit en retraite, la laissant se refermer. Merde alors! Si ce n'est pas cela les inconvénients sans les avantages, qu'est-ce que c'est? Il me semble encore que le nègre jura entre ses dents. Puis il dut empoigner au hasard un des fruits qui traînaient toujours dans la cahute, et pour pallier sa défaillance, à ses yeux d'ailleurs plutôt qu'aux miens, me l'enfila dans l'anus et le rectum. Il ne s'était pas montré brutal, ni même brusque, ou beaucoup plus rapide que lorsqu'il m'enculait avec sa bite comme un bon garçon. Mais j'imagine qu'agissant à l'aveugle, il avait attrapé une des bananes, dont, dans nos jeux de filles, je pouvais me servir pour baiser Blanche, jamais pour la sodomiser. Enculée moi-même d'un seul coup, et à un moment en outre où, pompant le membre à l'âcre senteur, je me souciais très peu de quelque substitut que ce fût, j'eus l'impression en même temps d'être empalée à cru, ce qui m'extirpa un miaulement inquiet, et d'étouffer. Je déclare que je refuse de discuter avec quiconque n'a pas été étouffé par cette voie, qu'il essaie et on en reparlera.

Lui en tout cas, le nègre, devenait tout à fait insolent. Assuré que, moyennant mon boomerang dans le derrière, je ne grouillerais plus d'un cil, il est passé en souplesse par-dessus moi, et s'est mis à donner des ordres à Nounou. Pauvre Nounou. Oui, en vérité, sous un certain aspect elle n'était qu'une fille. Évitant de remuer si peu que ce fût ma petite croupe distendue, j'ai tourné la tête à plat, pour essayer de voir. Blanche, tout bas, en créole sans doute, protestait. Le nègre s'est hissé plus haut encore vers la tête du lit. Je voyais mal parce que son corps s'interposait. Mais, de toute évidence, il entendait être sucé par Blanche. Devais-je à mon tour me sentir vexée? Tant bien que mal j'ai redressé le torse, le crâne. Je vis Blanche écarter son propre visage d'un mouvement plutôt furieux. Alors le nègre a posé une de ses grandes mains sur la nuque de la géante, et lui a plaqué de force la bouche sur son obusier. Blanche a cédé. Elle avait déjà l'ogive rose entre les lèvres. Elle l'a aspirée, entrée en elle tandis que sa propre main, obéissante maintenant, enveloppait avec une apparente tendresse les couilles rebondies, qui sont remontées ausitôt sous le canon. Elle a enveloppé de même le peu de ce dernier qui n'avait pas disparu dans sa bouche. Elle secouait doucement tout en suçant. Je distinguais le frémissement de cygne mordoré de sa gorge. Peu de temps après, plus qu'avec moi soit dit sans fierté, mais peu quand même, le colosse nègre s'est cambré en arc, dans un violent soubresaut, a poussé un cri non moins violent de douleur et d'ivresse, de stupéfaction alors qu'il explosait et jaillissait dans la bouche de ma Nounou. Je me suis remise bien à plat en hâte, afin de ne pas être grondée. Ce qui, je l'avoue aussi, m'a paru bel et bien durer des heures, c'est tout le temps avant que Blanche, et pas le moins du monde ce putain de négro égoïste, s'avise de m'extirper la putain de banane du derrière. Je n'avais pas joui un instant. Et si jamais, révérence encore parler, j'ai failli me soulager gravement et promptement en public, c'est bien cette nuit-là et à ce moment. Celui où le sacré fruit me fusait enfin hors de l'anus. Pour une putain de banane, elle était vraiment trop longue, trop grosse aussi et surtout. A la fois vacillante et furax, je suis sortie au galop.

Puis quoi? Je me souviens que la nuit entre nous est redevenue plus gaie, plus heureuse. Mais les détails et l'ordre des gestes manquent, parce que cette nuit-là elle aussi était comme distendue, et comme dilatée, artificiellement et irrécusablement, par l'espèce d'intemporalité, ce mélange indissoluble d'intensité et d'irréalité, que donnent la veille et le plaisir excessif. Je me souviens que ma Nounou et moi nous vengeâmes. Blanche, par la suite, m'a confié que c'était la toute première fois qu'elle suçait un type. A son estime, il s'agit d'une horreur. Je ne suis pas enthousiaste moi-même, je ne sais plus si je l'ai précisé, de la saveur, moins encore de la consistance du foutre; ce dont je raffole, c'est de partager aussi étroitement le plaisir de quelqu'un. Bon. Toujours est-il que nous repassant de l'une à l'autre, et de l'autre à l'une, l'effrayant et succulent petit canon, nous lui avons fait cracher jusqu'à son ultime trace de jus. Je l'affirme, et d'autant mieux que c'est moi qui l'ai sucé la dernière : quand, et non sans mal, je suis parvenue à lui tirer la convulsion qui correspond au plaisir, le grand nègre n'a même pas déchargé de l'eau. Ni du sang comme cela advient. C'était un affreux et très ridicule spasme à sec. En revanche, quand j'ai rejeté la tête en arrière, l'hercule avait les larmes aux yeux. Je le jure!

J'ai éclaté de rire, incapable de résister. Et le sacré négro? Merde alors, il en a ri lui-même, un aboiement haletant, comme s'il crevait. Blanche, qui avait toujours désapprouvé mon indépendance foncière vis-à-vis des types en général, a claqué de la langue. Discrètement. Cependant sa tête à elle aussi était susceptible de s'égarer. A l'improviste, celle qui était devenue ma Nounou, s'est retrouvée la reine barbare du premier jour. De la première nuit plutôt – à cet inoubliable moment où elle pissait, tel un monstre de mythe plus encore que de fable, au visage de ses bourreaux. La cahute, l'île, la terre et le ciel en ont été agités :

– Whah! – ah! – ah! Whah! – ah! – ah!

Abandonnant le nègre, définitivement ou provisoirement hors de combat, elle et moi avons recommencé à nous aimer. C'était bon de nous enlacer sous ses yeux. Nous nous endormions, nous réveillions. Parfois chacune de nous deux avait un doigt, le plat de la main, dans la vulve ou entre les fesses de l'autre. C'était bon aussi après tout, d'imaginer que pendant que nous jouions, l'appareillage propre à un troisième larron préparait peut-être sa grande rentrée, reprenait peut-être vigueur et assurance. Il faut de tout, paraît-il, pour faire un monde. Je suppose qu'il faut de tout également, pour faire une île déserte.

XVII

L'importance que tout cela a eue pour moi doit se voir assez. Je n'ai pas désiré le cacher, mais le montrer. La conne d'île, à laquelle on s'habitue parce qu'on s'habitue à tout et à rien – à la conne de vie par exemple. Les gens, Blanche, non, Mauricette. Le Nègre. Elle surtout, ma merveilleuse Nounou. Aujourd'hui comme alors, je l'aime, pour cette raison entre autres qu'elle ne savait pas mentir. Il y a de bon au moins sur les îles désertes, qu'on y ment peu. Ainsi que tout le monde ou à peu près j'ai lu, non pas dans l'âge adulte mais lorsque j'étais enfant, l'histoire de Robinson. Pas le boxeur, l'autre. On y fait la connaissance d'un type qui, échoué par le travers d'une de ces îles, drossé, jeté dessus, aussitôt la dénie, la nie, et entreprend de reconstruire à la place une putain de galéjade en cinq cents ou le diable sait combien de pages, avec objets, choses, beaucoup de choses, beaucoup de descriptions de peau de balle, Vendredis endimanchés, et derechef beaucoup de sauvages effroyables en mou de veau et en bouillon Kub.

Donc, moi aussi j'ai raconté le plus que j'ai pu.

C'est-à-dire, sans doute, autant que j'en éprouvais le besoin et l'envie. Au-delà, je me répéterais. Je radoterais, alors, sans doute encore, que tout souvenir est déjà un radotage.

Mais surtout, peut-être, on ne peut pas faire semblant qu'il y ait une fin, quand on n'ignore pas du tout qu'il n'y a pas eu de commencement.

Une anecdote, un accident imbécile m'avait balancée sur l'îlot. Pourquoi ? Mais pourquoi pas, aussi bien ? Un nouvel accident ou incident m'y a reprise. Ce n'est pas cela une histoire. Ou alors, la conne de vie elle-même en est une. Quelle histoire ! Racontée à qui ?

Bon, d'accord, c'est à soi-même, en toute exclusivité ou presque, qu'elle est dite. Je m'imaginais que cela avait duré environ six mois, six mois tout au plus, ces bêtises. Après quoi, sur le bateau, je parle du dernier, on m'a forcée à calculer que cela faisait plus de deux ans. Si les morts vont vite, la vie aussi. Et en particulier, quand on a renoncé à attendre.

Tout arrive, et rien ne change. Moi, je me suis rendu compte que j'allais avoir vingt-quatre ans. Quelle histoire ! La Verge du Seigneur suscite très certainement les naufrages, y compris ceux de nos illusions. Mais Elle, qui, quoi l'érige ? Quant à celle des Sauvages, c'est plus facile. Que serait-ce, sinon les rêveries de l'inconscient – et de quoi d'autre, je le demande, depuis l'origine du fameux monde, l'ancien et le nouveau comme les Testaments, a-t-on jamais parlé ?

Une croisière, donc, m'avait jetée là. Une autre, deux ans et demi plus tard, y a fait relâche. Je passe un milliard de propos et de questions superflus. Dès que j'ai aperçu le bateau, j'ai sauté dans ma culotte et dans ma robe. Car on est civilisé ou on ne l'est pas. La culotte avait maintenant un trou d'usure, mais pas la robe, de sorte qu'en définitive, tout se compensait très bien.

Les nègres s'étaient approchés au bord de l'entablement rocheux pour mieux voir. Le bateau rutilant, les passagers qui affluent sur cette même plage où je n'avais découvert, le premier jour, que des cocotiers et des palmiers, un perroquet, des singes. Brrr...! Puis tous deux, Blanche et le Nègre, se sont retirés, comme s'ils craignaient d'être vus. Bouleversée, j'allai à ma Nounou :

– Tu ne veux pas venir?

Longtemps, longtemps elle me fit attendre, comme au tout début, avant de secouer la tête :

– Eux... grommela-t-elle.

– Vous préférez rester? Au risque de traîner des mois et des mois encore?

Le regard indéchiffrable, elle leva à peine les épaules. Mon cœur se brisait. Blanche était nue à ce moment, et ma robe me séparait d'elle. Je dis en hâte, bégayant :

– Nounou... en France je ne suis pas pauvre... Pas très riche non plus, mais pas pauvre, j'ai un travail... Viens avec moi! S'il te plaît.

Elle se taisait, se taisait. Puis, à la fin :

– Tu es conne.

– Nounou... et si je te suppliais?

– Chut!

– Bon. Alors je reste avec toi. Avec vous.

– Tu es conne toujours.

Désespérée, j'essayai de croiser au moins son regard. Nos yeux se sont rencontrés. Pour une fois, depuis la première seconde de ce premier jour qui avait été une nuit, j'ai vu que les grandes pupilles opaques, les iris de velours chatoyant, le cristallin laiteux, aux bleus reflets de nacre, étaient en train de se recouvrir d'une très fine loupe bombée, transparente. Ma Nounou, non, Mauricette, allait pleurer.

Misère! Ravalant mes propres sanglots, je me suis détournée. Pourquoi, comment surtout, attendre moi-même que celle qui avait été ma Nounou m'enjoigne de foutre le camp?

J'ai ébauché quelques pas, la vue brouillée, vers le Nègre. Parmi les bêtises, j'ai dû raconter qu'il s'était fabriqué sa propre chaise longue, plus ou moins semblable à celle de Nounou. Il venait de s'y allonger, et me voyant venir a coupé l'air d'un geste paresseux, plutôt bref, comme pour chasser une mouche. Alors je suis partie dans la direction des chutes. Rejoindre la plage sans tenir la main de Nounou est, il me semble, ce qui m'a causé le chagrin le plus dégueulasse, le plus amer dans toute ma vie.

Un déchirement, comme si le cœur se séparait avec violence du corps. Pourtant, je l'ai pressenti dès lors, je le comprends mieux peut-être aujourd'hui, il ne s'agissait pas d'un échec. La grande femme noire, de prime abord si étrangère, s'était révélée à la fin susceptible de me donner, plus que personne avant elle et depuis, ce qui seul, à la fin aussi, tient le cœur et le corps ensemble : chaleur, confiance en moi, tendresse. Cela, ni l'habitude de la vie, ni les gens, ni le temps, ne pourraient me le reprendre.

La vie de Blanche, ma merveilleuse Nounou, mon amante, la vie de Henri aussi bien sûr, se mouvaient à l'intérieur d'un cercle ensoleillé du monde. La mienne, précisément encore parce qu'il n'y a qu'un seul monde, à l'intérieur d'un autre. Alors ils restaient, et je partais.

Cependant nous avions échangé des images. Que peuvent de mieux entre eux, et les uns pour les autres, les êtres humains après tout? A la fin il faut bien toujours que chacun vive seul sa seule vie. L'important est de ne pas oublier ce qui est beau ni ce qui est bon, car c'est ce qui ne doit et au fond ne peut jamais mourir. Je n'oublie pas la femme qui était Mauricette, qui pour moi est Blanche, ma Nounou. Je l'ai aimée, venant moi-même de mes propres pays étrangers, étranges. Alors je l'aime, aujourd'hui encore, aujourd'hui surtout que je les ai retrouvés.

Parfois, souvent, dans le giron même de cette pérennité, de ce semblant de sagesse, je me souviens. Sans doute il y a toujours un aiguillon de folie, caché dans la masse amorphe de ce qu'on appelle la sagesse. Je revois le bateau. Je me rappelle que délibérément je m'évertuais à ne pas penser aux Nègres. A elle surtout, Blanche. Ma Nounou.

En mon honneur on avait délogé quelques clients, et je disposais d'une cabine de luxe. Tard dans la soirée, après force champagne à la table du con de capitaine, je suis venue me réfugier là. J'ai ouvert un hublot. Le champagne m'était monté à la tête et, sous l'ivresse, je me sentais cassée, déjetée, comme si on m'eût mise en pièces impossibles à recoller. Je me suis écroulée. Bizarrement, le lit m'a semblé dur, comparé aux matelas de feuillages. Pourtant mon tempérament, mon caractère instinctifs tendent plutôt en général à une sorte d'optimisme, et je commençais à rassembler des raisons d'être satisfaite de la nouvelle péripétie. De ce retour vers de précédentes habitudes. Il y avait un morceau de ciel en étamine bleue et des étoiles dans le rond du hublot. Puis je dormais.

Dormir aussi est un naufrage – une île déserte. Tout au fond du sommeil, alors que pionçant comme une sourde j'avais conscience d'être enfin détendue, on ne sait quoi d'irritant et de rèche m'a effleuré le dos des cuisses. La couverture? Merde alors! Même engloutie dans le sommeil je sais très bien qu'on n'utilise pas de couvertures à proximité des Tropiques. J'ai plié un genou, comme quand on veut se donner un peu de frais entre les jambes. Alors deux souples tentacules d'acier m'ont enlacée, étreinte juste sous les côtes, une brosse dure s'est écrasée contre mes reins, et dans le même instant une tige d'une rigidité et d'une longueur incroyables m'a déchiré et troué l'anus, s'est enfouie à la vitesse de l'éclair dans mon rectum.

Le Singe! Ma clameur a dû franchir les cloisons étanches, aller là-bas, dominer les ultimes notes de l'orchestre. Ici, dans la cabine, la mince tringle brûlante continuait à s'efforcer, par saccades frénétiques, de plonger toujours plus avant, encore et encore, au tréfond de mes entrailles.

Achevé d'imprimer en mars 1994
sur les presses de l'Imprimerie Bussière
à Saint-Amand (Cher)

POCKET - 12, avenue d'Italie - 75627 Paris Cedex 13
Tél. : 44-16-05-00

— N° d'imp. 958. —
Dépôt légal : avril 1994.

Imprimé en France